Scherz Krimi

Spannung mit Niveau

Von Agatha Christie sind lieferbar:

Alter schützt vor Scharfsinn nicht
Auch Pünktlichkeit kann töten
Auf doppelter Spur
Der ballspielende Hund
Bertrams Hotel
Der blaue Expreß
Blausäure
Rätsel um Arlena
Die Büchse der Pandora
Der Dienstagabend-Club
Ein diplomatischer Zwischenfall
Elefanten vergessen nicht
Die ersten Arbeiten des Herkules
Das Eulenhaus
Das fahle Pferd
Fata Morgana
Das fehlende Glied in der Kette
Feuerprobe der Unschuld
Ein gefährlicher Gegner
Das Geheimnis der Goldmine
Das Geheimnis der Schnallenschuhe
Die großen Vier
Hercule Poirot's größte Trümpfe
Hercule Poirot schläft nie
Hercule Poirot's Weihnachten
Karibische Affäre
Die Katze im Taubenschlag
Die Kleptomanin
Das krumme Haus
Kurz vor Mitternacht
Lauter reizende alte Damen
Der letzte Joker
Die letzten Arbeiten des Herkules
Der Mann im braunen Anzug
Die Mausefalle und andere Fallen
Die Memoiren des Grafen
Mit offenen Karten
Mörderblumen
Mördergarn
Die Mörder-Maschen
Mord im Pfarrhaus
Mord im Spiegel oder
Dummheit ist gefährlich
Mord in Mesopotamien
Mord nach Maß
Ein Mord wird angekündigt
Die Morde des Herrn ABC
Morphium
Poirot rechnet ab
Rächende Geister
Rotkäppchen und der böse Wolf
Ruhe unsanft
Die Schattenhand
Das Schicksal in Person
Schneewittchen-Party
Der seltsame Mr. Quin
Sie kamen nach Bagdad
Sterben in Wychwood
Der Tod auf dem Nil
Der Tod wartet
Der Todeswirbel
Die Tote in der Bibliothek
Der Unfall und andere Fälle
Der unheimliche Weg
Das unvollendete Bildnis
Die vergeßliche Mörderin
Vier Frauen und ein Mord
Vorhang
Der Wachsblumenstrauß
Wiedersehen mit Mrs. Oliver
Zehn kleine Negerlein
Zeugin der Anklage
16 Uhr 50 ab Paddington

Agatha Christie

Das Sterben in Wychwood

Scherz
Bern - München - Wien

Einzig berechtigte Übertragung aus dem Englischen
Titel des Originals: «Easy to Kill»
Schutzumschlag von Heinz Looser
Foto: Thomas Cugini

17. Auflage 1984, ISBN 3-502-50533-0

Gesamtherstellung: Ebner Ulm

Eine Reisegefährtin

England!
England nach so vielen Jahren!
Wie würde es ihm gefallen?
Luke Fitzwilliam stellte sich diese Frage, während er die Planke zum Dock hinunterschritt. Sie lag im Hintergrund seiner Gedanken während der ganzen Wartezeit im Zollschuppen. Und sie trat in den Vordergrund, als er schließlich im Zug saß.
England während des Urlaubs war etwas anderes. Genug Geld zum Vertun (im Anfang wenigstens), alte Freunde aufzusuchen, Zusammentreffen mit anderen Urlaubern – eine sorgenlose Atmosphäre mit dem Hintergrund «Na, es dauert nicht lange. Genießen wir's! Es geht bald wieder zurück!»
Aber jetzt war nicht mehr die Rede vom Zurückgehen. Es würde keine erstickend heißen Nächte mehr geben, keine blendende Sonne und tropische Schönheit der üppigen Vegetation, keine einsamen Abende, wo man immer und immer wieder die alten Nummern der «Times» las.
Da war er nun im ehrenvollen Ruhestand mit einer Pension und einem kleinen Privatvermögen, ein müßiger Gentleman, nach England heimgekehrt. Was würde er mit sich anfangen?
England! England an einem Junitag mit grauem Himmel und einem scharfen kalten Wind. Da lag nicht viel von Willkommen darin!
Luke Fitzwilliam machte sich an die Lektüre der Zeitungen, die er eben gekauft hatte. Die «Times», den «Täglichen Ruf» und «Punch».
Er begann mit dem «Täglichen Ruf». Der widmete sich ganz dem Rennen in Epsom.
Luke dachte: «Schade, daß wir nicht schon gestern eingelaufen sind. Hab' kein Derby gesehen seit meinem neunzehnten Jahr.»
Er hatte aufs Geratewohl auf ein Pferd gesetzt und schaute nun nach, was der Rennberichterstatter von dessen Chancen hielt. Er fand es in einem Satz verächtlich abgetan. «Von den andern werden Jujube II, Santony und Jerry Boy kaum einen Platz erreichen . . .»
Luke suchte nach dem Stand der Wetten; Jujube II stand bescheiden auf 40 : 1.

Er schaute auf die Uhr, dreiviertel vier. «Nun», dachte er, «jetzt ist es schon vorüber.» Und bedauerte, nicht auf Clarigold gesetzt zu haben, der zweiter Favorit war.
Dann schlug er die «Times» auf und war bald in ernstere Dinge vertieft. Kurz danach verlangsamte der Zug die Fahrt und blieb dann stehen. Luke sah aus dem Fenster. Sie standen in einer großen, leeren Station mit vielen Bahnsteigen. Er erblickte in einiger Entfernung einen Zeitungsstand mit einem Plakat «Derby Resultat». Luke sprang hinaus und rannte hin. Im nächsten Augenblick starrte er breit grinsend auf ein paar Zeilen unter «Letzte Nachrichten».

Derby-Resultat
Jujube II
Mazeppa
Clarigold.

Luke lachte über das ganze Gesicht. Hundert Pfund zum Verpulvern! Braver alter Jujube II, der so verächtlich abgetan wurde von den Tipsern.
Er faltete noch immer für sich grinsend die Zeitung zusammen, wandte sich um und stand völliger Leere gegenüber. In der Erregung über Jujubes Sieg hatte er nicht bemerkt, daß sein Zug aus der Station geglitten war.
«Wann, zum Teufel, ist der Zug ausgefahren?» fragte er einen düster aussehenden Träger.
Der erwiderte:
«Was für ein Zug? Seit dem Drei-Uhr-Zug hat hier kein Zug gehalten.»
«Eben war einer hier, ich bin ausgestiegen. Der Boot-Expreß.»
Der Träger erwiderte streng:
«Der Boot-Expreß hält nirgends bis London.»
«Doch», versicherte ihm Luke. «Ich bin doch ausgestiegen.»
«Kein Aufenthalt bis London», wiederholte der Träger unerschütterlich.
«Aber ich sage Ihnen, ich bin eben auf diesem Bahnsteig ausgestiegen!»
Den Tatsachen gegenüber sagte der Träger vorwurfsvoll: «Das hätten Sie nicht tun dürfen. Er hält hier nicht.»

«Aber er hat gehalten.»
«Das war nur auf ein Signal. Signal gegen Ausfahrt. Kein wirklicher Aufenthalt.»
«Bei diesen feinen Unterscheidungen kenne ich mich nicht so gut aus wie Sie», sagte Luke. «Jetzt handelt es sich darum, was ich jetzt tun soll?»
«Sie fragen, was Sie tun sollen?»
«Jawohl», sagte Luke. «Ich nehme an, daß es auch Züge gibt, die offiziell hier halten?»
«Sicher», meinte der Träger. «Sie fahren am besten mit dem 4.25 weiter.»
«Wenn der 4.25 nach London geht, so ist das mein Zug», sagte Luke.
Darüber beruhigt, schlenderte er den Bahnsteig auf und ab. Auf einer großen Tafel las er, daß er sich in der Station Fenny Clayton befand, die den Knotenpunkt für Wychwood a. d. Ashe bildete. Es wurde auch bald ein Zug, der aus einem Waggon bestand, von einer alten kleinen Lokomotive hereingeschoben.
Endlich fuhr mit ungeheurer Wichtigkeit der Londoner Zug ein. Die dritte Klasse war überfüllt, und von der ersten Klasse gab es nur drei Abteile, von denen keines leer war; Luke musterte jedes. Das erste, für Raucher, enthielt einen Herrn militärischen Aussehens, der eine Zigarre rauchte. Er ging weiter; im nächsten Abteil befand sich eine müde aussehende junge Person, dem Anschein nach ein Kinderfräulein, mit einem sehr lebhaften kleinen Jungen von drei Jahren. Luke ging rasch weiter, die Tür des nächsten Wagens war offen, eine ältliche Dame befand sich darin. Sie erinnerte Luke ein wenig an eine seiner Tanten. Tante Mildred war entschieden eine gute Tante gewesen. Luke stieg ein und setzte sich.
Als der Zug endlich ausfuhr, entfaltete er seine Zeitung und begann zu lesen.
Er erwartete, nicht lange ungestört zu bleiben. Da er ein Mann mit vielen Tanten war, war er so ziemlich sicher, daß die sympathische alte Dame in der Ecke nicht beabsichtigte, die Reise nach London schweigend zurückzulegen.
Er hatte recht — ein Fenster, das nicht parieren wollte, ein fallengelassener Regenschirm — und schon sagte ihm die alte Dame, was für ein guter Zug dies war.

«Nur eine Stunde und zehn Minuten. Das ist wirklich sehr gut, wissen Sie. Viel besser als der Frühzug, der braucht eine Stunde und vierzig Minuten.»

Sie fuhr fort:

«Natürlich fährt jeder mit dem Frühzug. Ich wollte auch heute früh fahren, aber Wonky Pooh war abgängig – das ist mein Kater, ein wundervoller Angora, nur hat er in letzter Zeit ein wehes Ohr gehabt – und natürlich konnte ich nicht von zu Hause fort, ehe er gefunden war!»

Luke murmelte:

«Natürlich nicht», und senkte die Augen ostentativ auf seine Zeitung. Doch es nützte ihm nichts. Die Flut ergoß sich weiter.

«Also machte ich aus der Not eine Tugend und nahm den Nachmittagszug, und einerseits ist es ja viel angenehmer, weil er nicht so voll ist. Freilich tut das nichts, wenn man Erste fährt. Das leiste ich mir ja gewöhnlich nicht, ich würde das als Verschwendung betrachten, bei den Steuern und wo alles so teuer ist, aber ich war so aufgeregt – denn wissen Sie, ich fahre in einer so wichtigen Angelegenheit hin, und ich wollte mir genau ausdenken, was ich sagen würde – in aller Ruhe, wissen Sie –.» Luke unterdrückte ein Lächeln. «Und wenn man Bekannte auf der Reise trifft, da kann man doch nicht unfreundlich sein – also dachte ich, einmal gestatte ich mir die größere Ausgabe. Es ist schade, daß die zweite Klasse ausgelassen wurde!»

«Natürlich», fuhr sie mit einem raschen Blick auf Lukes gebräuntes Gesicht fort, «Offiziere auf Urlaub müssen Erste fahren, das weiß ich.»

Luke strich vor dem neugierigen Blick von einem lebhaften Augenpaar sofort die Segel. Es würde am Ende ja doch dazukommen, wußte er.

«Ich bin nicht Soldat», sagte er.

«Oh, verzeihen Sie – ich dachte nur – Sie sind so gebräunt – ich dachte, Sie kommen auf Urlaub aus dem Orient.»

«Ich komme aus dem Orient», sagte Luke. «Aber nicht auf Urlaub.» Er schnitt weitere Forschungen mit der knappen Mitteilung ab: «Ich bin bei der Polizei.»

«Bei der Polizei! Ach, das ist wirklich sehr interessant. Ein merkwürdiges Zusammentreffen, daß Sie gerade in diesem Ab-

teil fahren. Denn wissen Sie, die Angelegenheit, wegen der ich nach London fahre — ich gehe nach Scotland Yard.»
«Wirklich?» sagte Luke.
Er dachte bei sich: «Wird sie bald abgelaufen sein, wie eine Weckeruhr, oder geht das so weiter bis London?» Eigentlich machte es ihm aber nicht viel, denn er hatte Tante Mildred sehr gern gehabt und erinnerte sich, wie sie einmal zur rechten Zeit mit einem Fünfer ausgeholfen hatte. Es lag auch so etwas Gemütliches und Heimisches in den alten Damen wie dieser hier und seiner Tante Mildred. So etwas Ähnliches gab es dort im Orient nicht; sie gehörten zu den Dingen, die man sehr hoch schätzte, wenn man sie nicht hatte und sich auf der anderen Seite des Globus befand. (Und die einen sehr langweilten, wenn man sie in stärkerem Maße genoß, jedoch er war, wie gesagt, erst vor ein paar Stunden in England gelandet.)
Die alte Dame fuhr zufrieden fort:
«Ja, ich wollte heute früh fahren — und dann kam, wie gesagt, die Sorge um Wonky Pooh. Aber Sie glauben nicht, daß es zu spät sein wird, wie? Ich meine, in Scotland Yard gibt es doch keine speziellen Dienststunden?»
«Ich glaube nicht, daß sie um vier Uhr schließen», sagte Luke.
«Nein, natürlich nicht, das können sie doch nicht. Ich meine, jemand könnte doch jeden Augenblick ein schweres Verbrechen anzeigen wollen, nicht wahr?»
«Ganz richtig», nickte Luke.
«Ich denke immer, es ist am besten, gleich an die richtige Quelle zu gehen», sagte sie endlich. «John Reed — das ist unser Polizeimann in Wychwood — ist ja ein ganz netter Mensch, sehr artig und freundlich, aber ich habe das Gefühl, es wäre doch nicht der Richtige, wenn es sich um etwas wirklich Ernsthaftes handelte. Er ist gewöhnt, mit Leuten fertigzuwerden, die zuviel getrunken haben oder die die Geschwindigkeitsgrenze überschreiten, oder vielleicht auch mit Einbrechern. Aber ich glaube nicht — ich bin ganz sicher — er wäre nicht der Richtige für Mord!»
Luke hob die Augenbrauen.
«Mord?»
Die alte Dame nickte heftig.
«Ja, Mord. Ich sehe, Sie sind erstaunt. Anfangs war ich es

selbst . . . Ich konnte es wirklich nicht glauben. Ich dachte, ich bilde es mir nur ein.»

«Sind Sie sicher, daß das nicht der Fall ist?» fragte Luke sanft.

«O ja.» Sie schüttelte entschieden den Kopf. «Das wäre das erste Mal möglich gewesen, aber nicht beim zweiten-, dritten- oder viertenmal. Da weiß man es.»

Luke sagte:

«Meinen Sie, daß es — hm — mehrere Morde gab?»

Die ruhige, sanfte Stimme erwiderte:

«Ziemlich viele, fürchte ich.»

Sie fuhr fort:

«Deshalb dachte ich, es ist am besten, ich gehe direkt zu Scotland Yard und erzähle es ihnen. Glauben Sie nicht auch, es ist das beste?»

Luke schaute sie nachdenklich an, dann sagte er:

«Nun ja — ich denke, Sie haben ganz recht.»

Bei sich dachte er:

«Sie werden schon mit ihr fertig werden. Wahrscheinlich kommt jede Woche ein halbes Dutzend alter Damen hin, die von Morden erzählen, die in ihren friedlichen, ruhigen Landstädtchen begangen werden! Vielleicht gibt es eine spezielle Abteilung, wo mit den guten Alten verfahren wird.»

Er wurde in diesen Grübeleien durch die sanfte Stimme unterbrochen:

«Ich erinere mich, einmal über den Fall Abercrombie gelesen zu haben — wissen Sie, der so viele Leute vergiftet hatte, bevor ein Verdacht rege wurde — daß er einen Blick hatte, einen besonderen Blick, mit dem er jemand ansah — und kurz darauf wurde der Betreffende dann krank. Damals glaubte ich das nicht — aber es ist wahr!»

«Was ist wahr?»

«Der Blick eines Menschen . . .»

Luke starrte sie an. Sie zitterte ein wenig, und ihre rosigen Wangen hatten die Farbe verloren.

«Ich sah ihn zuerst auf Amy Gibbs geheftet — und sie starb. Dann war es Carter. Und Tommy Pierce. Und jetzt — gestern — war es Dr. Humbleby — und der ist so ein guter Mensch — ein wirklich guter Mensch! Carter freilich, der trank, und Tommy Pierce war ein überaus frecher kleiner Junge, der die kleineren Buben quälte und puffte. Über die beiden alterierte ich mich nicht so, aber Dr. Humbleby ist etwas anderes, der muß gerettet werden. Das Schreckliche ist, daß, wenn ich zu ihm ginge und es ihm sagte, er mir nicht glauben und nur lachen würde! Und John Reed würde mir auch nicht glauben. Jedoch in Scotland Yard wird es anders sein; dort sind sie natürlich an Verbrechen gewöhnt!»

Sie warf einen Blick aus dem Fenster.

«Oh, wir werden ja gleich dasein!» Sie geriet in Bewegung, öffnete und schloß ihre Tasche, suchte ihren Regenschirm.

«Danke – danke vielmals.» Dies galt Luke, der den Regenschirm zum zweitenmal aufhob. «Es war mir so eine Erleichterung, mit Ihnen reden zu können – Sie waren so freundlich – ich bin froh, daß Sie auch finden, daß ich das Richtige tue.»

Luke sagte freundlich:

«Ich bin sicher, man wird Ihnen in Scotland Yard einen guten Rat geben.»

«Ich bin Ihnen wirklich sehr dankbar.» Sie suchte ihre Tasche. «Meine Karte – o weh, ich habe nur eine – die muß ich für Scotland Yard aufheben –»

«Natürlich, natürlich.»

«Mein Name ist Pinkerton.»

«Ein sehr zutreffender Name, Fräulein Pinkerton», sagte Luke lächelnd und fügte, als er ihr verdutztes Gesicht sah, rasch hinzu:

«Mein Name ist Luke Fitzwilliam.»

Als der Zug einfuhr, fügte er hinzu:

«Kann ich Ihnen ein Taxi besorgen?»

«Oh, nein, danke.» Fräulein Pinkerton schien ganz entsetzt bei dem Gedanken. «Ich fahre mit der Untergrundbahn bis zum Trafalgar Square, von dort gehe ich über Whitehall.»

«Nun, viel Glück», sagte Luke.

Fräulein Pinkerton schüttelte ihm herzlich die Hand.

«So freundlich», murmelte sie nochmals. «Wissen Sie, anfangs dachte ich, Sie glauben mir nicht.»

Luke errötete ein wenig beschämt.

«Nun», sagte er, «so viele Morde! Ein bißchen schwer, so viele Morde zu begehen und nicht erwischt zu werden, nicht?»

Fräulein Pinkerton schüttelte den Kopf.

Sie sagte ernst:
«Nein, nein, mein Lieber, da sind Sie im Irrtum. Es ist sehr leicht zu morden – solange niemand einen Verdacht auf Sie hat. Und sehen Sie, der Mensch, um den es sich handelt, ist der allerletzte, auf den ein Verdacht fiele!»
«Nun, jedenfalls viel Glück», sagte Luke.
Fräulein Pinkerton verschwand in der Menge. Er ging seinem Gepäck nach und dachte bei sich:
«Ein klein wenig übergeschnappt? Nein, das glaube ich nicht. Eine lebhafte Einbildungskraft, das ist alles. Hoffentlich sind sie nett mit ihr! Eigentlich ein lieber Kerl.»

Todesanzeige

Jimmy Lorrimer war einer von Lukes ältesten Freunden. Es war selbstverständlich, daß er bei ihm wohnte, wenn er nach London kam. Es war Jimmy, mit dem er am Abend seiner Ankunft auf Unterhaltung ausging. Es war Jimmys Kaffee, den er mit schmerzendem Kopf am nächsten Morgen trank, und es war Jimmys Stimme, die unbeantwortet blieb, während sein Gast eine kurze Notiz im Morgenblatt zweimal las.
«Verzeih, Jimmy», sagte er dann, mit einem Ruck in die Gegenwart zurückkehrend.
«In was warst du so vertieft – in die politische Lage?»
Luke grinste.
«Keine Spur. Nein, es ist merkwürdig – eine alte Dame, mit der ich gestern im Zug fuhr, ist überfahren worden.»
«Wieso weißt du, daß es sie ist?»
«Es kann ja natürlich eine andere sein. Aber der Name ist der gleiche – Pinkerton – und sie wurde von einem Auto getötet, als sie über Whitehall ging. Das Auto fuhr weiter.»
«Garstige Sache», sagte Jimmy.
«Ja, arme alte Seele! Es tut mir leid; sie erinnerte mich an meine Tante Mildred.»
«Derjenige, der das Auto lenkte, wird aber eingesperrt, wird vielleicht des Totschlags angeklagt. Ich sag dir, ich habe geradezu Angst, heutzutage ein Auto zu lenken.»

Es war über eine Woche später, als Luke beim Überfliegen der ersten Seite der «Times» einen überraschten Ausruf tat.
«Ah, da hol mich der Teufel!»
Jimmy Lorrimer blickte auf.
«Was ist los?»
Luke antwortete nicht; er starrte auf einen Namen in der gedruckten Spalte.
Jimmy wiederholte seine Frage.
Luke hob den Kopf und sah seinen Freund an. Sein Ausdruck war so merkwürdig, daß Jimmy erschrak.
«Was ist denn los, Luke? Du schaust aus, als habest du einen Geist gesehen.»
Ein paar Minuten antwortete der andere nicht. Er ließ die Zeitung fallen, schritt zum Fenster und wieder zurück. Jimmy beobachtete ihn mit wachsendem Staunen.
Luke ließ sich in einen Sessel sinken und beugte sich vor.
«Jimmy, alter Junge, erinnerst du dich, daß ich – an dem Tage, wo ich in England ankam – eine alte Dame erwähnte, mit der ich hergereist war?»
«Die dich an deine Tante Mildred erinnerte? Und dann von einem Auto überfahren wurde?»
«Die ist es. Hör mal zu, Jimmy. Die alte Dame erzählte eine lange Geschichte, daß sie zu Scotland Yard ginge, um über eine Menge Morde zu berichten. In ihrem Ort war ein Mörder los – darauf ging es hinaus, und er hat rasche Arbeit geleistet.»
«Du hast mir nicht erzählt, daß sie übergeschnappt war», sagte Jimmy.
«Das habe ich auch nicht gedacht.»
«Na hör mal, alter Junge, Mord en gros –.»
Luke sagte ungeduldig:
«Ich hielt sie nicht für verrückt. Ich dachte, sie ließe ihrer Einbildungskraft nur zu freien Lauf, wie das bei alten Damen manchmal vorkommt.»
«Nun ja, das könnte auch gewesen sein. Aber wahrscheinlich war doch auch eine Schraube los bei ihr, denke ich.»
«Es handelt sich nicht darum, was du denkst, Jimmy; jetzt erzähle ich dir, hör zu!»
«Ja, schon gut – weiter!»
«Sie wurde sehr ausführlich, erwähnte ein oder zwei Opfer mit

Namen und erklärte dann, was sie am meisten errege, sei die Tatsache, daß sie wisse, wer das nächste Opfer sein werde.»

«Ja?» sagte Jimmy aufmunternd.

«Ich habe mir den Namen gemerkt – Dr. Humbleby. Die alte Dame sagte, Dr. Humbleby würde der nächste sein, und sie war sehr unglücklich darüber, weil er ‹so ein guter Mensch› sei.»

«Nun, und?» sagte Jimmy.

«Nun, schau dir das an.»

Luke reichte ihm die Zeitung und wies auf eine Notiz unter Todesfällen.

Humbleby. – Am 13. Mai starb plötzlich in seinem Wohnsitz Sandgate, Wychwood a. d. Ashe, John Edward Humbleby, unvergeßlicher Gatte von Jessie Rose Humbleby. Begräbnis Freitag. Kranzspenden dankend abgelehnt.

«Siehst du, Jimmy, es ist der Name und der Ort, und Doktor ist er auch. Was denkst du davon?»

«Ich vermute, es ist eben ein verflucht seltsames Zusammentreffen.»

«Glaubst du, Jimmy? Wirklich? Ist das alles?»

Luke begann wieder auf und ab zu gehen.

«Was könnte es sonst sein?» fragte Jimmy.

Luke wandte sich plötzlich um.

«Und wie, wenn jedes Wort, das das gute alte Schaf sagte, wahr wäre? Wie, wenn die phantastische Geschichte einfach die reine, nackte Wahrheit wäre?»

«Ach geh doch, alter Junge! Das wäre doch zu stark! Solche Dinge passieren einfach nicht.»

«Und wie war es mit dem Fall Abercrombie? Soll er nicht eine ganze Menge umgebracht haben?»

«Mehr als je herauskamen», sagte Jimmy. «Durch einen Freund, dessen Vetter dort Leichenbeschauer war, hörte ich einiges. Erst erwischten sie Abercrombie, daß er den Tierarzt mit Arsenik vergiftet habe, dann gruben sie seine Frau aus, die voll davon war, und es ist ziemlich sicher, daß sein Schwager denselben Weg gegangen ist – und das war noch lange nicht alles. Mein Freund erzählte mir, die inoffizielle Ansicht sei, daß Abercrombie mindestens fünfzehn Menschen beiseite geräumt habe. Fünfzehn!»

«Richtig, also passieren solche Dinge doch!»

«Ja, aber nicht oft.»
«Woher weißt du das? Sie passieren vielleicht viel öfter, als du glaubst.»
«Da spricht der Polizeimann! Kannst du jetzt, wo du dich ins Privatleben zurückgezogen hast, nicht vergessen, daß du bei der Polizei warst?»
«Einmal Polizeimann, immer Polizeimann, vermute ich», sagte Luke. «Nun, hör mal, Jimmy, angenommen, daß, ehe Abercrombie so tollkühn wurde, daß er seine Morde der Polizei förmlich unter die Nase hielt, daß da eine gesprächige alte Dame einfach erraten hätte, was er trieb, und mit dieser Mitteilung zu einer Dienststelle gegangen wäre? Glaubst du, daß man auf sie gehört hätte?»
Jimmy grinste.
«Gar keine Spur!»
«Richtig. Man hätte gesagt, sie sei übergeschnappt, gerade wie du es gesagt hast. Oder sie hätten gesagt: ‹Zuviel Einbildungskraft, nicht genug zu tun›, wie ich es sagte. Und wir beide, Jimmy, hätten unrecht gehabt.»
Lorrimer überlegte ein paar Augenblicke, dann fragte er:
«Wie steht die Sache eigentlich – deiner Ansicht nach?»
Luke erwiderte langsam:
«Der Fall steht so: Mir wurde eine Geschichte erzählt – eine unwahrscheinliche, aber nicht unmögliche Geschichte. Ein Beweisstück, der Tod von Dr. Humbleby, bekräftigt diese Geschichte. Und dann ist da noch etwas Bedeutungsvolles: Fräulein Pinkerton war auf dem Weg nach Scotland Yard mit dieser unwahrscheinlichen Geschichte. Doch sie kam nicht hin. Sie wurde von einem Auto überfahren und getötet, das nicht anhielt.»
Jimmy wandte ein:
«Das weißt du nicht, ob sie nicht hinkam. Sie konnte auch nachher getötet worden sein, nicht vorher.»
«Konnte, ja – aber ich glaube es nicht.»
«Das ist reine Vermutung. Es kommt darauf hinaus, daß du an dieses – Melodrama glaubst.»
Luke schüttelte den Kopf.
«Nein, das will ich nicht behaupten. Was ich meine, ist nur, der Fall sollte untersucht werden.»

«Mit andern Worten, du gehst zu Scotland Yard?»
«Nein, so weit ist es noch nicht – noch lange nicht. Wie du sagst, kann der Tod von Humbleby ja auch nur ein Zusammentreffen sein.»
«Also was für eine Idee hast du, wenn man fragen darf?»
«Die Idee, an diesen Ort zu fahren und die Sache zu untersuchen.»
«Also das ist dein Plan?»
«Bist du nicht auch der Ansicht, daß es die einzige vernünftige Art ist, die Geschichte anzugehen?»
Jimmy starrte ihn an, dann fragte er:
«Ist es dir ernst damit, Luke?»
«Vollkommen.»
«Und wenn das Ganze nun eine Seeschlange ist?»
«Das wäre das Allerbeste.»
«Ja, natürlich ...» Jimmy runzelte die Stirn. «Aber das glaubst du selbst nicht, wie?»
«Mein Lieber, ich halte die Augen offen.» Jimmy schwieg ein paar Minuten. Dann sagte er:
«Hast du irgendeinen Plan? Ich meine, du mußt doch irgendeinen Grund vorschützen, weshalb du plötzlich dort auftauchst.»
«Ja, vermutlich muß ich das.»
«Da gibt es kein ‹vermutlich›. Hast du eine Ahnung, wie eine kleine englische Landstadt ist? Eine neue Erscheinung fällt meilenweit auf!»
«Ich werde unter einer Maske auftreten müssen», antwortete Luke grinsend. «Was meinst du? Künstler? Kaum – ich kann nicht zeichnen, geschweige denn malen.»
«Du könntest ja ein moderner Künstler sein», schlug Jimmy vor. «Da würde das nichts machen.»
Jedoch Luke ließ sich nicht beirren.
«Ein Schriftsteller? Ziehen Schriftsteller in fremde Landwirtshäuser, um zu schreiben? Könnte möglich sein. Ein Fischer vielleicht – doch da müßte man erst wissen, ob ein Fischwasser in der Nähe ist. Ein Kranker, dem Landluft verordnet ist? So schaue ich nicht aus, außerdem geht doch heute jeder in ein Sanatorium. Ich könnte mich ja um ein Haus in der Gegend umschauen wollen, aber das ist auch nicht sehr gut. Hol's der

Kuckuck, Jimmy, es muß doch irgendeinen einleuchtenden Grund geben, daß ein gesunder Fremder plötzlich in einem kleinen Ort auftaucht.»

Jimmy sagte: «Wart einen Augenblick — zeig die Zeitung nochmals her.»

Er warf einen flüchtigen Blick darauf und rief triumphierend: «Hab' ich mir's nicht gleich gedacht! Luke, alter Junge — kurz, ich kann das wunderbar arrangieren — es ist ein Kinderspiel!»

Luke drehte sich rasch um.

«Was?»

Jimmy fuhr mit stolzer Bescheidenheit fort:

«Es war mir gleich so bekannt! Wychwood a. d. Ashe! Natürlich! Es ist schon der Ort!»

«Hast du vielleicht zufällig einen Freund dort, der den Leichenbeschauer kennt?»

«Diesmal nicht, sondern etwas Besseres, mein Junge. Wie du weißt, hat die Natur mich reichlich mit Tanten und Vettern versehen — da mein Vater eins von zwölf Geschwistern war. Nun hör mal zu: Ich habe eine Cousine in Wychwood a. d. Ashe!»

«Jimmy, du bist ein Wundertier!»

«Ja, es ist ganz schön, nicht wahr?» sagte Jimmy bescheiden.

«Erzähle mir von ihr!»

«Sie heißt Bridget Conway und war in den letzten zwei Jahren Sekretärin bei Lord Whitfield.»

«Ist das der Mann, dem diese grauslichen kleinen Wochenblätter gehören?»

«Ganz richtig. Er ist auch ein grauslicher kleiner Mann — immer so hochtrabend! Er wurde in Wychwood a. d. Ashe geboren, und da er zu den Snobs gehörte, die einem ihre Herkunft immer unter die Nase reiben, und stolz darauf ist, sich aus eigener Kraft emporgebracht zu haben, ist er in sein väterliches Dorf zurückgekehrt, hat das einzige große Haus in der Gegend gekauft (es hat übrigens einmal Bridgets Familie gehört) und ist eifrig bemüht, ein Mustergut aus dem Besitz zu machen.»

«Und deine Cousine ist seine Sekretärin?»

Sie war es», antwortete Jimmy dunkel. «Jetzt ist sie höher gestiegen, sie ist mit ihm verlobt.»

«Oh», sagte Luke enttäuscht.

«Er ist natürlich eine glänzende Partie», erzählte Jimmy.

«Schwimmt in Geld. Bridget hat eine unglückliche Liebesaffäre gehabt, die ihr alle Romantik ausgetrieben hat. Ich denke, diese Heirat wird ganz gut werden. Sie wird gut, aber streng mit ihm sein, und er wird ihr aus der Hand essen.»

«Und wie komme ich da hinein?»

Jimmy erwiderte prompt:

«Du kommst auf Besuch hin – du kannst auch ein Cousin sein. Bridget hat so viele, daß es auf einen mehr oder weniger nicht ankommt. Ich werde das schon mit ihr ausmachen. Wir waren immer gute Kameraden. Was nun deinen Grund, hinzukommen, betrifft – Hexerei, mein Junge.»

«Hexerei!»

«Volkssagen, örtliche Aberglauben – all diese Sachen, Wychwood a. d. Ashe ist diesbezüglich ziemlich bekannt. Es war einer der letzten Orte, wo ein Hexensabbat abgehalten wurde – im vorigen Jahrhundert wurden dort noch Hexen verbrannt –, alle möglichen Traditionen gibt es da. Du schreibst ein Buch, verstehst du, über die Wechselbeziehungen der Bräuche in Hinterindien und alten englischen Volkssagen, Ähnlichkeiten und so weiter, du kennst die Art. Geh mit einem Notizbuch herum und frage den ältesten Einwohner nach den örtlichen Aberglauben und Gebräuchen aus. Sie sind dort an diese Sachen gewöhnt, und wenn du im Herrenhaus wohnst, so bürgt das für dich.»

«Und wie ist's mit Lord Whitfield?»

«Das geht schon in Ordnung. Er ist ganz ungebildet und sehr leichtgläubig – glaubt tatsächlich Dinge, die er in seinen eigenen Zeitungen liest! Bridget wird das jedenfalls übernehmen; Bridget ist zuverlässig; für sie bürge ich.»

Luke atmete auf.

«Jimmy, alter Knabe, es sieht wirklich aus, als ob die Sache leicht ginge. Du bist großartig. Wenn du das tatsächlich mit deiner Cousine abmachen kannst –»

«Geht alles in schönster Ordnung, verlaß dich nur auf mich.»

«Ich bin dir unendlich dankbar.»

Jimmy sagte:

«Ich bitte dich nur, wenn du einen Massenmörder zur Strecke bringst, laß mich am Ende dabeisein!»

Er fügte rasch hinzu:

«Was ist?»
Luke sagte langsam:
«Mir ist eben etwas eingefallen, was meine alte Dame mir sagte. Ich hatte bemerkt, daß es ein wenig schwer sei, so viele Morde zu begehen und nicht erwischt zu werden, und sie erwiderte, daß ich unrecht habe, daß es sehr leicht sei, zu morden ...» Er hielt inne und sagte dann langsam: «Ich möchte wissen, ob das wahr ist, Jimmy? Möchte wissen, ob es wirklich ...»
«Was?»
«Leicht ist zu morden ...»

Hexe ohne Besenstiel

Die Sonne schien, als Luke über den Hügel in das kleine Landstädtchen Wychwood a. d. Ashe fuhr. Er hatte sich aus zweiter Hand ein Auto gekauft und hielt nun einen Augenblick auf dem Rücken des Hügels.
Der Sommertag war warm und sonnig. Unter ihm lag der Ort, merkwürdig unberührt von den jüngsten Entwicklungen.
Er schien ungewöhnlich abgelegen. Luke dachte: «Ich bin wohl verrückt, die ganze Sache ist phantastisch.»
War er wirklich allen Ernstes hierhergekommen, um einen Mörder zur Strecke zu bringen — einfach auf Grund einiger geschwätziger Redereien einer alten Dame und einer zufälligen Todesanzeige?
Er schüttelte den Kopf.
«Solche Sachen passieren doch nicht», murmelte er. «Oder — doch? Luke, mein Junge, bei dir steht es, herauszukriegen, ob du der leichtgläubigste Esel der Welt bist oder ob dich deine Polizeinase auf die richtige Fährte geführt hat.»
Er setzte den Wagen wieder in Gang, fuhr langsam den gewundenen Weg hinab und in die Hauptstraße ein.
Hier hielt er an und fragte nach dem Weg.
Man sagte ihm, das Herrenhaus sei ungefähr zehn Minuten entfernt — er könne die Tore zur rechten Hand sehen.
Luke fuhr weiter. Er fand das Tor leicht. Er fuhr ein, sah durch die Bäume rote Ziegel aufblinken und wurde bei der Biegung

der Auffahrt von einem erschreckend geschmacklosen, mit vielen Türmchen versehenen Bau wie vor den Kopf geschlagen.
Während er das Scheusal noch betrachtete, versteckte sich die Sonne. Er gewahrte plötzlich den Asheberg wie eine Bedräuung. Ein plötzlicher Windstoß fuhr durch die Blätter der Bäume, und in diesem Augenblick kam ein junges Mädchen um die Ecke des Hauses.
Ihr schwarzes Haar wurde von dem Wind steil in die Höhe getrieben und erinnerte Luke an ein Bild, das er einmal gesehen hatte — das der Maler Nevinson ‹Hexe› genannt hatte —, das schmale, bleiche, feine Gesicht, das schwarze Haar, das zu den Sternen hinaufflog. Er sah dieses Mädchen förmlich auf einem Besenstiel zum Mond hinauffliegen . . .
Sie kam gerade auf ihn zu.
«Sie müssen Luke Fitzwilliam sein. Ich bin Bridget Conway.»
Er nahm die Hand, die sie ihm entgegenstreckte. Er konnte sie nun sehen, wie sie wirklich war — nicht, wie sie ihm ein phantastischer Augenblick gezeigt hatte. Groß, schlank, ein ovales, zartes Gesicht mit etwas eingefallenen Wangen — ironische schwarze Augenbrauen —, schwarze Augen und Haare. Sie war eine zarte Radierung, fand er — scharf und schön.
Er sagte:
«Ich muß mich entschuldigen, daß ich Ihnen da einfach so aufgehalst werde. Jimmy behauptete, daß Sie sich nichts draus machen würden.»
«Oh, wir sind entzückt.» Sie lächelte. «Jimmy und ich halten immer zusammen. Und wenn Sie ein Buch über Volkssagen schreiben, ist dies der richtige Ort dafür. Es gibt alle möglichen Legenden und malerische Plätze.»
«Wunderbar», sagte Luke.
Sie gingen miteinander auf das Haus zu. Luke warf noch einen verstohlenen Blick darauf. Er fand nun Spuren eines nüchternen Baues aus der Zeit der Königin Anna, die von der blühenden Pracht fast erstickt wurde. Er erinnerte sich, daß Jimmy erwähnt hatte, daß das Haus ursprünglich Bridgets Familie gehört hatte. Das, dachte er ingrimmig, war wohl in dessen «unverzierten» Tagen gewesen. Er betrachtete verstohlen die Linie ihres Profils, ihre langen Hände und machte sich seine Gedanken.

Er hielt sie für ungefähr acht- oder neunundzwanzig. Sie hatte offenbar Verstand. Und sie war einer von den Menschen, von denen man absolut nichts wußte, wenn sie es nicht wünschten. Im Innern war das Haus bequem und geschmackvoll eingerichtet — mit dem guten Geschmack eines erstklassigen Tapezierers. Bridget Conway ging voraus in ein Zimmer mit Bücherregalen und bequemen Sesseln, in dem ein Teetisch am Fenster stand.
Sie sagte:
«Gordon, dies ist Luke, eine Art Vetter von einem meiner Vettern.»
Lord Whitfield war ein kleiner Mann, der beinahe kahlköpfig war. Sein Gesicht war rund, mit offenem Ausdruck, einem schmollenden Mund und Augen wie gesottene Stachelbeeren. Er war mit einem nachlässig sitzenden Anzug bekleidet, der das Unvorteilhafte seiner hauptsächlich aus einem Bauch bestehenden Gestalt hervorhob.
Er begrüßte Luke leutselig.
«Freue mich sehr, Sie zu sehen, wirklich sehr. Sind eben aus dem Orient zurückgekehrt, wie ich höre? Interessanter Aufenthalt! Sie schreiben ein Buch, wie mir Bridget sagt. Man sagt, daß heutzutage zu viele Bücher geschrieben werden. Ich sage nein — für ein gutes ist immer noch Platz.»
Bridget stellte weiter vor: «Meine Tante, Frau Anstruther», und Luke schüttelte einer ältlichen Dame mit etwas törichtem Ausdruck die Hand.
Frau Anstruther war, wie Luke bald entdeckte, mit Leib und Seele der Gärtnerei ergeben. Sie sprach nie von etwas anderem und war ständig mit der Überlegung beschäftigt, ob irgendeine seltene Pflanze wohl an dem Ort gedeihen würde, an den sie sie setzen wollte.
Lord Whitfield schlürfte seinen Tee und musterte Luke abschätzend.
«Sie schreiben also Bücher», murmelte er.
Etwas nervös war Luke im Begriff, Erklärungen abzugeben, als er bemerkte, daß es Lord Whitfield nicht wirklich um Auskunft zu tun war.
«Ich habe mir oft gedacht, daß ich eigentlich auch gern ein Buch schreiben möchte.»

«Ja?» sagte Luke.
«Merken Sie wohl, ich könnte es», sagte Lord Whitfield, «und es würde ein sehr interessantes Buch werden. Ich habe eine Menge interessanter Leute kennengelernt. Nur habe ich leider nicht die Zeit, ich bin ein vielbeschäftigter Mensch.»
Dann von seiner eigenen olympischen Höhe zu den gewöhnlichen Sterblichen herabsteigend, fragte er seinen Gast freundlich:
«Kennen Sie jemand in dieser Gegend?»
Luke schüttelte den Kopf, dann fiel ihm ein, daß je eher er sich an seine Aufgabe machte, desto besser es wäre, und er fügte hinzu:
«Das heißt, es ist ein Mann hier, den ich aufzusuchen versprach — ein Bekannter von Freunden von mir. Ein Mann namens Humbleby, er ist Arzt.»
«Oh!» Lord Whitfield setzte sich auf. «Dr. Humbleby? Schade.»
«Was ist schade?»
«Er ist vor ungefähr einer Woche gestorben», erklärte Lord Whitfield.
«Ach je», sagte Luke. «Das tut mir leid.»
«Ich glaube nicht, daß er Ihnen gefallen hätte», meinte Lord Whitfield. «Ein halsstarriger, unangenehmer, wirrköpfiger alter Narr.»
«Das heißt», erklärte Bridget, «daß er mit Gordon nicht übereinstimmte.»
«Es handelte sich um unsere Wasserversorgung», sagte Lord Whitfield. «Ich kann Ihnen sagen, Herr Fitzwilliam, daß ich ein Mensch mit Gemeinsinn bin. Mir liegt das Wohl dieser Stadt am Herzen. Ich bin hier geboren, ja, hier in dieser Stadt geboren —.»
Mißvergnügt bemerkte Luke, daß sie das Thema Dr. Humbleby verlassen und wieder zu Lord Whitfield zurückgekehrt waren.
«Ich schäme mich dessen nicht, und es liegt mir nichts daran, wenn jeder es weiß», fuhr der Herr fort. «Ich genoß keinen ihrer natürlichen Vorteile. Mein Vater hatte einen Schuhladen — ja, einen einfachen Schuhladen. Und ich bediente darin, als ich ein junger Bursche war. Ich habe mich durch meine eigenen Anstrengungen in die Höhe gebracht, Fitzwilliam — ich war ent-

schlossen, aus der alten Fahrbahn herauszukommen — und ich bin herausgekommen! Beharrlichkeit, harte Arbeit und Gottes Hilfe — das hat es vollbracht! Das hat mich zu dem gemacht, was ich heute bin.»

«Und hier bin ich, und die ganze Welt kann gerne wissen, wie ich hierhergelangt bin! Ich schäme mich nicht meiner Anfänge — nein, Herr — ich bin hierher zurückgekehrt, wo ich geboren bin. Wissen Sie, was dort steht, wo der Laden meines Vaters war? Ein schönes Gebäude, erbaut und erhalten von mir — ein Klub für junge Burschen, alles erstklassig und modern, vom besten Architekten im Land! Ich muß sagen, er hat es recht einfach und kahl hingestellt — kommt mir wie ein Armenhaus oder Gefängnis vor — aber alle sagen, es ist so richtig, also muß es wohl so sein.»

«Tröste dich», sagte Bridget. «Bei diesem Haus hier hast du doch deinen Kopf durchgesetzt!»

Lord Whitfield kicherte anerkennend.

«Ja, sie wollten mich hier auch überreden, es solle im ursprünglichen Geist des Baues ausgeführt werden. Nein, sagte ich, ich werde in dem Haus wohnen und ich will etwas für mein Geld herzuzeigen haben! Als ein Architekt nicht tun wollte, was ich verlangte, warf ich ihn hinaus und nahm einen anderen, der meine Ideen ziemlich gut begriff.»

«Er hat den schlimmsten Auswüchsen deiner Phantasie Vorschub geleistet», sagte Bridget.

«Sie hätte das Haus am liebsten so gelassen, wie es war», sagte Lord Whitfield und streichelte ihr den Arm. «Es heißt nichts, in der Vergangenheit zu leben, meine Liebe. Diese alten Baumeister konnten nicht viel. Ich wollte keinen einfachen roten Ziegelbau. Ich hatte mir immer ein Schloß gewünscht — und jetzt habe ich eins!» Er fügte hinzu: «Ich weiß, mein Geschmack ist nicht klassisch, also gab ich einer ersten Firma carte blanche, das Innere auszustatten, und ich muß sagen, sie haben es nicht schlecht gemacht — obwohl einiges ein wenig farblos ist.»

«Nun», bemerkte Luke, der nicht recht wußte, was er sagen sollte, «es ist jedenfalls viel wert, zu wissen, was man will.»

«Und ich krieg' es gewöhnlich auch», sagte der andere kichernd.

«Bezüglich der Wasserversorgung ist es dir beinahe nicht gelungen», erinnerte ihn Bridget.

«Ach ja, das!» sagte Lord Whitfield. «Humbleby war ein Narr. Diese älteren Leute neigen zur Starrköpfigkeit; sie wollen Vernunftgründe nicht hören.»
«Dr. Humbleby sagte wohl immer seine offene Meinung?» meinte Luke. «Da machte er sich wahrscheinlich viel Feinde, nicht?»
«N-nein, das möchte ich gerade nicht behaupten», widersprach Lord Whitfield. «Was, Bridget?»
«Er war bei allen sehr beliebt, fand ich immer», sagte Bridget. «Ich sah ihn nur, als er damals wegen meines Knöchels kam, und ich fand ihn sehr sympathisch.»
«Ja, im allgemeinen war er recht beliebt», gab Lord Whitfield zu. «Obwohl ich ein oder zwei Leute kannte, die es scharf auf ihn hatten.»
«Von hiesigen Leuten?»
Lord Whitfield nickte.
«Es gibt immer eine Menge von kleinen Streitereien und Cliquen in so einem Ort», sagte er.
«Ja, das kann ich mir denken», sagte Luke. Er zögerte, unsicher über seinen nächsten Schritt.
«Was für Leute leben eigentlich hauptsächlich hier?» fragte er. Es war eine schwächliche Frage, doch er erhielt augenblicklich Antwort.
«Hinterbliebene, zum größten Teil», sagte Bridget. «Töchter von Geistlichen, und Schwestern und Witwen, das gleiche von Ärzten. Ungefähr sechs Frauen auf jeden Mann.»
«Aber es gibt doch einige Männer?» fragte Luke.
«O ja, da ist einmal Herr Abbot, der Rechtsanwalt, und der junge Dr. Thomas, Dr. Humblebys Compagnon, und Herr Wake, der Pfarrer, und — wen gibt es noch, Gordon? Ah ja, Herr Ellsworthy, der den Antiquitätenladen hat und zu, zu reizend ist. Und Major Horton und seine Bulldoggen.»
«Ja, da erinnere ich mich, daß meine Freunde noch jemand erwähnten, der hier lebt», fuhr Luke fort. «Sie sagten, es sei eine liebe alte Dame, die aber sehr viel redete.»
Bridget lachte.
«Das paßt auf das halbe Dorf!»
«Wie war nur der Name? Ich hab's schon. Pinkerton.»
Lord Whitfield sagte heiser lachend:

«Sie haben wirklich Pech! Die ist auch tot. Wurde kürzlich in London überfahren. Auf der Stelle tot.»
«Sie scheinen eine Menge Todesfälle hier zu haben», sagte Luke leichthin.
Lord Whitfield ging in die Höhe.
«Durchaus nicht. Einer der gesündesten Orte in England. Unglücksfälle kann man nicht zählen, die können jedem passieren.»
Jedoch Bridget Conway sagte nachdenklich:
«Aber es hat tatsächlich eine Menge Todesfälle im letzten Jahr gegeben, Gordon. Fortwährend gibt es Begräbnisse.»
«Unsinn, mein Kind.»
Luke sagte:
«War Dr. Humblebys Tod auch ein Unglücksfall?»
Lord Whitfield schüttelte den Kopf.
«O nein», sagte er. «Humbleby starb an akuter Blutvergiftung. Sieht einem Arzt ähnlich. Hat sich die Hand mit einem rostigen Nagel oder so etwas Ähnlichem verletzt — hat es nicht beachtet, und es ist septisch geworden; in drei Tagen war er tot.»
«Ärzte sind schon so», sagte Bridget. «Und dann sind sie ja auch jeder Infektion ausgesetzt, wenn sie nicht achtgeben. Es war aber sehr traurig. Seine Frau war ganz gebrochen.»
«Es nützt nichts, sich gegen den Willen der Vorsehung aufzulehnen», sagte Lord Whitfield sentenziös.
«Aber war es der Wille der Vorsehung?» fragte sich Luke später, während er sich zum Essen umzog. Blutvergiftung! Vielleicht. Jedoch ein sehr plötzlicher Tod.
Und durch den Kopf gingen ihm Bridget Conways leichthin gesprochene Worte:
«Es hat eine Menge Todesfälle im letzten Jahr gegeben.»

Luke macht einen Anfang

Luke hatte sich seinen Feldzugsplan sorgfältig ausgedacht, und als er am folgenden Morgen zum Frühstück herunterkam, war er bereit, ihn ohne Aufenthalt in Szene zu setzen.
Die Garten-Tante war nicht sichtbar, jedoch Lord Whitfield

trank Kaffee und aß gebratene Nieren, während Bridget Conway ihre Mahlzeit bereits beendet hatte und zum Fenster hinaussah.
Nachdem Luke sich nach den Begrüßungen mit einem Teller voll Eiern und Speck niedergesetzt hatte, begann er:
«Ich muß an die Arbeit gehen», sagte er. «Es wird schwer sein, die Leute zum Reden zu bringen. Sie wissen, was ich meine, nicht Leute wie Sie und — äh — Bridget. Sie würden mir ja alles sagen, was Sie wissen — aber leider wissen Sie die Sachen nicht, die ich brauche — nämlich den örtlichen Aberglauben. Man möchte es kaum glauben, wieviel Aberglauben sich noch in diesen abgelegenen Orten erhält; da gibt es ein Dorf in Devonshire, wo der Pfarrer ein paar alte Granitblöcke entfernen mußte, die vor der Kirche standen, weil die Leute darauf beharrten, bei jedem Todesfall nach einem alten Ritual um sie herumzumarschieren! Ganz merkwürdig, wie sich alte heidnische Rituale erhalten.»
«Da können Sie schon recht haben», meinte Lord Whitfield. «Bildung, das ist es, was die Leute brauchen. Habe ich Ihnen gesagt, daß ich eine sehr schöne Bibliothek gegründet habe? Es war das frühere Herrenhaus — war um ein Butterbrot zu haben —, jetzt ist es eine der schönsten Bibliotheken —.»
Luke lenkte mit Entschiedenheit die Konversation ab, die sich in der Richtung von Lord Whitfields Taten zu bewegen drohte.
«Wunderbar», sagte er herzlich. «Gute Sache. Sie sind sich offenbar klar über den Hintergrund von altväterischer Unwissenheit, die hier herrscht. Natürlich von meinem Standpunkt ist das gerade, was ich brauche; alte Gebräuche — alte Weibererzählungen — Andeutungen von alten Ritualen wie zum Beispiel —.»
Und dann folgte beinahe wörtlich eine Seite aus einem Werk, das Luke für diese Gelegenheit nachgeschlagen hatte.
«Todesfälle bieten die meisten Aussichten», schloß er. «Begräbnisgebräuche erhalten sich immer länger als alle anderen. Außerdem reden aus irgendeinem Grund Leute vom Dorf immer gern über Todesfälle.»
«Sie lieben Begräbnisse», stimmte Bridget vom Fenster her zu.
«Ich dachte, ich würde das zu meinem Ausgangspunkt machen», fuhr Luke fort. «Wenn ich ein Verzeichnis von kürzli-

chen Todesfällen in der Gemeinde bekäme, zu den Verwandten ginge, mit ihnen ins Reden käme, zweifle ich nicht, daß ich bald irgendeine Andeutung von dem, was ich suche, bekäme. Von wem könnte ich die Daten haben — vom Pfarrer?»
«Herr Wake würde sich sicher sehr dafür interessieren», sagte Bridget. «Er ist ein lieber Mensch und ein wenig Altertumsforscher. Er könnte Ihnen eine Menge sagen, meine ich.»
Luke wurde es etwas bänglich, er hoffte nur, daß der Geistliche nicht so wohlbewandert sei, daß er ihn bloßstellen würde.
Laut sagte er:
«Gut. Sie wissen wohl nicht von Leuten, die im letzten Jahr gestorben sind, wo sich etwas anfangen ließe?»
Bridget murmelte:
«Laßt mal sehen! Also da war Carter, der Wirt von den ‹Sieben Sternen›, das schäbige kleine Wirtshaus unten am Fluß.»
«Ein besoffener Rohling», sagte Whitfield.
«Und Frau Rose, die Wäscherin», fuhr Bridget fort. «Und der kleine Tommy Pierce — das war ein garstiger kleiner Junge, muß man sagen. Ah und natürlich dieses Mädel Amy — wie hieß sie nur gleich?»
Ihre Stimme änderte ein wenig ihren Klang, als sie den Namen aussprach.
«Amy?» sagte Luke.
«Amy Gibbs. Sie war hier Hausmädchen, dann ging sie zu Fräulein Waynflete. Bei ihr wurde eine Leichenbeschau angeordnet.»
«Warum?»
«Das ungeschickte Mädel verwechselte im Dunkeln ein paar Flaschen», sagte Lord Whitfield.
«Sie glaubte ein Hustenmittel zu nehmen, und es war ein Hutfärbemittel», erklärte Bridget.
Luke hob die Augenbrauen.
«Eigentlich eine Tragödie.»
Bridget sagte: «Es wurde davon geredet, daß sie es absichtlich getan habe, wegen einem Krach mit einem jungen Mann.»
Sie sprach langsam — fast widerstrebend.
Eine Pause entstand. Luke fühlte instinktiv, wie etwas Unausgesprochenes die Atmosphäre belastete.
Er dachte:

«Amy Gibbs? Ja, das war einer der Namen, die das alte Fräulein Pinkerton erwähnte.»
Sie hatte auch einen kleinen Jungen erwähnt – irgendeinen Tommy – von dem sie offenbar eine schlechte Meinung hatte (die scheinbar von Bridget geteilt wurde!). Und – ja, er war beinahe sicher – der Name Carter war auch gefallen.
Er erhob sich und sagte leichthin:
«Dieses Gerede ist mir ganz unheimlich – als ob ich mich nur mit Kirchhöfen befaßte! Hochzeitsbräuche sind auch interessant – aber schwieriger auf unbefangene Weise zur Sprache zu bringen ...»
«Das finde ich auch», sagte Bridget mit einem leichten Zucken der Lippen.
«Der böse Blick, das ist auch ein sehr interessantes Thema», fuhr Luke fort und gab sich Mühe, begeistert zu erscheinen. «Davon hört man auch oft in diesen weltfernen Orten. Wissen Sie von irgendeinem Gerede dieser Art hier?»
Whitfield schüttelte den Kopf. Bridget sagte:
«Zu uns würde man kaum von solchen Dingen reden –.»
Luke ließ sie kaum zu Ende sprechen.
«Zweifellos muß ich mich in tiefer gelegene soziale Kreise begeben, wenn ich etwas hören will, was ich brauchen kann. Ich gehe jetzt in die Pfarrei und will sehen, was ich dort erfahren kann. Nachher vielleicht ein Besuch bei den – ‹Sieben Sternen›, sagten Sie doch? Und wie ist's mit dem kleinen Jungen von unangenehmem Wesen? Hinterließ er trauernde Verwandte?»
«Frau Pierce hat einen Tabak- und Papierladen in der Hauptstraße.»
«Das ist ja großartig», sagte Luke. «Nun will ich mich aber auf den Weg machen.»
Mit einer anmutigen Bewegung kam Bridget vom Fenster her.
«Ich denke mitzukommen», sagte sie, «wenn es Ihnen recht ist.»
«Natürlich ist es mir recht.»
Er sagte es so herzlich wie möglich, jedoch fragte er sich, ob sie wohl bemerkt habe, daß er einen Augenblick gestutzt hatte.
Er hätte es mit einem ältlichen geistlichen Herrn leichter gehabt, wenn dem nicht ein wacher, scharfsichtiger Geist zur Seite gestanden wäre.

«Na ja», dachte er. «Es kommt eben darauf an, daß ich meine Sachen überzeugend vorbringe.»
Bridget sagte:
«Wollen Sie einen Augenblick warten, Luke, während ich die Schuhe wechsle?»
Luke – der Vorname, so leicht ausgesprochen, verursachte ihm ein seltsam warmes Gefühl. Doch wie hätte sie ihn sonst nennen sollen? Nachdem sie auf Jimmys Plan der Vetternschaft eingegangen war, konnte sie ihn kaum Herr Fitzwilliam nennen. Er dachte plötzlich unruhig: «Was denkt sie von dem allem? Was denkt sie in Gottes Namen?»
«Ich bin bereit.»
Sie war so still zu ihm getreten, daß er ihr Kommen nicht bemerkt hatte.
Sie sagte lächelnd:
«Sie brauchen mich, um Ihnen den Weg zu zeigen.»
«Es ist sehr freundlich von Ihnen.»
Nach fünf Minuten kamen sie zur Kirche und zu dem danebenliegenden Pfarrhaus. Sie trafen den Pfarrer in seinem Studierzimmer.
Alfred Wake war ein kleiner, gebückter alter Mann mit sehr milden blauen Augen und von etwas zerstreutem, aber höflichem Wesen. Er schien erfreut, jedoch ein wenig überrascht über den Besuch.
«Herr Fitzwilliam wohnt bei uns im Herrenhaus», sagte Bridget, «und möchte Sie zu Rate ziehen bezüglich eines Buches, das er schreibt.»
Herr Wake wandte ihm fragend seinen sanften Blick zu, und Luke stürzte sich in Erklärungen.
Er war nervös – aus doppelten Gründen. Erstens weil dieser Mann zweifellos viel größere Kenntnisse von Volkssagen und abergläubischen Gebräuchen hatte, als man sich werben konnte, indem man aufs Geratewohl einiges aus Büchern in sich hineinstopfte. Und zweitens war er nervös, weil Bridget Conway daneben stand und zuhörte.
Es erleichterte ihn, zu erfahren, daß Herrn Wakes besonderes Interesse römischen Resten galt; der Pfarrer gestand, daß er sehr wenig von mittelalterlichen Volkssagen und Hexenaberglauben wußte. Er erwähnte das Vorhandensein verschiedener

Erzählungen in der Geschichte von Wychwood, erbot sich, Luke zu der Stelle am Bergesrücken zu führen, an der der Hexensabbat stattgefunden haben sollte, drückte jedoch sein Bedauern aus, daß er ihm nicht mit besonderen Mitteilungen dienen könne.

Innerlich sehr erleichtert, erklärte sich Luke etwas enttäuscht und begann dann sich nach Aberglauben an Totenbetten zu erkundigen.

Herr Wake schüttelte sanft den Kopf.

«Ich glaube, ich wäre der letzte, von so etwas zu erfahren. Meine Gemeinde würde sich hüten, mir so etwas Unregelmäßiges zu Ohren kommen zu lassen.»

«Ja, natürlich.»

«Jedoch ich zweifle trotzdem nicht, daß es noch eine Menge Aberglauben gibt; diese dörflichen Gemeinden sind sehr rückständig.»

Luke machte einen kühnen Vorstoß.

«Ich habe Fräulein Conway nach allen kürzlichen Todesfällen, an die sie sich erinnern konnte, gefragt. Ich dachte, ich könnte auf diese Art auf etwas kommen. Sie könnten mir vermutlich so ein Verzeichnis geben, aus dem ich mir die wahrscheinlichen Fälle heraussuchen könnte.»

«Ja – ja – das könnte man machen. Giles, unser Küster, ein anständiger Mensch, aber leider recht taub, könnte Ihnen da helfen. Laßt mal sehen – es hat recht viele – arg viele Todesfälle heuer gegeben – ein schlechter Frühling und vorher ein strenger Winter – und dann sehr viele Unglücksfälle – es war eine ganze Pechserie.»

«Manchmal wird so eine Pechserie der Anwesenheit einer speziellen Person zugeschrieben», sagte Luke.

«Ja, ja. Die alte Geschichte von Jonas. Aber ich glaube nicht, daß Fremde hier waren – wenigstens niemand Auffallender, und ich habe auch nichts dergleichen munkeln hören, aber das hätte ja, wie gesagt, nichts zu bedeuten. Warten Sie mal – also kürzlich starb Dr. Humbleby und die arme Lavinia Pinkerton – ein vortrefflicher Mann, Dr. Humbleby –.»

Bridget warf ein: «Herr Fitzwilliam kennt Freunde von ihm.»

«Wirklich! Das war sehr traurig, sein Verlust wird schmerzlich empfunden werden. Ein Mann mit vielen Freunden.»

«Aber sicher auch ein Mann, der Feinde hatte», sagte Luke. «Ich urteile nach dem, was ich meine Freunde sagen hörte», fuhr er rasch fort.
Herr Wake seufzte.
«Ein Mann, der seine Meinung freimütig äußerte — sagen wir, der nicht immer sehr taktvoll war —.» Er schüttelte den Kopf. «Das bringt die Leute auf. Aber er wurde von der armen Bevölkerung sehr geliebt.»
Luke sagte nachlässig:
«Wissen Sie, ich finde, daß eines der wichtigsten Dinge im Leben die Tatsache ist, daß jeder Todesfall, der eintritt, irgend jemand einen Vorteil bringt — ich meine nicht nur finanziellen.»
Der Pfarrer nickte gedankenvoll.
«Ich verstehe, was Sie meinen, ja. Wenn wir in einer Todesanzeige lesen, daß der Tod eines Mannes von jedermann bedauert wird, so kann das, fürchte ich, nur sehr selten wahr sein. In Dr. Humblebys Fall ist es nicht zu leugnen, daß sein Compagnon, Dr. Thomas, seine Stellung sehr verbessern wird durch Humblebys Tod.»
«Wieso denn?»
«Thomas ist, glaube ich, ein sehr tüchtiger Mensch — Humbleby sagte es wenigstens immer —, aber er kam hier nicht sehr gut vorwärts. Er stand, glaube ich, im Schatten von Humblebys Persönlichkeit, der ein Mann von ausgesprochener Anziehungskraft war: Thomas erschien dagegen ziemlich farblos; er machte keinen Eindruck auf seine Patienten. Ich glaube, das bekümmerte ihn auch sehr, was ihn noch nervöser und stiller machte und die Sache verschlechterte. Tatsächlich habe ich bereits jetzt einen erstaunlichen Unterschied bemerkt. Mehr Sicherheit im Auftreten — mehr Persönlichkeit, ich glaube, er hat mehr Selbstvertrauen. Er und Humbleby waren nicht immer einig, glaube ich, Thomas war nur für neue Behandlungsmethoden, während Humbleby sich an die älteren Mittel hielt. Es gab mehr als einmal Zusammenstöße — darüber sowohl wie über etwas, das die Familie betraf — jedoch — ich darf nicht ins Schwatzen geraten —.»
Bridget sagte ruhig und klar:
«Doch, ich glaube, Herr Fitzwilliam möchte Sie gern schwatzen hören!»

Luke warf ihr einen raschen, beunruhigten Blick zu.
Herr Wake schüttelte den Kopf und fuhr dann mit einem entschuldigenden Lächeln fort.
«Ich fürchte, man gewöhnt sich hier zu viel Interesse an den Angelegenheiten seiner Nächsten an. Rose Humbleby ist ein sehr hübsches Mädchen, man kann sich nicht wundern, daß Geoffrey Thomas sein Herz an sie verloren hat. Aber natürlich ist Humblebys Standpunkt auch verständlich – das Mädchen ist jung und hier vergraben, wo sie nicht viel Aussicht hat, andere Männer kennenzulernen.»
«Er war nicht einverstanden?» sagte Luke.
«Durchaus nicht. Er sagte, sie seien viel zu jung, und das wollen junge Leute niemals hören. Es war ein ausgesprochen kühles Verhältnis zwischen den beiden Männern eingetreten. Jedoch ich bin überzeugt, daß Dr. Thomas über den unerwarteten Tod seines Compagnons tief bekümmert war.»
«Blutvergiftung, sagte mir Lord Whitfield.»
«Ja – nur ein kleiner Kratzer, der infiziert wurde. Ärzte setzen sich in ihrem Beruf ernsten Gefahren aus, Herr Fitzwilliam.»
«Ja, in der Tat», sagte Luke.
Herr Wake riß sich plötzlich zusammen.
«Doch ich bin weit von unserem Thema abgekommen», sagte er. «Ich fürchte, ich bin ein schwatzhafter alter Mann. Wir sprachen von den noch existierenden alten heidnischen Gebräuchen und von kürzlichen Todesfällen. Da war noch Lavinia Pinkerton, eine unserer eifrigsten Kirchenbesucherinnen. Und dann dieses arme Mädel. Amy Gibbs – vielleicht könnten Sie dort etwas für Ihre Zwecke finden, Herr Fitzwilliam – es wurde ein leiser Verdacht geäußert, daß es Selbstmord gewesen sein könne – und bei solchen Fällen gibt es gewisse, recht unheimliche Bräuche. Eine Tante ist da, keine sehr schätzenswerte Person, fürchte ich, und ihrer Nichte nicht sehr zugetan, aber eine große Schwätzerin.»
«Das ist wertvoll», sagte Luke.
«Dann war Tommy Pierce – er sang früher einmal im Kirchenchor – hatte einen wunderschönen Sopran – geradezu engelhaft – aber anderseits durchaus kein engelhafter Junge. Wir mußten ihn endlich loswerden, er verleitete die andern Jungen zu sehr. Armer Kerl, ich fürchte, er war nirgends beliebt. Vom

Postamt, wo wir ihm eine Stelle als Depeschenausträger verschafften, wurde er auch entlassen. Auch in Herrn Abbots Kanzlei war er eine Weile, wurde jedoch bald entlassen, da er die Nase in streng vertrauliche Papiere steckte, glaube ich. Dann war er ja im Herrenhaus von Ashe als Gärtnerjunge, nicht wahr, Fräulein Conway? Lord Whitfield mußte ihn wegen grober Ungehörigkeit fortschicken. Seine Mutter tat mir so leid – eine brave, schwer arbeitende Person. Fräulein Waynflete war so gut, ihm gelegentliche Arbeit als Fensterputzer zu verschaffen. Lord Whitfield war erst dagegen, doch gab er plötzlich nach – was eigentlich verhängnisvoll war.»

«Wieso?»

«Weil der Junge dabei seinen Tod fand. Er putzte gerade die oberen Fenster der Bibliothek (die einstige Halle, wissen Sie) und machte Dummheiten – tanzte auf dem Fenstersims herum oder so etwas Ähnliches – verlor das Gleichgewicht oder wurde schwindlig und fiel! Eine scheußliche Sache! Er hat das Bewußtsein nicht wiedererlangt und starb, kurz nachdem sie ihn ins Spital gebracht hatten.»

«Sah ihn jemand fallen?» fragte Luke interessiert.

«Nein. Es war auf der Gartenseite – nicht vorn am Haus. Man vermutet, daß er dort ungefähr eine halbe Stunde lag, ehe ihn jemand fand.»

«Wer fand ihn schließlich?»

«Fräulein Pinkerton. Sie erinnern sich, die Dame, die ich eben erwähnte, die leider neulich bei einem Straßenunfall ums Leben kam. Arme Seele, sie war ganz außer sich. Ein schreckliches Erlebnis! Sie hatte die Erlaubnis erhalten, sich Pflanzen abzuschneiden, und fand den Jungen, wo er hinuntergefallen war.»

«Es muß ein furchtbarer Schrecken gewesen sein», sagte Luke gedankenvoll.

«Ein größerer Schrecken», dachte er bei sich, «als Sie wissen können . . .»

«Ein junges Leben, das vernichtet wird, ist etwas sehr Trauriges», sagte der alte Mann, den Kopf schüttelnd, «Tommys Fehler hatten vielleicht nur in Übermut ihre Ursache.»

«Er war ein abscheulicher Raufbold», sagte Bridget. «Das wissen Sie doch auch, Herr Wake. Immer quälte er Katzen und verlaufene Hündchen und kniff andere kleine Jungen.»

«Ich weiß — ich weiß.» Herr Wake schüttelte betrübt den Kopf. «Aber wissen Sie, mein liebes Fräulein Conway, Grausamkeit ist oft nicht so sehr angeboren wie der Tatsache zuzuschreiben, daß die Einbildungskraft langsam zur Reife gelangt. Wenn Sie sich daher einen Erwachsenen mit der Mentalität eines Kindes vorstellen, werden Sie begreifen, daß die Schlauheit und Brutalität eines Irrsinnigen von ihm selbst gar nicht erfaßt wird. Irgendein Mangel an Reife ist, davon bin ich überzeugt, die Wurzel von viel Grausamkeit und dummer Brutalität auf der Welt. Man muß kindische Dinge ausmerzen —.»

Er schüttelte den Kopf und breitete die Hände aus.

Bridget sagte mit plötzlich heiserer Stimme:

«Ja, Sie haben recht. Ich weiß, was Sie meinen. Ein Mann, der ein Kind ist, ist das Erschreckendste auf der Welt . . .»

Luke sah sie neugierig an. Er war überzeugt, daß sie an jemand Speziellen dachte, und obwohl Lord Whitfield in mancher Beziehung außerordentlich kindisch war, glaubte er nicht, daß sie an ihn dachte. Lord Whitfield war ein wenig lächerlich, jedoch erschreckend war er sicher nicht.

Luke Fitzwilliam zerbrach sich den Kopf, wer es sein mochte, an den Bridget dachte.

Besuch bei Fräulein Waynflete

Herr Wake murmelte noch ein paar Namen vor sich hin.

«Wollen mal sehen — die arme Frau Rose, und der alte Bell, und das Kind von den Elkins, und Harry Carter — sie gehören nicht alle zu meiner Gemeinde, wissen Sie. Frau Rose und Carter waren Nonkonformisten. Dann hat die Kälte im März den armen alten Ben Stanbury weggerafft — zweiundneunzig war er alt.»

«Amy Gibbs starb im April», sagte Bridget.

«Ja, armes Mädchen, ein schlimmer Mißgriff war das!»

Luke schaute auf und sah, daß Bridget ihn beobachtete; sie senkte rasch die Augen. Er dachte etwas ärgerlich:

«Da ist etwas, was ich noch nicht herausbekommen habe, etwas, was diese Amy Gibbs betrifft.»

Als sie sich dem Pfarrer empfohlen hatten und wieder draußen waren, sagte Luke:
«Wer und was war eigentlich Amy Gibbs?»
Bridget antwortete nicht gleich. Dann sagte sie, und Luke merkte den leichten Zwang in ihrer Stimme:
«Amy war eines der unfähigsten Hausmädchen, die ich je gekannt habe.»
«Wurde sie deshalb entlassen?»
«Nein. Sie blieb länger aus, als gestattet war, und tändelte mit einem jungen Mann. Gordon hat sehr moralische und altmodische Ansichten. Seinen Begriffen nach findet die Sünde nicht vor elf Uhr statt, aber dann ist sie losgelassen. Also kündigte er dem Mädchen, und sie wurde frech!»
Luke fragte:
«Ein hübsches Mädchen?»
«Sehr hübsch.»
«Das ist die, die irrtümlich Hutfarbe statt eines Hustenmittels einnahm?»
«Ja.»
«Eine Dummheit, so etwas zu tun, nicht?» meinte Luke.
«Sehr dumm.»
«War sie dumm?»
«Nein, sie war ein ganz intelligentes Mädel.»
Luke warf einen verstohlenen Blick auf sie. Sie war ihm rätselhaft. Ihre Antworten wurden in ebenmäßigem Ton gegeben, ohne besonderen Nachdruck, ja kaum interessiert. Aber hinter dem, was sie sagte, lag etwas, davon war er überzeugt, was sie nicht in Worte faßte.
In dem Augenblick blieb Bridget stehen, um mit einem hochgewachsenen Herrn zu sprechen, der seinen Hut zog und sie mit munterer Herzlichkeit begrüßte.
Nach ein paar Worten stellte sie Luke vor.
«Dies ist mein Vetter, Herr Fitzwilliam, der jetzt bei uns im Herrenhaus ist. Er ist hergekommen, um ein Buch zu schreiben. Dies ist Herr Abbot.»
Luke betrachtete Herrn Abbot mit Interesse, es war der Rechtsanwalt, der Tommy Pierce beschäftigt hatte.
Herr Abbot war nicht der hergebrachte Typus des Rechtsanwaltes, er war weder mager noch hager, noch schmallippig. Er war

ein großer Mann mit einer herzlichen Art und jovialer Überschwenglichkeit. Kleine Falten waren in seinen Augenwinkeln, und die Augen selbst waren scharfsinniger, als man beim ersten flüchtigen Blick vermutete.
«Ein Buch schreiben Sie, wie? Roman?»
«Über Volkssagen», sagte Bridget.
«Da sind Sie an den richtigen Ort gekommen», sagte der Anwalt. «Höchst interessante Gegend hier.»
«Das hat man mir schon zu verstehen gegeben», sagte Luke. «Ich meine, Sie könnten mir da vielleicht ein wenig helfen, Ihnen müssen doch öfter merkwürdige alte Urkunden unterkommen – oder interessante alte Bräuche.»
«Nun, ich weiß nicht recht – mag sein – mag sein –.»
«Gibt es hier viel Gespensterglauben?» fragte Luke.
«Das kann ich wirklich nicht sagen – weiß ich nicht.»
«Keine Häuser, in denen es spukt?»
«Nein – ich weiß von nichts Derartigem.»
«Da gibt es doch den Kinderaberglauben», sagte Luke. «Wenn ein männliches Kind stirbt – eines gewaltsamen Todes, heißt das –, so geht es um. Ein Mädchen nicht – sehr interessant ist das.»
«Sehr», sagte Herr Abbot. «Das habe ich noch nie gehört.»
Da Luke es eben erst erfunden hatte, war das kaum überraschend.
«Da war ein Junge hier – Tommy irgendwie – war auch einmal in Ihrer Kanzlei. Ich habe Gründe anzunehmen, daß man glaubt, er geht um.»
Herrn Abbots rotes Gesicht färbte sich noch lebhafter.
«Tommy Pierce? Ein nichtsnutziger, schnüffelnder, naseweiser Schlingel.»
«Geister scheinen immer boshaft zu sein. Brave, gehorsame Bürger belästigen kaum diese Welt, wenn sie sie einmal verlassen haben.»
«Wer hat ihn gesehen – was ist das für eine Geschichte?»
«Diese Dinge sind schwer festzustellen», sagte Luke. «Die Leute reden nicht offen heraus, es liegt sozusagen in der Luft.»
«Ja – ja, vermutlich.»
Luke ging geschickt auf ein anderes Thema über.
«Der Richtige, an den man sich da wenden muß, ist der Arzt

im Ort. Der hört bei den armen Leuten, die er behandelt, eine Menge. Alle Arten von Aberglauben und Zauber — wahrscheinlich Liebestränke und alles übrige.»
«Sie müssen sich an Dr. Thomas wenden. Guter Kerl, Thomas, durchaus moderner Mensch. Nicht wie der arme alte Humbleby.»
«Der war ein wenig reaktionär, nicht?»
«Furchtbar dickköpfig — klammerte sich an seine alten Ideen.»
«Sie hatten einen richtigen Krach mit ihm wegen der Wasserversorgung, nicht?» fragte Bridget.
Wieder verbreitete sich eine dunkle Röte über Abbots Gesicht.
«Humbleby stand dem Fortschritt glatt entgegen», sagte er scharf. «Er sträubte sich gegen den Plan; wurde auch ziemlich grob, war nicht wählerisch in seinen Ausdrücken. Ich hätte ihn direkt verklagen können wegen der Dinge, die er mir sagte.»
Bridget murmelte: «Aber Anwälte wenden sich nie an das Gericht, was? Dazu sind sie zu klug.»
Abbot lachte unmäßig, sein Ärger verflog ebenso rasch, wie er gekommen war.
«Sehr gut, Fräulein Bridget! Und Sie haben nicht ganz unrecht. Wir, die dabei sind, wissen zuviel vom Gericht, ha, ha! Doch ich muß nun weiter. Besuchen Sie mich, wenn Sie glauben, ich kann Ihnen irgendwie helfen, Herr — äh —.»
«Fitzwilliam», sagte Luke. «Danke, ich werde es tun.»
Als sie weitergingen, sagte Bridget:
«Ihre Methode, bemerke ich, ist, etwas zu behaupten und zu sehen, was es hervorruft.»
«Meine Methode», sagte Luke, «ist, sich nicht streng an die Wahrheit zu halten, meinen Sie wohl?»
«Das habe ich bemerkt.»
Ein wenig beunruhigt, zögerte er, was er zunächst sagen sollte. Jedoch ehe er reden konnte, sagte sie:
«Wenn Sie mehr von Amy Gibbs hören wollen, kann ich Sie zu jemand führen, der Ihnen helfen könnte.»
«Wer ist das?»
«Ein Fräulein Waynflete, zu der Amy hinging, nachdem sie das Herrenhaus verließ. Dort starb sie auch.»
«Ah — ja? —» Er war ein wenig verblüfft. «Ja, danke schön.»
«Sie wohnt gleich hier.»

Sie gingen über den Dorfplatz. Bridget deutete mit dem Kopf in die Richtung eines großen alten Hauses und sagte: «Das ist die Wych Halle, jetzt eine Bibliothek.»
Neben der Halle stand ein kleines Haus, das dagegen wie ein Puppenhaus aussah. Seine Stufen waren blendend weiß, der Türklopfer glänzte, und die Gardinen waren schmuck und sauber.
Bridget stieß die Vorgartentür auf und näherte sich den Stufen; da öffnete sich das Haustor, und eine ältliche Dame kam heraus.
Sie bietet, dachte Luke, vollkommen das Bild der alten Jungfer vom Lande. Ihre magere Gestalt war mit einem Kostüm aus Tweed nett bekleidet, zur grauen Seidenbluse trug sie eine einfache Brosche. Ihr Filzhut saß schnurgerade auf dem wohlgeformten Kopf. Sie hatte ein freundliches Gesicht, und die Augen blickten entschieden intelligent durch den Kneifer. Sie erinnerte Luke an eine jener flinken schwarzen Ziegen, die man in Griechenland sieht; ihre Augen zeigten denselben leicht fragenden, erstaunten Blick.
«Guten Morgen, Fräulein Waynflete», sagte Bridget. «Dies ist Herr Fitzwilliam.» Luke verbeugte sich. «Er schreibt ein Buch — über Todesfälle und Dorfbräuche und ähnliche Grausigkeiten.»
«Ach nein», sagte Fräulein Waynflete, «wie interessant!»
Und sie lächelte ihn freundlich aufmunternd an.
Sie erinnerte ihn an Fräulein Pinkerton.
«Ich dachte», sagte Bridget, und wieder bemerkte er jenen unnatürlichen Ton in ihrer Stimme — «daß Sie ihm etwas über Amy sagen könnten.»
«Oh», sagte Fräulein Waynflete, «über Amy. Ja. Über Amy Gibbs.»
Er bemerkte etwas Neues in ihrem Ausdruck, sie schien ihn nachdenklich abzuschätzen.
Dann, als komme sie zu einem Entschluß, ging sie in das Haus zurück.
«Kommen Sie doch herein», sagte sie. «Ich kann später ausgehen. Nein, nein», als Antwort auf einen Einwand von Luke. «Ich hätte wirklich nichts Dringendes zu tun, nur ganz unwichtige häusliche Besorgungen.»

Das kleine Wohnzimmer war außerordentlich nett und roch schwach nach verbranntem Lavendel. Auf dem Kaminsims standen einige Meißner Porzellanschäfer und -schäferinnen und lächelten süß. Eingerahmte Aquarelle, Stickmuster und Nadelbilder hingen an der Wand. Mehrere Fotografien, offenbar von Neffen und Nichten, waren da und einige gute Möbelstücke, jedoch auch ein scheußliches und ziemlich unbequemes Sofa aus der Zeit der Königin Victoria.
Fräulein Waynflete bot ihren Besuchern Sitze an. Auf einem Stuhl mit geschnitzten Armlehnen steif aufrecht sitzend, studierte sie ihren Gast ein paar Augenblicke, dann senkte sie scheinbar befriedigt die Augenlider und sagte:
«Sie wünschen etwas über das arme Mädel, die Amy, zu wissen? Die ganze Sache war sehr traurig und hat mich bekümmert. So ein tragischer Irrtum!»
«War nicht die Rede von – Selbstmord?» fragte Luke.
Fräulein Waynflete schüttelte den Kopf.
«Nein, nein, das kann ich nicht einen Augenblick glauben. Amy war gar nicht von dieser Art.»
«Von welcher Art war sie?» fragte Luke geradezu. «Ich würde gern Ihre Ansicht über sie hören.»
Fräulein Waynflete sagte:
«Nun, sie war erstens absolut keine gute Dienerin, doch ist man heutzutage froh, überhaupt jemand zu bekommen. Sie war sehr nachlässig in der Arbeit und wollte immer ausgehen – freilich, sie war jung, und die Mädel sind heute so, sie scheinen nicht zu begreifen, daß ihre Zeit ihren Dienstgebern gehört.»
Luke sah, wie es sich gehörte, verständnisvoll drein, und Fräulein Waynflete fuhr fort, ihre Ansichten zu entwickeln.
«Sie war nicht die Art Mädel, die mir sympathisch ist – hatte eine dreiste Art –, obwohl ich natürlich jetzt, wo sie tot ist, nicht viel sagen möchte. Man fühlt sich so unchristlich – obwohl ich eigentlich nicht finde, daß das ein Grund ist, die Wahrheit zu unterdrücken.»
Luke nickte. Es wurde ihm klar, daß Fräulein Waynflete sich dadurch von Fräulein Pinkerton unterschied, daß sie logischer dachte und klarere Gedankengänge hatte.
«Sie liebte es, bewundert zu werden», fuhr Fräulein Wayn-

flete fort, «und neigte dazu, sich sehr viel einzubilden. Herr Ellsworthy – er hat den neuen Antiquitätenladen, ist aber wirklich ein Gentleman – er malt ein wenig Aquarell und hat ein paar Skizzen von ihrem Kopf gemacht – und ich glaube, wissen Sie, das hat ihr Ideen in den Kopf gesetzt. Sie begann Streit mit dem jungen Mann, Jim Harvey, mit dem sie verlobt war. Er ist Mechaniker in der Garage und hatte sie sehr gern.»

Fräulein Waynflete machte eine Pause und fuhr dann fort:

«Ich werde diese schreckliche Nacht nie vergessen. Amy war nicht ganz wohl – sie hatte einen garstigen Husten und war überhaupt erkältet (diese dummen billigen Seidenstrümpfe und die Schuhe mit Sohlen wie Papier, da muß man sich ja erkälten!) und sie war am Nachmittag beim Doktor gewesen.»

Luke fragte rasch:

«Bei Dr. Humbleby oder Dr. Thomas?»

«Dr. Thomas. Und er gab ihr die Flasche mit Hustensaft, die sie mitbrachte, etwas ganz Harmloses. Sie ging frühzeitig zu Bett, und es muß ungefähr ein Uhr nachts gewesen sein, als der Lärm begann – eine schreckliche Art von ersticktem Schrei. Ich stand auf und ging zu ihrer Tür, aber sie war von innen versperrt. Ich rief sie an, bekam jedoch keine Antwort. Die Köchin war mit mir, und wir waren beide fürchterlich aufgeregt. Dann gingen wir zum Haustor, und glücklicherweise kam gerade Reed (unser Polizist) vorbei, und wir riefen ihn an. Er ging hinten um das Haus herum und es gelang ihm, auf das Dach des Nebengebäudes zu klettern, und da ihr Fenster offen war, kam er ganz leicht hinein und sperrte die Tür auf. Armes Mädel, es war schrecklich! Man konnte gar nichts für sie tun, und sie starb nach ein paar Stunden im Spital.»

«Und es war – was – Hutfarbe?»

«Ja. Kleesäurevergiftung nannten sie es. Die Flasche hatte ungefähr die gleiche Größe wie die mit dem Hustensaft. Die letztere stand auf dem Waschtisch und die Hutfarbe neben dem Bett. Sie muß im Dunkeln die falsche Flasche erwischt und neben sich gestellt haben für den Fall, daß sie sich schlecht fühlte. Das wurde bei der Leichenbeschau angenommen.»

Fräulein Waynflete hielt inne. Ihre klugen Ziegenaugen sahen ihn an, und es war ihm, als läge eine besondere Bedeutsamkeit in ihrer Tiefe. Er hatte das Gefühl, daß sie einen Teil der Ge-

schichte zurückbehalten hatte — und das noch stärkere Gefühl, daß sie aus irgendeinem Grund wünschte, daß er das wisse.
Es entstand ein Schweigen — ein langes, etwas schwieriges Schweigen. Luke kam sich vor wie ein Schauspieler, der sein Stichwort nicht kennt. Er sagte etwas schwächlich: «Und Sie halten es nicht für Selbstmord?»
Fräulein Waynflete sagte rasch:
«Bestimmt nicht. Wenn das Mädchen beschlossen hätte, sich umzubringen, hätte sie wahrscheinlich etwas gekauft. Das hier war eine alte Flasche von Zeug, die sie seit Jahren gehabt haben muß. Und überhaupt war sie, wie ich schon sagte, nicht so eine Art Mädchen.»
«Also denken Sie — was?» sagte Luke geradeheraus.
«Ich denke, daß es ein großes Malheur war.»
Sie schloß die Lippen und sah ihn ernst an.
Als Luke eben fühlte, daß er unbedingt versuchen müsse, etwas zu sagen, was von ihm erwartet wurde, kam eine Ablenkung; es wurde an der Tür gekratzt, und ein klägliches Miau ertönte.
Fräulein Waynflete sprang auf und öffnete die Tür, worauf ein prachtvoller orangefarbener Angorakater hereinspazierte. Er hielt inne, sah den Besuch mißbilligend an und sprang auf die Lehne von Fräulein Waynfletes Stuhl.
Sie sprach zärtlich zu ihm.
«Ja, Wonky Pooh — wo war denn mein Wonky Pooh den ganzen Morgen?»
Der Name weckte eine Erinnerung in Luke; wo hatte er nur von einem Angorakater gehört, der Wonky Pooh hieß? Er sagte:
«Das ist ein sehr schöner Kater. Haben Sie ihn schon lange?»
Fräulein Waynflete schüttelte den Kopf.
«O nein, er gehörte einer alten Freundin von mir, Fräulein Pinkerton. Sie wurde von einem dieser schrecklichen Autos überfahren, und ich konnte Wonky Pooh natürlich nicht Fremden überlassen, das hätte Lavinia fürchterlich gekränkt; sie hatte ihn geradezu angebetet — er ist doch auch sehr schön, nicht?»
Luke sprach seine Bewunderung aus.
Fräulein Waynflete sagte: «Geben Sie acht auf seine Ohren, sie sind in letzter Zeit schmerzhaft.»

Luke streichelte das Tier vorsichtig.
Bridget erhob sich. Sie sagte: «Wir müssen gehen.»
Fräulein Waynflete schüttelte Luke die Hand.
«Vielleicht», sagte sie, «werde ich Sie binnen kurzem wiedersehen.»
Luke sagte freundlich: «Ja, gewiß, ich hoffe es.»
Er fand, daß sie verwirrt und ein wenig enttäuscht aussah. Ihr Blick flog zu Bridget — ein rascher Blick mit der Andeutung einer Frage. Luke fühlte, daß zwischen den beiden Frauen ein Einverständnis herrschte, von dem er ausgeschlossen war. Es ärgerte ihn, er nahm sich vor, der Sache bald auf den Grund zu kommen.
Fräulein Waynflete ging mit ihnen hinaus. Luke blieb einen Augenblick auf der obersten Stufe stehen und betrachtete beifällig den Dorfplatz und Ententeich.
«Wunderbar unverdorben, dieser Ort», sagte er.
Fräulein Waynfletes Gesicht erhellte sich.
«Ja, wirklich», sagte sie. «Es ist noch gerade so hier, wie ich es als Kind in Erinnerung habe. Wir lebten hier im Herrenhaus, wissen Sie. Doch als sie an meinen Bruder fiel, hatte er keine Lust, da zu leben — konnte es sich auch nicht leisten, und sie wurde zum Verkauf ausgeboten. Ein Baumeister hatte ein Angebot gemacht und wollte, wie man sagt, ‹den Grund ausnützen›, meinte er. Zum Glück kam Lord Whitfield, erwarb den Besitz und rettete ihn. Er machte das Haus zu einer Bibliothek und einem Museum — es ist so gut wie unberührt geblieben. Ich arbeite dort zweimal in der Woche als Bibliothekarin — natürlich unbezahlt — und ich kann Ihnen gar nicht sagen, welche Freude es mir bereitet, in dem alten Haus zu sein und zu wissen, daß es nicht vandalisiert wird. Und es ist wirklich ein sehr guter Rahmen — Sie müssen unser kleines Museum einmal besuchen, Herr Fitzwilliam. Es enthält einige ganz interessante Schaustellungen.»
«Ich werde es bestimmt nicht versäumen, Fräulein Waynflete.»
«Lord Whitfield ist ein großer Wohltäter für Wychwood», sagte Fräulein Waynflete. «Es kränkt mich, daß es Leute gibt, die leider undankbar sind.»
Sie preßte die Lippen aufeinander. Luke stellte diskret keine Fragen; er verabschiedete sich nochmals.

Als sie vor der Gartentür waren, sagte Bridget:
«Wollen Sie weitere Forschungen betreiben, oder sollen wir den Fluß entlang nach Hause gehen? Es ist ein hübscher Spaziergang.»
Luke antwortete prompt. Er hatte keine Lust auf weitere Nachforschungen, wenn Bridget Conway daneben stand und zuhörte. Er sagte:
«Gehen wir zum Fluß.»
Sie gingen die Hauptstraße entlang. Eines der letzten Häuser trug ein Schild, auf dem in Altgold-Buchstaben das Wort «Antiquitäten» zu lesen war. Luke blieb stehen und schaute durch eines der Fenster in die kühle Tiefe des Ladens.
«Da ist eine hübsche alte Porzellanschüssel drinnen», bemerkte er. «Das wäre etwas für eine meiner Tanten. Was man wohl dafür verlangt?»
«Sollen wir hineingehen und fragen?»
«Wenn Sie nichts dagegen haben? Ich stöbere so gern in Antiquitätenläden herum. Manchmal erwischt man etwas billig.»
«Ich zweifle, daß Ihnen das hier gelingen wird», sagte Bridget trocken. «Ellsworth kennt den Wert seiner Sachen ziemlich genau, möchte ich behaupten.»
Die Tür war offen. Im Vorraum waren Stühle und Bänke und Anrichtetische mit Porzellan und Zinn darauf; zwei Zimmer voll Waren standen rechts und links offen.
Luke trat in das Zimmer zur Linken und nahm die Porzellanschüssel auf. In dem Augenblick kam eine dunkle Gestalt aus dem Hintergrund, die dort an einem alten Schreibpult gesessen hatte.
«Ah, liebes Fräulein Conway, welche Freude, Sie hier zu sehen.»
«Guten Morgen, Herr Ellsworthy.»
Herr Ellsworthy war ein höchst eleganter junger Mann, in einen rötlichbraunen Anzug gekleidet. Er hatte ein langes blasses Gesicht mit einem weiblichen Mund, langes schwarzes Künstlerhaar und einen gezierten Gang.
Luke wurde vorgestellt, und Herr Ellsworthy übertrug sofort seine Aufmerksamkeit auf ihn.
«Echte alte englische Ware — entzückend, nicht? Ich liebe meine Stücke, verkaufe sie ungern. Es war immer mein Traum, auf

dem Lande zu leben und einen kleinen Laden zu haben. Wundervoller Ort, Wychwood – es hat Atmosphäre, wenn Sie wissen, was ich meine.»

«Das künstlerische Temperament», murmelte Bridget.

«Bitte nicht diesen schrecklichen Ausdruck, Fräulein Conway! Nein – nein, ich flehe Sie an! Reden Sie mir nicht von Künstlertum und Kunsthandwerk – ich könnte es nicht ertragen. Wirklich nicht, wissen Sie, ich führe weder handgewebte Stoffe noch gehämmertes Zinn. Ich bin ein Händler, einfach nur ein Händler.»

«Aber Sie sind eigentlich Künstler, nicht?» sagte Luke. «Ich meine, Sie malen Aquarelle, nicht?»

«Also wer hat Ihnen das gesagt?» rief Herr Ellsworthy, die Hände zusammenschlagend. «Dieser Ort ist wirklich großartig – man kann einfach ein Geheimnis nicht wahren! Das gefällt mir so daran – es ist so verschieden von diesem unmenschlichen ‹kümmere dich um deine eigenen Angelegenheiten, und ich will mich um meine kümmern›, wie es in der Stadt ist. Geschwätz und Bosheit und Skandalsucht – alles ist köstlich, wenn man es nur richtig auffaßt!»

Luke begnügte sich damit, Herrn Ellsworthys Frage zu beantworten, ohne dem letzten Teil seiner Äußerung Aufmerksamkeit zu schenken.

«Fräulein Waynflete sagte uns, daß Sie mehrere Skizzen von einem Mädchen gemacht hätten – von Amy Gibbs.»

«Ach, Amy», sagte Herr Ellsworthy. Er trat einen Schritt rückwärts, wodurch ein Bierkrug ins Wanken geriet. Er hielt ihn sorgfältig fest, dann sagte er: «Ja? Ach ja, freilich.»

Er schien etwas aus dem Gleichgewicht gebracht.

«Sie war ein hübsches Mädel», sagte Bridget.

Herr Ellsworthy hatte seine Haltung wiedergewonnen.

«Oh, finden Sie?» fragte er. «Sehr gewöhnlich, fand ich immer. Wenn Sie sich für dieses Porzellan interessieren», fuhr er, zu Luke gewendet, fort, «ich habe ein Paar Vögel daraus – entzückende Figuren.»

Luke markierte Interesse für die Vögel und fragte dann nach dem Preis der Schüssel. Ellsworthy nannte eine Summe.

«Danke», sagte Luke, «ich glaube doch, ich werde Sie nicht berauben.»

«Ich fühle mich immer erleichtert, wissen Sie», sagte Ellsworthy, «wenn ich einen Verkauf nicht abschließe. Dumm von mir, nicht? Warten Sie mal, ich gebe sie Ihnen um eine Guinee billiger. Sie haben Sinn für die Sachen, das sehe ich — das macht einen großen Unterschied. Und schließlich ist das hier ja ein Laden!»

«Nein, danke», erwiderte Luke.

Herr Ellsworthy begleitete sie bis zur Tür und winkte ihnen mit den Händen nach — unangenehme Hände, fand Luke — ihre Färbung war weniger weiß als grünlich.

«Unsympathischer Kerl, der Herr Ellsworthy», bemerkte er, als er und Bridget außer Hörweite waren.

«Ein unsympathischer Mensch mit unsympathischen Gewohnheiten, möchte ich sagen», sagte Bridget.

«Warum ist er eigentlich hier in so einem Ort?»

«Ich glaube, er befaßt sich mit schwarzer Magie. Vielleicht nicht bis zur schwarzen Messe, aber so etwas Ähnliches; der Ruf des Ortes ist da günstig.»

Luke sagte etwas ungeschickt: «Du lieber Gott — da ist er ja vermutlich der Mensch, den ich brauche. Ich hätte mit ihm über die Sache reden sollen.»

«Glauben Sie?» fragte Bridget. «Er weiß eine Menge darüber.»

Luke entgegnete etwas verlegen:

«Ich werde ihn ein andermal aufsuchen.»

Bridget antwortete nicht. Sie waren nun außerhalb der Stadt. Sie wandten sich seitwärts und schlugen einen Pfad ein, der sie bald zum Fluß führte.

Dort kamen sie an einem kleinen Mann mit steifem Schnurrbart und vorstehenden Augen vorbei. Er hatte drei Bulldoggen mit, die er abwechselnd anschrie.

Er zog den Hut vor Bridget, wobei er Luke mit offenbar verzehrender Neugierde anstarrte, und ging weiter.

«Major Horton und seine Bulldoggen?» zitierte Luke.

«Ganz richtig.»

«Haben wir diesen Vormittag nicht tatsächlich jedermann von Bedeutung in Wychwood gesehen?»

«Eigentlich ja.»

«Ich fühle mich hier etwas aufdringlich», sagte Luke. «Ich vermute, ein Fremder in so einem englischen Dorf fällt meilenweit

in der Runde auf», fügte er kläglich hinzu, während er sich an Jimmy Lorrimers Bemerkungen erinnerte.
«Major Horton verbirgt seine Neugierde nie gut», sagte Bridget. «Er hat Sie wirklich unglaublich angestarrt.»
«Er ist ein Mann, den man überall als Major erkennen würde», sagte Luke bösartig.
Bridget sagte plötzlich: «Wollen wir uns nicht hier am Ufer niedersetzen? Wir haben eine Menge Zeit.»
Sie setzten sich auf einen gefällten Baum, der ganz bequem war. Bridget fuhr fort:
«Ja, Major Horton ist sehr militärisch — seine Manieren erinnern an das Ordonnanzzimmer. Man würde kaum glauben, daß er vor einem Jahr der größte Pantoffelheld der Welt war!»
«Was, der Mensch?»
«Ja. Er hatte die unangenehmste Frau, die ich je gekannt habe, zur Gattin. Sie hatte auch das Geld und unterließ nie, es öffentlich hervorzuheben.»
«Armer Teufel — Horton, meine ich.»
«Er benahm sich sehr nett zu ihr — war immer der Offizier und Gentleman. Für meine Person wundere ich mich, daß er nicht mit der Hacke auf sie losging.»
«Sie scheint nicht beliebt gewesen zu sein.»
«Niemand mochte sie. Sie wies Gordon zurecht und begönnerte mich und machte sich überall unbeliebt, wohin sie ging.»
«Jedoch eine gütige Vorsehung hat sie der Erde entrückt, denke ich?»
«Ja, vor ungefähr einem Jahr. Akute Gastritis. Sie bereitete ihrem Gatten, Dr. Thomas und zwei Pflegerinnen die reine Hölle — aber schließlich ist sie doch gestorben! Die Bulldoggen waren gleich munterer.»
«Intelligente Viecher!»
Ein Schweigen entstand. Bridget rupfte müßig das lange Gras. Luke schaute, ohne etwas zu sehen, mit gerunzelten Brauen auf das gegenüberliegende Ufer. Wieder wurde er von der traumhaften Beschaffenheit seiner Mission gepackt. Was war da Tatsache — wieviel war Einbildung? War es nicht schlecht für einen, wenn man jede neue Person, die man kennenlernte, als möglichen Mörder betrachtete? Dieser Standpunkt hatte etwas Erniedrigendes.

«Hol's der Teufel», dachte Luke, «ich war zu lange ein Polizeimann!»
Er wurde mit einem Ruck aus seinen Grübeleien gerissen; Bridgets kühle, klare Stimme sprach:
«Herr Fitzwilliam», sagte sie, «warum sind Sie eigentlich hierhergekommen?»

Hutfarbe

Luke war eben im Begriff gewesen, sich eine Zigarette anzuzünden. Die Überraschung über ihre Frage lähmte ihm momentan die Hand; er verharrte ein paar Augenblicke regungslos, während das Zündholz herabbrannte und ihm die Finger versengte.
«Verdammt», sagte Luke, ließ das Zündholz fallen und schüttelte heftig die Hand. «Verzeihung, Sie haben mir einen ordentlichen Stoß versetzt.» Er lächelte etwas kläglich.
«Wirklich?»
«Ja.» Er seufzte. «Nun, vermutlich müßte mich ja jeder, der wirklich intelligent ist, durchschauen! Der Geschichte, daß ich ein Buch über Volkssagen schreibe, sind Sie wohl keinen Augenblick aufgesessen, wie?»
«Nachdem ich Sie einmal gesehen hatte, nicht.»
«Bis dahin haben Sie es geglaubt?»
«Ja.»
«Trotzdem war es eigentlich keine gut erfundene Geschichte», sagte Luke kritisch. «Ich meine, jeder könnte ein Buch schreiben wollen, aber daß ich da herkomme und mich als Vetter ausgebe — ich vermute, da haben Sie den Braten gerochen?»
Bridget schüttelte den Kopf.
«Nein. Dafür hatte ich eine Erklärung — das heißt, ich glaubte eine zu haben. Ich nahm an, daß es Ihnen schlecht ginge. — Vielen von meinen und Jimmys Freunden geht es schlecht — und da dachte ich, er habe sich das mit dem Vetter ausgedacht, um Ihren Stolz zu schonen.»
«Aber als ich ankam —», sagte Luke, «hat da mein Auftreten so viel Wohlstand ausgeströmt, daß diese Erklärung nicht in Frage kam?»

Ein Lachen erschien auf ihren Lippen.
«O nein», erwiderte sie. «Das war es nicht. Sie waren einfach nicht der Richtige dafür.»
«Hatte nicht genug Verstand, um ein Buch zu schreiben? Schonen Sie meine Gefühle nicht; mir ist lieber, ich weiß es!»
«Sie könnten ein Buch schreiben – aber nicht diese Art Buch – über alte Aberglauben – in der Vergangenheit graben – nichts Derartiges! Sie sind nicht der Mensch, dem die Vergangenheit viel bedeutet – vielleicht nicht einmal die Zukunft – gerade nur die Gegenwart.»
«Hm – ich verstehe.» Er zog ein schiefes Gesicht. «Hol's der Teufel, seit ich herkam, war ich nervös in Ihrer Gegenwart! Sie sahen so verdammt intelligent aus.»
«Entschuldigen Sie», sagte Bridget trocken. «Was haben Sie erwartet?»
«Nun – ich hatte wirklich nicht darüber nachgedacht.»
Doch sie fuhr ruhig fort:
«Eine federleichte kleine Person – mit gerade genug Verstand, die Gelegenheit wahrzunehmen und ihren Chef einzufangen?»
Luke gab einen verworrenen Laut von sich. Sie wandte ihm einen leicht amüsierten Blick zu.
«Ich verstehe vollkommen. Ist schon gut. Ich bin nicht ärgerlich.»
Luke versuchte es mit Frechheit.
«Nun, vielleicht war es etwas Ähnliches. Jedoch ich dachte nicht viel darüber nach.»
Sie sprach langsam.
«Nein, das sähe Ihnen nicht ähnlich. Sie setzen nicht über die Hürden, ehe Sie hinkommen.»
Jedoch Luke war niedergeschlagen.
«Oh, ich zweifle nicht, daß ich meine Rolle miserabel spielte! Hat Lord Whitfield mich auch durchschaut?»
«O nein. Wenn Sie erzählt hätten, Sie seien hergekommen, um die Gewohnheiten der Wasserkäfer zu studieren und eine Abhandlung darüber zu schreiben, wäre es bei Gordon glatt durchgegangen. Er hat eine schöne Leichtgläubigkeit.»
«Trotzdem war ich gar nicht überzeugend! Ich wurde nervös.»
«Ich habe Ihnen den Stil verpatzt», sagte Bridget, «das sah ich. Es hat mich recht amüsiert, muß ich gestehen.»

«Ja, natürlich, das mußte es! Frauen mit Verstand sind meistens von kaltblütiger Grausamkeit.»
Bridget murmelte:
«Man muß sich seine Vergnügen nehmen, wie man sie kriegt in diesem Leben!» Sie zögerte einen Augenblick, dann sagte sie: «Warum sind Sie hier, Herr Fitzwilliam?»
Sie waren im Umkreis auf die ursprüngliche Frage zurückgekommen. Luke hatte gewußt, daß es so sein mußte. In den letzten paar Sekunden hatte er sich bemüht, sich zu entscheiden. Nun sah er auf und begegnete ihren Augen — klugen fragenden Augen, die die seinen mit einem ruhigen, festen Blick trafen: ein Ernst lag in ihnen, den er nicht erwartet hatte.
«Es wird besser sein, denke ich», sagte er nachdenklich, «Ihnen keine Lügen mehr zu erzählen.»
«Viel besser.»
«Aber die Wahrheit ist fatal . . . Sagen Sie mal, haben Sie sich selbst irgendeine Meinung gebildet — ich meine, ist Ihnen etwas eingefallen in bezug auf meine Anwesenheit hier?»
Sie nickte langsam und nachdenklich.
«Was war Ihre Idee? Wollen Sie es mir nicht sagen? Ich glaube, es würde es erleichtern.»
Bridget sagte ruhig:
«Ich hatte die Idee, daß Sie in Verbindung mit dem Tod jenes Mädchens, Amy Gibbs, hergekommen sind.»
«Das war es also! Das sah ich, das fühlte ich — wann immer ihr Name auftauchte! Ich wußte, da stak etwas dahinter! Sie dachten also, daß ich deshalb herkam?»
«War es nicht so?»
«In einer Art — ja. Ich bin hergekommen in einer wahrscheinlich unnützen Bemühung — auf eine phantastische und wohl ganz absurde und melodramatische Vermutung hin. Amy Gibbs ist ein Teil dieser ganzen Sache. Ich habe Interesse daran, genau herauszubekommen, wie sie eigentlich starb.»
«Ja, das dachte ich mir.»
«Aber, hol's der Kuckuck — warum dachten Sie das? Was war an ihrem Tod, das — nun — Ihr Interesse erweckte?»
Bridget erwiderte: «Ich habe mir die ganze Zeit gedacht, daß da irgend etwas nicht mit rechten Dingen zugegangen war. Darum brachte ich Sie zu Fräulein Waynflete.»

«Warum?»
«Weil sie das auch denkt.»
«Oh!» Luke dachte rasch zurück. Nun verstand er, was den Ideen zugrunde lag, die die Art dieser klugen alten Jungfrau anzudeuten schien. «Sie denkt wie Sie – daß etwas Merkwürdiges dabei ist?»
«Warum eigentlich?»
«Vor allem andern die Hutfarbe. Vor vielleicht zwanzig Jahren haben die Leute ihre Hüte gefärbt – eine Saison hatte man einen rosa Strohhut, und er wurde dunkelblau – dann vielleicht noch eine Flasche, und er wurde schwarz. Aber heutzutage sind Hüte billig – schlechtes Zeug, das man wegwirft, wenn es unmodern wird.»
«Auch Mädchen der Klasse wie Amy Gibbs?»
«Da würde ich mir noch eher einen Hut färben als sie! Sparsamkeit gibt es nicht mehr. Und dann noch etwas: es war rote Farbe.»
«Und?»
«Und Amy Gibbs hatte rote Haare!»
«Sie meinen, das geht nicht zusammen?»
Bridget nickte.
«Man kann keinen hochroten Hut zu rotem Haar tragen. Das ist etwas, was ein Mann nicht verstehen würde, aber –.»
Luke unterbrach sie mit bedeutsamem Nachdruck.
«Nein – ein Mann würde das nicht verstehen – das stimmt – es stimmt alles.»
Bridget sagte:
«Jimmy hat ein paar merkwürdige Freunde in Scotland Yard. Sie sind nicht – –.»
Luke sagte rasch:
«Ich bin kein offizieller Detektiv – und ich bin auch nicht ein wohlbekannter Privatdetektiv mit Zimmern in der Baker Street usw. Ich bin genau das, was Jimmy Ihnen gesagt hat – ein Polizeibeamter im Ruhestand aus dem Orient. Ich habe mich in diese Sache eingelassen wegen einer merkwürdigen Begegnung im Zug nach London.»
Er gab ihr einen kurzen Überblick über seine Unterhaltung mit Fräulein Pinkerton und die nachfolgenden Ereignisse, die zu seiner Anwesenheit in Wychwood geführt hatten.

«Sie sehen also, es ist phantastisch!» schloß er. «Ich suche einen Menschen — einen heimlichen Mörder — einen Mann hier in Wychwood — wahrscheinlich sehr bekannt und geachtet. Wenn Fräulein Pinkerton recht hatte und Sie recht haben und Fräulein Wie-heißt-sie-nur-gleich recht hat — so hat dieser Mann Amy Gibbs umgebracht.»
Bridget sagte: «Ja so.»
«Es konnte von außen getan werden, nehme ich an?»
«Ja, ich glaube», sagte Bridget langsam. «Reed, der Polizist, kletterte über das Nebengebäude zu ihrem Fenster hinauf, das offen war. Es war eine ordentliche Kletterei, aber ein halbwegs geschickter Mann konnte es leicht bewältigen.»
«Und nachdem er das getan hätte, tat er was?»
«Stellte eine Flasche Hutfarbe statt des Hustensaftes hin.»
«In der Erwartung, daß sie das tun würde, was sie dann wirklich tat — aufwachen, es austrinken, und jeder würde sagen, sie hatte sich geirrt oder Selbstmord begangen?»
«Ja.»
«Bei der Leichenschau wurde kein Verdacht eines verbrecherischen Anschlags rege?»
«Nein.»
«Das waren wieder Männer vermutlich — die Frage der Hutfarbe kam nicht aufs Tapet?»
«Nein.»
«Aber Ihnen fiel es auf?»
«Ja.»
«Und Fräulein Waynflete auch? Haben Sie darüber gesprochen?»
Bridget lächelte schwach.
«O nein — nicht in der Art, wie Sie es meinen. Ich meine, wir haben nichts ausgesprochen. Ich weiß überhaupt nicht, wie weit das alte Fräulein in ihren Gedanken gekommen ist. Ich möchte sagen, im Anfang quälte es sie ein wenig und dann immer mehr. Sie ist ganz intelligent, wissen Sie, hat studiert oder wollte es, und war fortschrittlich in ihrer Jugend. Sie hat nicht ganz die verworrenen Ansichten der meisten Leute hier.»
«Fräulein Pinkerton war etwas verworren, denke ich», sagte Luke. «Deshalb ließ ich mir anfangs nicht träumen, daß an ihrer Geschichte etwas daran sein könnte.»

«Sie war ziemlich scharfsinnig, fand ich immer», sagte Bridget. «Die meisten dieser guten Alten haben in manchen Dingen einen scharfen Blick. Sie sagten, sie habe noch andere Namen erwähnt.»
Luke nickte.
«Ja. Einen kleinen Jungen — das war Tommy Pierce — ich erinnerte mich gleich an den Namen, als ich ihn hier hörte. Und ich bin ziemlich sicher, daß ein gewisser Carter auch genannt wurde.»
«Carter, Tommy Pierce, Amy Gibbs, Dr. Humbleby», sagte Bridget nachdenklich. «Wie Sie sagen, es ist beinahe zu phantastisch, um wahr zu sein! Wer hätte diese Leute alle umbringen wollen! Sie waren so verschieden voneinander!»
Luke fragte:
«Haben Sie irgendeine Idee, warum jemand Amy Gibbs aus dem Wege hätte räumen wollen?»
Bridget schüttelte den Kopf.
«Ich kann es mir nicht vorstellen.»
«Und was ist mit Carter? Wie ist er übrigens gestorben?»
«Er fiel in den Fluß und ertrank. Er war am Heimweg, es war eine neblige Nacht, und er war ganz betrunken. Er ging über einen Steg, der nur auf einer Seite ein Geländer hat. Man hat angenommen, daß er einen Fehltritt gemacht hat.»
«Aber jemand hätte ihm leicht einen Stoß geben können.»
«O ja.»
«Und jemand hätte auch ganz leicht dem schlimmen kleinen Tommy einen Stoß geben können, als er Fenster putzte?»
«Nochmals ja.»
«Es kommt also darauf hinaus, daß es ganz leicht ist, drei Menschen zu beseitigen, ohne daß jemand einen Verdacht hat.»
«Fräulein Pinkerton hatte Verdacht», machte ihn Bridget aufmerksam.
«Ja, die Gute. Sie machte sich keine Sorgen, ob ihre Ideen zu melodramatisch seien oder sie sich nur Dinge einbilde!»
«Sie hat mir oft gesagt, daß die Welt sehr schlecht sei.»
«Und Sie haben vermutlich nachsichtig gelächelt?»
«Auf überlegene Art!»
«Jemand, der sechs unmögliche Sachen vor dem Frühstück glauben kann, gewinnt glatt bei diesem Spiel.»

Bridget nickte.
Luke sagte:
«Es ist wohl vergeblich, wenn ich Sie frage, ob Sie irgendeine Idee haben? Es gibt keinen speziellen Menschen in Wychwood, bei dem es Ihnen kalt über den Rücken läuft oder der seltsame blasse Augen hat – oder ein sonderbares wahnsinniges Kichern?»
«Jedermann, den ich in Wychwood kennengelernt habe, scheint mir höchst vernünftig, ehrenwert und ganz gewöhnlich.»
«Daß Sie das sagen würden, habe ich befürchtet», sagte Luke.
Bridget sagte:
«Sie glauben, der Mann ist bestimmt verrückt?»
«Ja, das möchte ich behaupten. Ein Wahnsinniger schon, aber ein schlauer. Der letzte, auf den man raten würde – wahrscheinlich eine Stütze der Gesellschaft, wie der Bankdirektor.»
«Herr Jones? Den kann ich mir allerdings nicht vorstellen als Mörder en gros.»
«Dann ist er wahrscheinlich der, den wir suchen.»
«Es kann jeder sein», sagte Bridget. «Der Fleischer, der Bäcker, der Kaufmann, ein Feldarbeiter, ein Straßenarbeiter oder der Mann, der die Milch bringt.»
«Kann sein – ja – aber ich denke, daß der Kreis doch ein wenig enger ist.»
«Warum?»
«Fräulein Pinkerton sprach von dem Blick seiner Augen, als er sein nächstes Opfer betrachtete. Aus ihrer Art zu reden gewann ich den Eindruck – merken Sie wohl, es ist nur ein Eindruck –, daß der Mann, von dem sie sprach, ihr wenigstens sozial gleichgestellt war. Natürlich kann ich unrecht haben.»
«Sie haben wahrscheinlich vollkommen recht! Diese Feinheiten in der Konversation können nicht schwarz auf weiß festgestellt werden, sie sind jedoch Dinge, in denen man sich nicht wirklich irrt.»
«Wissen Sie», sagte Luke, «es ist mir eine große Erleichterung, daß Sie jetzt alles wissen.»
«Sie werden wahrscheinlich weniger gehemmt sein, das gebe ich zu. Und ich kann Ihnen wahrscheinlich helfen.»
«Ihre Hilfe wird unschätzbar sein. Sie wollen wirklich mitgehen?»

«Natürlich.»
Luke sagte plötzlich leicht verlegen:
«Wie ist es mit Lord Whitfield? Glauben Sie –?»
«Natürlich erzählen wir Gordon nichts davon!» sagte Bridget.
«Sie meinen, er würde es nicht glauben?»
«Oh, glauben würde er es schon! Gordon würde alles glauben! Er würde wohl nur davon gepackt sein und darauf bestehen, daß ein halbes Dutzend seiner hellen jungen Leute herkäme, um die Nachbarschaft aufzustöbern! Er wäre begeistert davon!»
«Das macht es natürlich unmöglich», stimmte Luke zu.
«Ja, ich fürchte, wir können ihm seine einfachen Freuden nicht gestatten.»
Luke schaute sie an. Er schien im Begriff, etwas zu sagen, überlegte es sich aber dann und schaute auf die Uhr.
«Ja», sagte Bridget, «wir müssen nach Hause.»
Sie erhob sich. Zwischen ihnen war plötzlich ein Zwang, als schwebten Lukes ungesprochene Worte unangenehm in der Luft.

Möglichkeiten

Luke saß in seinem Schlafzimmer.
Er nahm ein Blatt Papier und schrieb eine Reihe Namen nieder. Sie lauteten folgendermaßen:
Dr. Thomas.
Dr. Abbot.
Major Horton.
Herr Ellsworthy.
Herr Wake.
Herr Jones.
Amys junger Mann.
Der Fleischer, der Bäcker, der Kaufmann usw.
Dann nahm er ein zweites Blatt Papier und schrieb obenauf: Opfer. Darunter schrieb er:
Amy Gibbs: Vergiftet.
Tommy Pierce: Aus dem Fenster gestoßen.

Harry Carter: Vom Steg gestoßen (betrunken? betäubt?).
Dr. Humbleby: Blutvergiftung.
Frl. Pinkerton: Von Auto überfahren.
Er fügte hinzu:
Frau Rose?
Der alte Ben?
Und nach einer Pause: Frau Horton?
Er betrachtete seine Namenverzeichnisse, rauchte ein wenig, dann nahm er den Bleistift wieder zur Hand. Er schrieb:
Dr. Thomas: Möglicher Fall gegen ihn.
Entschiedener Beweggrund in dem Fall von Dr. Humbleby. Todesart des letzteren paßt — nämlich sachgemäße Vergiftung durch Keime. Amy Gibbs besuchte ihn am Nachmittag des Tages, an dem sie starb. (War etwas zwischen ihnen? Erpressung?) Tommy Pierce? Nichts von einem Zusammenhang zwischen ihnen bekannt. (Wußte Tommy von einem Zusammenhang zwischen ihm und Amy Gibbs? Harry Carter? Kein Zusammenhang bekannt.
War Dr. Thomas an dem Tag, wo Fräulein Pinkerton nach London fuhr, von Wychwood abwesend?
Luke seufzte und begann einen neuen Absatz:
Herr Abbot: Möglicher Fall gegen ihn.
(Empfinde einen Rechtsanwalt entschieden als verdächtig. Möglicherweise ein Vorurteil.) Seine Persönlichkeit, blühend, jovial usw. wäre in einem Buch entschieden verdächtig — Joviale derbe Männer werden immer verdächtigt. Einwand: dies ist nicht ein Buch, sondern das Leben.
Motiv für Mord an Dr. Humbleby. Es bestand entschiedene Gegnerschaft zwischen ihnen; H. forderte Abbot heraus. Genügender Beweggrund für ein aus dem Geleise geratenes Gehirn. Die Feindschaft konnte sehr leicht von Fräulein Pinkerton bemerkt werden.
Tommy Pierce? Der kramte unter Abbots Papieren. Entdeckte er etwas, was er nicht wissen sollte?
Harry Carter? Kein Zusammenhang.
Amy Gibbs? Kein Zusammenhang bekannt. Die Hutfarbe übereinstimmend mit Abbots Geistesverfassung — eine altmodische Denkweise. War Abbot vom Dorf abwesend an dem Tag, wo Fräulein Pinkerton getötet wurde?

Major Horton: Möglicher Fall gegen ihn.
Kein Zusammenhang mit Amy Gibbs, Tommy Pierce oder Carter bekannt.
Wie ist es mit Frau Horton? Tod sieht aus, als sei er durch Arsenikvergiftung hervorgerufen. Wenn ja, könnten andere Mordfälle daraus erfolgen – Erpressung? NB.: Thomas war behandelnder Arzt. (Wieder verdächtig für Thomas.)
Herr Ellsworthy: Möglicher Fall gegen ihn.
Unsympathischer Kerl, befaßt sich mit schwarzer Magie. Könnte das Temperament eines Lustmörders haben. Zusammenhang mit Amy Gibbs. Auch mit Tommy Pierce? Carter? Nichts davon bekannt. Mit Humbleby? Der hätte auf Ellsworthys Geistesverfassung kommen können. Fräulein Pinkerton? War Ellsworthy von Wychwood abwesend, als Fräulein Pinkerton getötet wurde?
Herr Wake: Möglicher Fall gegen ihn.
Sehr unwahrscheinlich. Religiöser Wahn möglich? Eine Mission, zu töten? Fromme alte Geistliche in Büchern verdächtig, aber (wie oben bemerkt) dies ist Leben.
NB.: Carter, Tommy, Amy, alle ausgesprochen unangenehme Charaktere – laut göttlichen Gesetzes besser zu beseitigen?
Herr Jones.
Gar keine Anhaltspunkte.
Amys junger Mann?
Hatte wahrscheinlich Grund, Amy zu töten – was aber aus allgemeinen Gründen unwahrscheinlich erscheint.
Die diversen Und-so-weiter?
Glaube ich nicht recht.
Er las durch, was er geschrieben hatte.
Dann schüttelte er den Kopf.
Er murmelte leise:
«– was absurd ist! So gut hat Euklid sich ausgedrückt!»
Er zerriß die Verzeichnisse und verbrannte sie.
Er sagte zu sich selbst:
«Diese Aufgabe wird nicht gerade leicht sein.»

Dr. Thomas

Dr. Thomas lehnte sich auf seinem Stuhl zurück und fuhr mit der langen schlanken Hand über sein dichtes blondes Haar. Er war ein junger Mann von trügerischem Äußeren; ein flüchtiger Blick hätte ihn für Anfang der Zwanzig gehalten, während er über dreißig war. Sein etwas ungebändigter heller Haarschopf, sein leicht erschreckter Ausdruck und die rosige Gesichtsfarbe verliehen ihm das Aussehen eines unwiderstehlichen Schuljungen. Jedoch obwohl er so unreif aussah, deckte sich die Diagnose, die er eben über Lukes rheumatisches Knie geäußert hatte, fast genau mit der, die ein hervorragender Spezialist erst vor einer Woche gestellt hatte.
«Danke», sagte Luke. «Nun bin ich jedenfalls froh, daß Sie meinen, elektrische Behandlung werde die Sache in Ordnung bringen. Ich möchte in meinem Alter nicht gern ein Krüppel werden.»
Dr. Thomas lächelte knabenhaft.
«Ach, damit hat es keine Gefahr, Herr Fitzwilliam.»
«Sie haben mein Gemüt sehr erleichtert», sagte Luke, «ich dachte daran, zu irgendeinem Spezialisten zu gehen — aber jetzt bin ich sicher, daß es nicht nötig ist.»
Dr. Thomas lächelte wieder.
«Gehen Sie nur, wenn es Sie beruhigt. Schließlich ist es immer gut, die Meinung eines Spezialisten einzuholen.»
«Nein, nein, ich habe volles Vertrauen zu Ihnen.»
«Offen gesagt, es ist ja auch gar keine Komplikation dabei. Wenn Sie meinen Rat befolgen, bin ich sicher, daß es bald gut wird.»
«Sie haben mich sehr beruhigt, Herr Doktor. Ich bildete mir ein, ich bekäme vielleicht Gicht und würde mich vor lauter Knoten bald nicht mehr rühren können.»
Dr. Thomas schüttelte mit einem nachsichtigen Lächeln den Kopf.
Luke sagte rasch:
«Man bekommt es leicht mit der Angst zu tun; Sie werden das wohl auch erfahren haben, wie? Ich denke oft, ein Arzt muß sich als ‹Medizinmann› fühlen — als eine Art Zauberer für die meisten seiner Patienten.»

«Der Glaube an den Arzt hat natürlich sehr viel zu bedeuten.»
«Ich weiß; ‹der Doktor sagt es› ist eine Bemerkung, die beinahe mit Ehrfurcht ausgesprochen wird.»
Dr. Thomas hob die Achseln.
«Wenn die Patienten nur wüßten —!» murmelte er humoristisch.
Dann sagte er:
«Sie schreiben ein Buch über Magie, nicht, Herr Fitzwilliam?»
«Ja, woher wissen Sie das?» sagte Luke mit vielleicht etwas übertriebener Überraschung.
Dr. Thomas sagte heiter:
«Oh, mein lieber Herr, in einem Ort wie diesem machen Neuigkeiten sehr rasch die Runde. Wir haben so wenig Gesprächsstoff.»
«Es wird wahrscheinlich auch übertrieben. Sie werden nächstens hören, daß ich Geister beschwöre und mit der Hexe von Endor wetteifere.»
«Komisch, daß Sie das sagen!»
«Warum?»
«Nun, es geht das Gerücht, daß Sie den Geist von Tommy Pierce beschworen hätten.»
«Pierce? Pierce? Der kleine Junge, der aus dem Fenster fiel?»
«Ja.»
«Jetzt möchte ich wissen — natürlich — ich machte eine Bemerkung zu dem Rechtsanwalt — wie heißt er nur? Abbot.»
«Ja, die Geschichte geht von Abbot aus.»
«Erzählen Sie mir nicht, daß ich einen verhärteten Rechtsanwalt zum Glauben an Gespenster bekehrt habe!»
«Glauben Sie denn selbst an Gespenster?»
«Ihr Ton besagt, daß Sie nicht daran glauben, Herr Doktor. Nein, ich möchte nicht sagen, daß ich tatsächlich ‹an Gespenster glaube› — um es geradeheraus zu sagen. Aber mir sind merkwürdige Erscheinungen bei plötzlichen oder gewaltsamen Todesfällen untergekommen. Jedoch ich interessiere mich mehr für die verschiedenen Aberglauben, die sich an gewaltsame Todesfälle heften — daß ein Ermordeter zum Beispiel keine Ruhe im Grabe findet, und der interessante Glaube, daß das Blut eines Ermordeten fließt, wenn ihn sein Mörder berührt; möchte wissen, wie der entstanden ist.»

«Sehr merkwürdig», sagte Thomas. «Jedoch ich glaube nicht, daß viele Leute sich noch heutzutage dessen entsinnen.»
«Mehr als Sie denken würden. Natürlich, hier haben Sie vermutlich nicht viele Morde – also ist es schwer zu beurteilen.»
«Nein, ich glaube nicht, daß wir einen Mord gehabt haben seit – oh, sehr vielen Jahren – bestimmt nicht in meiner Zeit.»
«Nein, hier ist ein friedlicher Ort; nicht geeignet für dunkle Taten. Außer jemand hat den kleinen Tommy aus dem Fenster gestoßen.»
Luke lachte. Dr. Thomas antwortete mit einem natürlichen Lächeln voll knabenhafter Belustigung.
«Eine Menge Leute hätten dem Kind gern den Kragen umgedreht», sagte er: «Aber ich glaube nicht, daß sie tatsächlich so weit kamen, ihn aus dem Fenster zu werfen.»
«Er scheint ein durch und durch unangenehmes Kind gewesen zu sein – seine Beseitigung hätte als öffentliche Pflicht betrachtet werden können!»
«Es ist schade, daß man diese Theorie nicht öfter anwenden kann.»
«Meine Ansicht war immer, daß einige Morde im großen der Allgemeinheit nützlich wären», sagte Luke. «Leute, die einem den Klub durch ihr langweiliges Geschwätz verleiden, könnten mittels eines vergifteten Likörs erledigt werden. Dann jene Frauen, die über ihre besten Freunde herfallen und sie mit ihren bösen Zungen zerreißen. Verleumderische alte Jungfern. Eingefleischte Reaktionäre, die sich jedem Fortschritt entgegenstellen. Würden alle die schmerzlos beseitigt, wie ganz anders wäre das gesellige Leben!»
«Sie befürworten tatsächlich Verbrechen im großen?»
«Verständnisvolle Ausmerzung», sagte Luke. «Stimmen Sie mir nicht zu, daß es wohltätig wäre?»
«Oh, zweifellos.»
«Ah, Sie nehmen es aber nicht ernst», sagte Luke. «Ich aber schon. Ich habe nicht die Achtung vor dem menschlichen Leben, die der normale Engländer hat. Jedermann, der ein Hindernis auf dem Weg des Fortschritts ist, sollte beseitigt werden – so sehe ich das an!»
Sich mit der Hand durch das dichte blonde Haar fahrend, sagte Dr. Thomas:

«Ja, aber wer soll das beurteilen, ob ein Mensch etwas taugt oder nicht?»
«Das ist natürlich die Schwierigkeit», gab Luke zu.
«Die Katholiken würden einen kommunistischen Aufwiegler für untauglich zum Leben betrachten – der Kommunist würde einen Geistlichen als Verbreiter von Aberglauben zum Tode verurteilen, der Arzt den Ungesunden ausstoßen, der Pazifist den Soldaten und so fort.»
«Man müßte einen wissenschaftlich Gebildeten als Richter haben», sagte Luke. «Jemand mit unbefangenem, doch hochentwickeltem Geist – einen Arzt zum Beispiel. Wenn ich es überlege, wären Sie selbst ein recht guter Schiedsrichter, Herr Doktor.»
«Über die Untauglichkeit zum Leben?»
«Ja.»
Dr. Thomas schüttelte den Kopf.
«Meine Aufgabe ist es, die Untauglichen tauglich zu machen. Das ist ja meistens sehr mühsam, gebe ich zu.»
«Also, um ein Beispiel anzuführen», sagte Luke. «Nehmen wir einen Mann wie den verstorbenen Harry Carter –.»
Dr. Thomas sagte scharf:
«Carter? Meinen Sie den Wirt von den ‹Sieben Sternen›?»
«Ja, das ist der Mann. Ich selbst habe ihn nicht gekannt, jedoch meine Cousine, Fräulein Conway, sprach von ihm; der scheint ja ein richtiggehender Schurke gewesen zu sein.»
«Nun», sagte der Doktor, «getrunken hat er freilich. Hat seine Frau mißhandelt, seine Tochter tyrannisiert. Er war streitsüchtig und grob und hatte mit den meisten Leuten am Ort schon Krach gehabt.»
«Tatsächlich ist die Welt besser ohne ihn?»
«Das könnte man schon sagen, da stimme ich zu.»
«Wenn ihm also jemand einen Stoß gegeben und ihn in den Fluß geworfen hätte, statt daß er so freundlich war, freiwillig hineinzufallen, so hätte diese Person tatsächlich im öffentlichen Interesse gehandelt?»
Dr Thomas sagte trocken:
«Diese Methoden, die Sie befürworten – haben Sie sie im Orient auch in die Praxis übertragen?»
Luke lachte.

«O nein, bei mir ist es nur Theorie — nicht Praxis.»
«Nein, ich glaube nicht, daß Sie aus dem Stoff sind, aus dem Mörder geschaffen werden.»
Luke fragte:
«Warum nicht? Ich war sehr offen im Verkünden meiner Ansichten.»
«Ganz richtig. Zu offen.»
«Sie meinen, daß, wenn ich wirklich der Mensch wäre, der das Gesetz selbst in die Hand nimmt, ich nicht meine Ansichten herumtrompeten würde?»
«Das meinte ich.»
«Aber es könnte für mich eine Art Evangelium sein. Ich könnte ein Fanatiker in der Sache sein!»
«Auch dann wäre Ihr Trieb zum Selbstschutz tätig.»
«Wenn man also einen Mörder sucht, sollte man sein Augenmerk auf einen netten, sanften Typus eines Menschen lenken, der keiner Fliege etwas zuleide täte.»
«Leicht übertrieben», sagte Dr. Thomas, «jedoch nicht weit von der Wahrheit entfernt.»
Luke sagte unvermittelt:
«Sagen Sie mir — es interessiert mich —, sind Sie je auf einen Menschen gestoßen, von dem Sie glaubten, er könnte ein Mörder sein?»
Dr. Thomas sagte etwas scharf:
«Das ist wirklich eine merkwürdige Frage!»
«Ja? Schließlich müssen einem Doktor so viele sonderbare Charaktere unterkommen. Er könnte zum Beispiel die Anzeichen von Mordwahn schon in einem frühen Stadium entdecken, ehe sie bemerkbar sind.»
Thomas sagte etwas gereizt:
«Sie haben die allgemeine Laienvorstellung von einem mörderischen Wahnsinnigen als einem Manne, der mit einem Messer umherläuft und mehr oder weniger am Munde schäumt! Lassen Sie sich sagen, daß ein vom Mordwahn Befallener am allerschwersten zu erkennen sein kann. Allem Anschein nach kann er genau wie alle anderen Leute sein — vielleicht ein Mensch, der leicht erschrickt — der Ihnen vielleicht erzählt, daß er Feinde hat — nicht mehr als das. Ein ruhiger, harmloser Mensch.»
«Ist das wirklich so?»

«Natürlich ist das so. Ein Wahnsinniger mordet oft (wie er glaubt) in Selbstverteidigung. Aber natürlich sind viele Mörder gewöhnliche, vernünftige Leute wie Sie und ich.»

«Doktor, Sie erschrecken mich! Stellen Sie sich vor, wenn Sie später entdecken würden, daß ich fünf oder sechs nette kleine Morde auf dem Gewissen habe!»

Dr. Thomas lächelte.

«Ich halte das nicht für sehr wahrscheinlich, Herr Fitzwilliam.»

«Nicht. Nun, ich kann Ihnen das Kompliment zurückgeben. Ich glaube auch nicht, daß Sie fünf oder sechs Morde begangen haben.»

Dr. Thomas sagte heiter:

«Da zählen Sie meine beruflichen Mißgriffe nicht.»

Beide Männer lachten.

Luke stand auf und empfahl sich.

«Ich fürchte, ich habe sehr viel Ihrer Zeit in Anspruch genommen», sagte er, sich entschuldigend.

«Ach, ich habe nicht viel zu tun, Wychwood ist ein recht gesunder Ort. Es ist ein Vergnügen, mit jemand von der Außenwelt zu reden.»

«Ich dachte mir eben —», sagte Luke und hielt inne.

«Ja?»

«Fräulein Conway sagte mir, als sie mich zu Ihnen schickte, welch — nun — welch erstklassiger Arzt Sie seien. Und da fragte ich mich, ob Sie sich hier nicht so ziemlich begraben fühlten? Hier ist nicht viel Gelegenheit für Begabung.»

«Oh, die allgemeine Praxis ist ein guter Anfang; sie bringt wertvolle Erfahrungen.»

«Aber Sie werden es wohl nicht zufrieden sein, Ihr ganzes Leben in dem einen Geleise zu bleiben. Ihr verstorbener Kompagnon, Dr. Humbleby, war nicht ehrgeizig, wie ich höre — war von seiner Praxis hier ganz befriedigt. Er war doch viele Jahre lang hier, nicht?»

«So gut wie ein Leben lang.»

«Er war tüchtig, aber altmodisch, wie ich höre.»

Dr. Thomas sagte:

«Zu Zeiten war er schwierig ... Sehr mißtrauisch gegen moderne Neuerungen, jedoch ein gutes Beispiel der alten Ärzteschule.»

«Hat eine sehr hübsche Tochter hinterlassen, sagt man mir», sagte Luke in scherzhafter Weise.
Er hatte das Vergnügen, das rosige Antlitz von Dr. Thomas mit einer tiefen Röte übergossen zu sehen.
«Oh – äh – ja», sagte er.
Luke schaute ihn freundlich an; er war von der Aussicht erfreut, Dr. Thomas von der Liste der Verdächtigen streichen zu können.
Dieser erlangte seine normale Farbe wieder und sagte rasch:
«Da wir eben von Verbrechen sprachen – ich kann Ihnen ein gutes Buch leihen, da Sie sich für das Thema interessieren, eine Übertragung aus dem Deutschen: Kreuzhammer über ‹Minderwertigkeit und Verbrechen›.»
«Danke», sagte Luke.
Dr. Thomas zog das Buch aus einem Fach.
«Da haben Sie es. Einige der Theorien sind ja etwas überraschend – und natürlich nur Theorien, aber sie sind interessant. Das Jugendleben von Menzheld zum Beispiel, dem Frankfurter Schlächter, wie er genannt wurde, und das Kapitel über Anna Helm, Kindermädchen und Mörderin, sind außerordentlich interessant.»
«Sie brachte ungefähr ein Dutzend ihrer Pflegebefohlenen um, ehe man ihr daraufkam, glaube ich», sagte Luke.
Dr. Thomas nickte.
«Ja. Sie war eine höchst sympathische Persönlichkeit – Kindern äußerst zugetan – und scheinbar aufrichtig verzweifelt über jeden Todesfall. Die Psychologie ist erstaunlich.»
«Es ist erstaunlich, daß diese Leute so lange nicht erwischt werden», sagte Luke.
Er stand bereits auf der Türstufe; Dr. Thomas hatte ihn hinausbegleitet.
«Nicht wirklich erstaunlich», sagte Dr. Thomas. «Es ist ganz leicht, wissen Sie.»
«Was ist leicht?»
«Nicht erwischt zu werden.» Er lächelte wieder – ein reizendes, knabenhaftes Lächeln. «Wenn man achtgibt. Man muß eben nur achtgeben – das ist alles! Aber ein kluger Mann gibt eben außerordentlich acht, keinen Fehler zu machen. Das ist das ganze Kunststück.»

Er lächelte wiederum und ging ins Haus.
Luke stand und starrte die Stufen hinauf.
Es war etwas Herablassendes in dem Lächeln des Doktors gewesen. Während ihrer ganzen Unterhaltung war Luke seiner selbst als eines reifen Mannes bewußt gewesen und hatte Dr. Thomas als einen jugendlichen, offenen Menschen betrachtet.
Nun empfand er einen Augenblick lang die Rollen als vertauscht; das Lächeln des Doktors war das eines Erwachsenen gewesen, der sich über die Klugheit eines Kindes amüsiert.

Frau Pierce redet

Luke hatte in dem kleinen Laden in der Hauptstraße die neueste Nummer des kleinen Wochenblattes «Gute Laune», dem Lord Whitfield einen großen Teil seines reichlichen Einkommens verdankte. Luke hatte nach einem Blick auf den Fußballbericht stöhnend die Mitteilung von sich gegeben, daß er an einem Gewinn von hundertzwanzig Pfund vorbeigegangen war! Frau Pierce wurde sofort zu lebhaftem Mitgefühl angeregt und erzählte von ähnlichen Enttäuschungen, die ihrem Mann widerfahren waren.
«Mein Mann hat großes Interesse für den Fußball», sagte dessen Gattin. «Schlägt die Seite immer zuerst auf. Und hat, wie gesagt, viele Enttäuschungen gehabt; aber jeder kann nicht gewinnen, sag ich, und, sag ich, gegen das Pech kann man nicht an.»
Luke stimmte diesen Aussprüchen von Herzen zu und ging mit leichtem Übergang zu der tiefsinnigen Feststellung vor, daß eine Sorge nie allein kommt.
«Nein, wirklich nicht, Herr, das weiß ich wohl», seufzte Frau Pierce. «Wenn eine Frau einen Mann und acht Kinder hat – sechs lebende und zwei begraben, heißt das – dann weiß sie, was Sorgen sind, das kann man wohl sagen.»
«Zweifellos», sagte Luke. «Sie haben zwei verloren, sagen Sie?»
«Eins erst vor einem Monat.»

«Ach, wie traurig!»

«Es war nicht nur traurig, Herr, es war ein großer Schrecken – das war es wohl! Mir ist ganz schlecht geworden, als man mir es beibrachte, da ich nie erwartet hätte, daß Tommy etwas Derartiges passieren könnte, denn wenn ein Junge einem Sorgen macht, denkt man nicht daran, daß er einem entrissen werden könnte. Also, meine Emma Jane, die war ein süßes kleines Ding: ‹Die bringen Sie nicht auf›, sagten mir die Leute, ‹die ist zu gut für diese Welt!› Und es war auch richtig, Herr. Der Herr erkennt die Seinen.»

Luke nickte ernst und versuchte, von dem Thema der engelhaften Emma Jane zu dem des weniger engelhaften Tommy zurückzukehren.

«Ihr Junge ist erst kürzlich gestorben?» fragte er. «Ein Unglücksfall?»

«Ja, es war ein Unglücksfall, Herr. Beim Fensterputzen in der alten Halle, jetzt die Bibliothek, muß er das Gleichgewicht verloren haben und ist heruntergefallen – von den oberen Fenstern war es.»

Frau Pierce ließ sich nun über die Einzelheiten des Unfalls weitläufig aus.

«War da nicht irgendeine Geschichte», sagte Luke obenhin, «daß man ihn auf dem Fenstersims tanzen sehen hatte?»

Frau Pierce sagte: «Jungen sind nun mal so – aber zweifellos bekam der Major einen Schrecken, besonders da er ein etwas erregter Herr ist.»

«Major Horton?»

«Ja, der Herr mit den Bulldoggen. Nachdem das Unglück passiert war, erwähnte er zufällig, daß er unseren Tommy unbesonnen hatte handeln sehen – und natürlich zeigt das, daß, wenn ihn etwas erschreckt hätte, er leicht fallen konnte. Übermut, Herr, das war's, was Tommy plagte! Eine schwere Prüfung war er auf manche Weise für mich», schloß sie, «aber es war nur Übermut – nichts als Übermut –, wie jeder Junge ihn haben mag. Er war nicht böse, kann man ruhig sagen.»

«Nein – nein – sicher nicht, aber wissen Sie, Frau Pierce, manchmal ist es Leuten – nüchternen, ältlichen Leuten – schwer, sich zu erinnern, daß sie auch einmal jung gewesen sind.»

Frau Pierce seufzte.
«Sehr wahr sind diese Worte, Herr. Ich kann nicht umhin, zu hoffen, daß ein gewisser Herr, den ich nennen könnte, aber es nicht will, sich die Art zu Herzen genommen haben wird, wie sie gegen den Jungen hart waren – nur wegen seines Übermutes.»
«Hat seinen Herren ein paar Possen gespielt, was?»
Frau Pierce ging sogleich darauf ein.
«Es waren nur seine Dummheiten, Herr, das war alles. Tommy konnte Leute so gut nachmachen! Wir hielten uns die Seiten vor Lachen, wenn er geziert herumspazierte und tat, als sei er Herr Ellsworthy vom Antiquitätenladen – oder der alte Herr Nobbs, der Kirchenvorsteher, und er machte gerade oben im Herrenhaus Seine Lordschaft nach, und die zwei Untergärtner lachten, als Seine Lordschaft geräuschlos dazukam und Tommy auf der Stelle entließ – natürlich war das zu erwarten und ganz recht, und Seine Lordschaft trug ihm später nichts nach, sondern verhalf Tommy zu einer anderen Stelle.»
«Aber andere Leute waren nicht so großmütig, wie?»
«Das waren sie nicht. Ich nenne keine Namen. Aber man würde es nie von Herrn Abbot glauben, der immer so nett war und immer ein freundliches Wort oder einen Spaß bereit hatte.»
«Tommy hatte Verdruß mit ihm?»
«Der Junge hat doch sicher nichts Böses gemeint ... Und schließlich, wenn Papiere privat sind und nicht gesehen werden sollen, sollen sie nicht offen auf einen Tisch gelegt werden – das sage ich.»
«Freilich», sagte Luke. «Private Papiere in einer Rechtsanwaltskanzlei gehören eingesperrt.»
«Ganz recht, Herr. Das finden wir beide, mein Mann und ich. Und dabei hat Tommy gar nicht viel davon gelesen!»
«Was war es – ein Testament?» fragte Luke.
«O nein, Herr, nichts dergleichen, gar nichts Wichtiges! Es war nur ein Privatbrief – von einer Dame –, und Tommy sah nicht einmal, wer die Dame war. Soviel Lärm um nichts, sage ich!»
«Herr Abbot muß ein Mensch sein, der sehr leicht beleidigt ist», sagte Luke.

«Das scheint so, nicht, Herr? Obwohl, wie gesagt, er so ein freundlicher Herr war — immer mit einem Spaß oder einem frohen Wort! Aber wahr ist's, ich habe gehört, daß er ein schwieriger Herr ist, wenn man sich gegen ihn stellt, und er und Dr. Humbleby waren erbitterte Feinde, gerade bevor der arme Herr starb. Das mag nachher kein angenehmer Gedanke für Herrn Abbot gewesen sein; denn wenn einmal der Tod kommt, denkt man nicht gern an die harten Worte, die gesprochen wurden, und die man nicht mehr zurücknehmen kann.»

Luke schüttelte ernst den Kopf und murmelte:

«Sehr wahr — sehr wahr!»

Er fuhr fort:

«Komischer Zufall — das! Scharfe Worte mit Dr. Humbleby, und Dr. Humbleby stirbt — harte Behandlung Ihres Tommy — und der Junge stirbt! Man sollte denken, daß eine solche doppelte Erfahrung Herrn Abbot für die Zukunft etwas vorsichtiger im Gebrauch seiner Zunge machen würde.»

«Zwischen Harry Carter von den ‹Sieben Sternen› und Herrn Abbot gab es auch sehr scharfe Worte eine Woche vor Carters Tod; aber dafür konnte er nichts. Das Schimpfen ging alles von Carter aus, er war damals betrunken, zog vor Herrn Abbots Haus und schrie, so laut er konnte, die wüstesten Schimpfereien hinauf. Die arme Frau Carter hatte viel auszustehen, und soweit es sie betraf, muß man gestehen, daß Carters Tod eine Erlösung bedeutete.»

«Er hat auch eine Tochter hinterlassen, nicht wahr?»

«Ah», sagte Frau Pierce. «Ich bin keine, die schwätzt.»

Das war unerwartet, aber vielversprechend; Luke spitzte die Ohren und wartete.

«Ich sage nicht, daß es etwas anderes als Gerede war. Lucy Carter ist ein fesches Frauenzimmer in ihrer Art, und wäre nicht der Standesunterschied gewesen, hätte man wohl keine Bemerkung darüber gemacht. Aber daß es Gerede gegeben hat, kann man nicht leugnen — besonders seit Carter zu seinem Haus gegangen ist und gebrüllt hat.»

Luke zog die Schlüsse aus dieser etwas verworrenen Rede.

«Herr Abbot sieht aus, als ob er ein hübsches Mädel zu würdigen wüßte», sagte er.

«Das ist oft der Fall bei den Herren», sagte Frau Pierce. «Sie meinen gar nichts weiter — wechseln nur ein paar Worte im Vorübergehen, aber was die Herrschaften tun, das wird eben beredet. Das ist an so einem stillen Ort nur zu erwarten.»

«Es ist ein sehr hübscher Ort», sagte Luke. «So unverdorben.»

Luke zahlte rasch für seine Zigaretten und das Papier. Er ging langsam die Straße entlang.

«Also», sagte er sich, «Abbot. Der Fall gegen Abbot. Mit drei Opfern habe ich eine Verbindung nachgewiesen. Er hatte Krach mit Humbleby. Krach mit Carter und Krach mit Tommy Pierce — und alle drei sind gestorben. Wie ist es mit dem Mädel Amy Gibbs? Was war das für ein Privatbrief, den der verteufelte Junge sah? Wußte er, von wem er war? Oder wußte er es nicht? Er mag es seiner Mutter nicht gesagt haben, aber gesetzt den Fall, er wußte es, und Abbot hat es für notwendig gehalten, ihm den Mund zu verschließen? Es könnte sein! Das ist alles, was man dazu sagen kann. Es könnte sein! Genügt nicht!»

Luke beschleunigte seinen Schritt und sah mit jäher Erbitterung um sich.

«Dieses verdammte Dorf — es fällt mir auf die Nerven! So lächelnd und friedlich — so unschuldig —, und dabei gehen diese verrückten Mordtaten darin um! Oder bin ich der Verrückte? War Lavinia Pinkerton verrückt? Schließlich könnte das Ganze ja Zufall sein — ja, Humblebys Tod und alles . . .»

Er schaute die ganze Länge der Hauptstraße hinunter — und wurde von einem starken Gefühl der Unwirklichkeit ergriffen.

Er sagte sich:

«Solche Sachen geschehen nicht . . .»

Dann hob er seine Augen zu dem langen, finsteren Rücken des Asheberges — und augenblicklich schwand die Unwirklichkeit. Der Asheberg war wirklich — er kannte seltsame Dinge — Hexerei und Grausamkeit und vergessene Blutlüste und schlimme Bräuche.

Er fuhr auf. Zwei Gestalten gingen die Seite des Rückens entlang. Er erkannte sie leicht — Bridget und Ellsworthy. Der junge Mann gestikulierte mit seinen seltsamen, unangenehmen Händen, sein Kopf neigte sich Bridget entgegen. Sie sahen wie zwei Gestalten aus einem Traum aus. Man fühlte, daß ihre Füße lautlos von Busch zu Busch sprangen. Er sah ihr schwar-

zes Haar vom Winde geweht hinter ihr herflattern. Wieder fesselte ihn ihr seltsamer Zauber.
«Verhext, das ist's, was ich bin, verhext», sagte er zu sich selbst.
Er blieb still stehen — ein seltsam betäubendes Gefühl breitete sich über ihn.
Er dachte traurig bei sich:
«Wer soll den Zauber brechen? Es gibt niemand.»

Rose Humbleby

Ein leises Geräusch hinter ihm veranlaßte ihn, sich rasch umzuwenden. Ein Mädchen stand dort, ein auffallend hübsches Mädchen mit braunem Haar, das sich um ihre Ohren lockte, und etwas schüchternen dunkelblauen Augen. Sie wurde ein wenig rot vor Verlegenheit, bevor sie sprach.
«Herr Fitzwilliam, nicht wahr?» sagte sie.
«Ja, ich —»
«Ich bin Rose Humbleby. Bridget sagte mir, daß — daß Sie Leute kennen, die meinen Vater kannten.»
Luke errötete leicht.
«Es war vor langer Zeit», sagte er etwas verlegen. «Sie kannten ihn als jungen Mann — bevor er heiratete.»
«Ach so.»
Rose Humbleby sah ein wenig enttäuscht aus.
«Sie schreiben ein Buch, nicht wahr?»
«Ja, das heißt, ich mache Aufzeichnungen dafür. Über hiesige Aberglauben und dergleichen.»
«Das klingt furchtbar interessant.»
«Es wird wahrscheinlich furchtbar langweilig sein.»
«Ach nein, sicher nicht.»
Luke lächelte sie an. Er dachte:
«Unser Dr. Thomas hat Glück!»
«Es gibt Leute», sagte er, «die das anregendste Thema unerträglich langweilig gestalten können. Ich fürchte, zu ihnen zu gehören.»
«Ja, aber wieso denn?»

«Ich weiß nicht. Aber die Überzeugung bemächtigt sich meiner.»

Rose Humbleby sagte:

«Sie könnten auch einer von denen sein, die langweilige Themen riesig interessant gestalten!»

«Also das ist ein netter Gedanke», sagte Luke. «Danke schön dafür.»

Rose Humbleby erwiderte sein Lächeln, dann sagte sie:

«Glauben Sie daran – an Aberglauben und alle diese Sachen?»

«Das ist eine schwierige Frage. Es folgt nicht daraus, wissen Sie. Man kann sich für Dinge interessieren, an die man nicht glaubt.»

«Ja, das kann sein», es klang etwas zweifelhaft.

«Sind Sie abergläubisch?»

«N-nein – ich glaube nicht. Aber ich glaube, daß Ereignisse in – in Wellen kommen.»

«In Wellen?»

«Wellen von Unglück oder Glück. Ich meine – ich habe das Gefühl, als ob in letzter Zeit ganz Wychwood unter dem Bann von Unglück stände. Daß der Vater starb – und Fräulein Pinkerton überfahren wurde, und der kleine Junge aus dem Fenster fiel! – Ich – hatte das Gefühl, als hasse ich diesen Ort – als müsse ich fort!»

Ihr Atem kam etwas rascher. Luke sah sie nachdenklich an.

«So empfinden Sie also?»

«Ach, ich weiß, daß es dumm ist. Es war wohl, daß der arme Vater so unerwartet starb – es war so entsetzlich plötzlich.» Sie erschauerte. «Und dann Fräulein Pinkerton. Sie sagte –»

Das Mädchen hielt inne.

«Was sagte sie? Sie war eine entzückende alte Dame, fand ich – sah einer Lieblingstante von mir ähnlich.»

«Oh, haben Sie sie gekannt?» Das Gesicht von Rose erhellte sich. «Ich hatte sie sehr gern, und sie war Väterchen so zugetan. Aber ich habe mich manchmal gefragt, ob sie nicht mehr als wunderlich war.»

«Warum?»

«Weil – es ist so seltsam – sie schien zu befürchten, daß Vater etwas zustoßen könnte. Sie warnte mich beinahe, besonders vor Unfällen. Dann an jenem Tag – bevor sie in die Stadt fuhr, war sie so merkwürdig in ihrem Wesen — ganz zapplig. Ich glaube wirklich, Herr Fitzwilliam, sie war einer von den Menschen, die das Zweite Gesicht haben. Ich glaube, sie wußte, daß ihr etwas passieren würde. Und sie muß auch gewußt haben, daß Vater etwas zustoßen würde. Diese Dinge sind wirklich erschreckend!»

Sie kam einen Schritt näher zu ihm.

«Es gibt Zeiten, wo man die Zukunft voraussehen kann», sagte Luke. «Jedoch, es ist nicht immer übernatürlich.»

«Nein, ich vermute, es ist eigentlich ganz natürlich — eben nur eine Fähigkeit, die den meisten Leuten mangelt. Trotzdem — es — bekümmert mich —.»

«Sie dürfen sich keine Gedanken machen», sagte Luke sanft. «Bedenken Sie, es liegt ja jetzt alles hinter Ihnen. Es nützt nichts, über die Vergangenheit nachzugrübeln; man muß für die Zukunft leben.»

«Ich weiß. Aber da ist noch etwas, wissen Sie...» Rose zögerte. «Etwas, das mit Ihrer Cousine zu tun hat.»

«Meiner Cousine? Bridget?»

«Ja. Fräulein Pinkerton war in irgendwelcher Weise um sie besorgt. Sie stellte immer Fragen an mich... Ich glaube, sie fürchtete auch für sie.»

Luke wandte sich scharf um und musterte die Bergseite. Es überkam ihn plötzlich eine unvernünftige Angst. Bridget — allein mit dem Mann, dessen Hände die krankhafte Färbung grünlichen, in Verwesung übergehenden Fleisches hatten! Einbildung — alles Einbildung! Ellsworthy war nur ein harmloser Dilettant, der sich mit seinem Laden aufspielte.

Als könne sie seine Gedanken lesen, sagte Rose:

«Mögen Sie Herrn Ellsworthy?»

«Entschieden nicht.»

«Geoffrey — Dr. Thomas, wissen Sie, mag ihn auch nicht.»

«Und Sie?»

«Ich finde ihn schrecklich.» Sie kam noch etwas näher. «Es wird eine Menge über ihn geredet. Man hat mir erzählt, daß er eine seltsame Feier auf der Hexenwiese hielt — eine Menge Freunde von ihm kamen aus London dazu her — äußerst sonderbar aussehende Leute. Und Tommy Pierce war eine Art Ministrant.»

«Tommy Pierce?» sagte Luke lebhaft.

«Ja. Er hatte ein Chorhemd und einen roten Priesterrock.»
«Wann war das?»
«Oh, vor längerer Zeit — ich glaube, es war im März.»
«Tommy Pierce scheint bei allem, was je in diesem Dorf stattfand, beteiligt gewesen zu sein.»
Rose sagte:
«Er war furchtbar neugierig, er mußte immer wissen, was vorging.»
«Wahrscheinlich wußte er zum Schluß ein bißchen zuviel», sagte Luke grimmig.
«Er war eigentlich ein abscheulicher kleiner Junge; er liebte es, Wespen zu zerschneiden, und er quälte Hunde.»
«Ein Junge, dessen Ableben kaum zu bedauern ist!»
«Nein, vermutlich nicht. Jedoch für seine Mutter war es schrecklich.»
«Soviel ich weiß, sind ihr fünf kleine Töchter geblieben! Sie hat ein gutes Mundwerk, diese Frau!»
«Sie redet furchtbar viel, nicht wahr? Das ist das Schlimme an so einem Ort: jeder weiß alles von jedem andern!»
«O nein», sprach Luke.
Sie sah ihn fragend an.
Luke erklärte bedeutungsvoll:
«Kein menschliches Wesen weiß die volle Wahrheit über ein anderes.»
Roses Gesicht wurde ernst. Sie erschauerte ein wenig.
«Nein; ich vermute, das ist wahr.»
«Nicht einmal unsere Nächsten und Liebsten», fuhr Luke fort.
«Nicht einmal —» Sie hielt inne. «Ach, ich vermute, Sie haben recht — aber ich wollte, Sie würden nicht so erschreckende Sachen sagen, Herr Fitzwilliam!»
«Erschreckt es Sie?»
Langsam nickte sie.
Dann wandte sie sich jäh ab.
«Ich muß nun gehen. Wenn — wenn Sie nichts Besseres zu tun haben — ich meine, wenn Sie können — besuchen Sie uns doch. Mutter würde — würde Sie gern sprechen, da Sie alte Freunde von Väterchen kennen.»
Sie ging langsam die Straße hinunter. Ihr Kopf war ein wenig geneigt, als beugten ihn die Sorgen nieder.

Luke blieb stehen und schaute ihr nach. Eine plötzliche Woge von Besorgtheit überkam ihn; er fühlte Sehnsucht, dieses Mädchen zu schützen und zu schirmen.

Wovor? Als er sich diese Frage stellte, schüttelte er den Kopf in momentaner Ungeduld über sich selbst. Es war wahr, daß Rose Humbleby kürzlich ihren Vater verloren hatte, jedoch hatte sie eine Mutter und war verlobt mit einem entschieden anziehenden jungen Mann, der der Beschützerrolle vollkommen gewachsen war. Also warum fiel ihn, Luke Fitzwilliam, dieses Beschützerverlangen an?

Da ist wieder einmal die gute alte Sentimentalität im Vordergrund, dachte Luke. Der Mann als Beschützer! Das blühte in der Zeit der Königin Viktoria, war stark unter ihrem Nachfolger und gab noch immer Lebenszeichen von sich trotz dem, was unser Freund Lord Whitfield den Wirbel und Drang des heutigen Lebens nennen würde!

«Trotz alledem», sagte er zu sich selbst, während er gegen die ragende Masse des Ashe-Rückens spazierte, «das Mädel ist mir sympathisch. Sie ist viel zu gut für Thomas — kalter überlegener Geselle, der er ist!»

Das Lächeln des Arztes auf der Türstufe kam ihm in Erinnerung; entschieden selbstgefällig war es gewesen! So zufrieden!

Das Geräusch von Schritten ein wenig vor ihm weckte Luke aus seinen leicht gereizten Grübeleien. Er blickte auf und sah den jungen Ellsworthy den Pfad vom Berg herunterkommen, die Augen zu Boden gesenkt und für sich lächelnd. Sein Ausdruck fiel Luke unangenehm auf. Ellsworthy ging weniger, als daß er förmlich einherstolzierte — wie ein Mann, der einer teuflischen kleinen Melodie in seinem Hirn Takt hält. Sein Lächeln war eine seltsam heimliche Verzerrung der Lippen — es hatte eine heitere Verschlagenheit, die ausgesprochen unangenehm war.

Luke war stehengeblieben, und Ellsworthy hatte ihn schon beinahe erreicht, als er endlich aufsah. Seine Augen, boshaft und fröhlich, trafen die des anderen ein paar Sekunden lang, ehe er ihn erkannte. Dann kam — oder so erschien es Luke — eine vollkommene Veränderung über den Mann. Wo er vor einer Minute an einen tanzenden Satyr erinnert hatte, zeigte sich jetzt ein etwas weibischer und geschniegelter junger Mann.

«Oh, Herr Fitzwilliam, guten Morgen!»

«Guten Morgen», sagte Luke. «Haben Sie die Schönheiten der Natur bewundert?»

Herrn Ellsworthys lange blasse Hände hoben sich in einer ablehnenden Gebärde.

«O nein, nein — o Gott, nein! Ich verabscheue die Natur. So eine rohe, phantasielose Sache! Ich behaupte immer, daß man das Leben erst genießen kann, nachdem man die Natur in ihre Schranken gewiesen hat.»

«Und wie wollen Sie das tun?»

«Es gibt Mittel und Wege!» sagte Herr Ellsworthy. «In einem Ort wie diesem hier, diesem köstlichen provinziellen Fleck Erde, gibt es höchst ergötzliche Unterhaltungen, wenn man den goût — die Witterung — dafür hat. Ich genieße das Leben, Herr Fitzwilliam.»

«Ich auch», sagte Luke.

«Mens sana in corpore sano», sagte Herr Ellsworthy in fein ironischem Ton. «Ich bin überzeugt, daß das so auf Sie paßt.»

«Es gibt schlimmere Dinge», sagte Luke.

«Mein lieber Herr! Vernünftigkeit ist so unglaublich langweilig! Man muß verrückt sein — köstlich verrückt — verkehrt — leicht verdreht — dann sieht man das Leben aus einem neuen entzückenden Winkel.»

«Das Schielen des Aussätzigen», meinte Luke.

«Ah, sehr gut — sehr gut — ganz witzig! Aber es ist etwas daran, wissen Sie. Ein interessanter Gesichtswinkel. Doch ich darf Sie nicht aufhalten; Sie machen sich Bewegung — man muß sich Bewegung machen — das ist der Geist der Schulen Englands!»

«Ganz richtig», sagte Luke und ging mit einem kurzen Nicken weiter.

«Meine Einbildungskraft arbeitet zu stark; der Kerl ist einfach ein Esel, das ist alles.»

Jedoch eine undefinierbare Unruhe trieb seine Füße rascher an. Jenes seltsame, schlaue, triumphierende Lächeln, das auf seinem Gesicht gelegen hatte — war das nur Einbildung von Lukes Seite? Und der darauffolgende Eindruck, daß es in dem Augenblick wie mit einem Schwamm weggewischt war, als der andere Luke auf sich zukommen sah — was war daran?

Mit steigender Unruhe dachte er:
«Bridget? Ist ihr nichts geschehen? Sie sind miteinander hinaufgegangen, und er kam allein zurück.»
Er hastete weiter. Der Himmel sah trüb und drohend aus, und der Wind kam in jähen kleinen Stößen. Es war, als sei er aus dem normalen Alltagsleben in jenes seltsame schwebende Reich der Verzauberung geraten, dessen er sich bewußt gewesen, seit er in Wychwood angekommen war.
Um die Ecke biegend, kam er zu einem grünen Rasenplatz, der ihm von unten gezeigt und als Hexenwiese bezeichnet worden war. Hier hatten, erzählte man sich, die Hexen in der Walpurgisnacht und zu Allerseelen ihre wüsten Feste gefeiert.
Und nun überwältigte ihn plötzlich ein starkes Gefühl der Erleichterung — Bridget war hier. Sie saß am Bergabhang, mit dem Rücken gegen einen Felsen, vornübergeneigt, den Kopf in den Händen.
Er trat rasch auf sie zu.
«Bridget?»
Langsam hob sie das Gesicht von den Händen. Ihr Ausdruck verwirrte ihn. Sie sah aus, als käme sie aus einer weitentfernten Welt, als sei es ihr schwer, sich der Gegenwart anzupassen.
Luke sagte — nicht ganz angemessen:
«Sagen Sie — Sie — es ist doch alles in Ordnung, nicht?»
Es dauerte eine Weile, bevor sie antwortete — als sei sie noch immer nicht ganz aus jener fernen Welt zurückgekehrt, die sie festgehalten hatte. Luke empfand, daß seine Worte eine weite Strecke zurücklegen mußten, ehe sie sie erreichten.
Dann sagte sie:
«Natürlich ist alles in Ordnung. Warum sollte es nicht sein?»
Und nun war ihre Stimme scharf und feindselig. Luke grinste.
«Hol mich der Teufel, wenn ich das weiß. Ich habe plötzlich Angst um Sie bekommen.»
«Warum?»
«Hauptsächlich, glaube ich, durch die melodramatische Atmosphäre, in der ich gegenwärtig lebe. Sie läßt mich die Dinge nicht in richtigem Verhältnis sehen. Wenn ich Sie ein oder zwei Stunden aus den Augen verliere, nehme ich als natürlich an, daß ich demnächst Ihren blutigen Leichnam in einem Graben finden werde. In einem Stück oder Buch wäre es so.»

«Die Heldinnen werden nie umgebracht», spottete Bridget.
«Nein, aber — —»
Luke hielt inne — gerade noch zur rechten Zeit.
«Was wollten Sie sagen?»
«Nichts.»
Gott sei Dank hatte er noch rechtzeitig gebremst. Man konnte doch einer anziehenden jungen Dame nicht gut sagen: «Aber Sie sind nicht die Heldin.»
Bridget fuhr fort:
«Sie werden entführt, gefangengenommen, um in Kellern ertränkt oder von giftigen Gasen erstickt zu werden — sie sind immer in Gefahr, aber sterben tun sie nie.»
«Nicht einmal entschwinden», meinte Luke.
Er fuhr fort:
«Das ist also die Hexenwiese?»
«Ja.»
Er sah auf sie nieder.
«Sie brauchen nur einen Besenstiel», sagte er freundlich.
«Danke. Herr Ellsworthy hat ungefähr dasselbe gesagt.»
«Ich bin ihm eben begegnet», sagte Luke.
«Haben Sie mit ihm gesprochen?»
«Ja. Ich glaube, er versuchte mich zu ärgern.»
«Gelang es ihm?»
«Seine Methoden waren etwas kindisch.» Er schwieg einen Augenblick und fuhr dann unvermittelt fort. «Er ist ein seltsamer Kerl. Einen Moment denkt man, er ist einfach ein Wirrwarr — und dann fragt man sich plötzlich, ob nicht etwas mehr dahintersteckt.»
Bridget blickte zu ihm auf.
«Sie haben das auch gefühlt?»
«Sie stimmen mir also zu?»
«Ja.»
Luke wartete.
Bridget fuhr fort:
«Es ist etwas Sonderbares um ihn. Ich habe nachgedacht, wissen Sie ... bin heute die ganze Nacht wachgelegen und habe mir den Kopf zerbrochen. Über die ganze Sache. Es schien mir, daß wenn hier ein — ein Mörder umginge, ich doch wissen sollte, wer es sei! Ich meine, da ich doch hier lebe und all das.

Ich dachte und dachte, und es lief darauf hinaus – wenn es ein Mörder ist, muß er entschieden verrückt sein.»
Sich an Dr. Thomas' Ausspruch erinnernd, fragte Luke:
«Sie glauben nicht, daß ein Mörder ebenso vernünftig sein kann wie Sie oder ich?»
«Nicht diese Art Mörder. Wie ich es betrachte, muß dieser Mörder verrückt sein. Und das, sehen Sie, brachte mich direkt auf Ellsworthy. Von allen Leuten hier ist er der einzige, der ausgesprochen sonderbar ist. Er ist sonderbar, das läßt sich nicht abstreiten!»
Luke sagte zweifelhaft:
«Es gibt aber eine Menge dieser Art, Dilettanten, Poseure – gewöhnlich ganz harmlose Menschen.»
«Ja. Aber ich denke, es ist ein bißchen mehr als das. Er hat so abscheuliche Hände.»
«Das haben Sie bemerkt? Komisch, ich auch!»
«Sie sind nicht einfach weiß – sie sind grün.»
«Sie machen diesen Eindruck. Trotzdem kann man einen Mann nicht als Mörder verurteilen wegen der Färbung seines Fleisches.»
«Ja, gewiß. Was wir brauchen, sind Beweise.»
«Beweise!» knurrte Luke. «Gerade das eine, was gänzlich fehlt. Der Mann war zu vorsichtig. Ein vorsichtiger Mörder! Ein vorsichtiger Wahnsinniger!»
«Ich habe versucht zu helfen.»
«Mit Ellsworthy, meinen Sie?»
«Ja. Ich dachte, ich könnte ihn wahrscheinlich besser angehen als Sie. Ich habe den Anfang gemacht.»
«Erzählen Sie!»
«Nun, es scheint, daß er da eine Art kleine Gesellschaft hat – eine Bande abscheulicher Freunde. Sie kommen von Zeit zu Zeit her und feiern da.»
«Meinen Sie, was man namenlose Orgien nennt?»
«Was namenlos betrifft, weiß ich es nicht, aber Orgien gewiß. Tatsächlich klingt alles sehr albern und kindisch.»
«Ich vermute, sie beten den Teufel an und vollführen obszöne Tänze.»
«Etwas Derartiges. Scheinbar macht ihnen das Spaß.»
«Zu dieser Geschichte kann ich auch etwas beitragen», sagte

Luke. «Tommy Pierce hat an einer ihrer Feiern teilgenommen; er war Ministrant und trug einen roten Priesterrock.»
«Also wußte er davon?»
«Ja. Und das könnte eine Erklärung für seinen Tod sein.»
«Sie meinen, er hat darüber geredet?»
«Ja – oder er mag eine kleine Erpressung versucht haben.»
Bridget sagte nachdenklich:
«Ich weiß, es ist alles phantastisch – aber es scheint nicht ganz so phantastisch, wenn es auf Ellsworthy angewendet wird, als bei jemand anderm.»
«Ja, das finde ich auch – die Sache erscheint eben denkbar, statt nur lächerlich unwirklich.»
«Wir haben einen Zusammenhang mit zwei der Opfer», sagte Bridget. «Tommy Pierce und Amy Gibbs.»
«Und wie kommen der Wirt und Humbleby hinein?»
«Augenblicklich gar nicht.»
«Der Wirt nicht. Jedoch für Humblebys Erledigung kann ich mir einen Grund vorstellen. Er war Arzt und kann Ellsworthy auf seine Abnormitäten gekommen sein.»
«Ja, das ist möglich.»
Dann lachte Bridget.
«Ich habe meine Sache heute recht gut gemacht. Es scheint, daß meine psychischen Möglichkeiten großartig sind, und als ich erzählte, daß eine meiner Ururgroßmütter mit genauer Not dem Verbranntwerden wegen Hexerei entging, da stiegen meine Aktien himmelhoch. Ich meine schon, daß ich bei den nächsten Treffen der satanischen Spiele eingeladen werde, an den Orgien teilzunehmen, wann immer es sein mag.»
Luke sagte:
«Um Gottes willen, Bridget, seien Sie vorsichtig!»
Sie sah ihn erstaunt an. Er erhob sich.
«Ich traf eben Humblebys Tochter. Wir sprachen über Fräulein Pinkerton, und das Mädel sagte, daß Fräulein Pinkerton um Sie besorgt gewesen sei.»
Bridget erstarrte in Unbeweglichkeit.
«Was ist das? Fräulein Pinkerton – besorgt – um mich?»
«Das sagte Rose Humbleby.»
«Rose Humbleby sagte das?»
«Ja.»

«Was sagte sie noch?»
«Sonst nichts.»
«Sind Sie sicher?»
«Ganz sicher.»
Eine Pause entstand, dann flüsterte Bridget: «Ich verstehe.»
«Fräulein Pinkerton war um Humbleby besorgt, und er starb. Nun höre ich, daß sie um Sie besorgt war — —»
Bridget lachte. Sie stand auf und schüttelte den Kopf, so daß ihr langes schwarzes Haar rund um ihn flog.
«Keine Bange», sagte sie. «Der Teufel sorgt für die Seinen.»

Das häusliche Leben des Majors Horton

Luke saß dem Bankdirektor gegenüber und lehnte sich auf seinem Stuhl zurück.
«Nun, das scheint ja sehr befriedigend», sagte er. «Ich fürchte, ich habe viel von Ihrer Zeit in Anspruch genommen.»
Herr Jones winkte höflich ab.
«Nein, wirklich nicht, Herr Fitzwilliam. Hier ist es sehr ruhig, wissen Sie, und wir freuen uns immer, einen Fremden zu sehen.»
«Es ist ein bezaubernder Fleck Erde», sagte Luke. «Voll Aberglauben.»
Herr Johnes seufzte und meinte, es dauere lang, bis die Erziehung den Aberglauben ausgerottet habe. Luke bemerkte, daß er finde, Erziehung werde heutzutage zu hoch geschätzt, welche Behauptung Herrn Jones schockierte.
«Lord Whitfield», erzählte er, «hat sich als großer Wohltäter für den Ort erwiesen. Er begriff die Nachteile, unter denen er selbst als Junge litt, und beschloß, daß die Jugend von heute besser ausgerüstet sein sollte.»
«Diese Nachteile haben ihn aber nicht gehindert, ein großes Vermögen zu erwerben», unberbrach Luke.
«Nein, er muß Fähigkeiten – große Fähigkeiten gehabt haben.»
«Oder Glück», sagte Luke.
Herr Jones sah wieder schockiert aus.
«Glück ist das einzige, was zählt», sagte Luke. «Nehmen Sie

zum Beispiel einen Mörder. Warum wird der erfolgreiche Mörder nicht erwischt? Ist es Geschicklichkeit? Oder ist es pures Glück?»
Herr Jones gab zu, daß es wahrscheinlich Glück sei.
Luke fuhr fort:
«Nehmen Sie zum Beispiel einen Menschen wie diesen Carter, den Wirt von einem Ihrer Gasthäuser. Der Kerl war wahrscheinlich an sechs Abenden unter sieben betrunken — doch in einer Nacht fliegt er vom Steg in den Fluß. Wieder Glückssache.»
«Ein Glück für manche Leute», sagte der Bankdirektor.
«Wie meinen Sie?»
«Für seine Frau und Tochter.»
«Ach ja, natürlich.»
Ein Beamter pochte und trat mit Papieren ein. Luke gab zwei Musterunterschriften und erhielt ein Scheckbuch. Er erhob sich.
«Nun, ich bin froh, daß das getan ist. Ich hatte heute beim Derby Glück. Sie auch?»
Herr Jones sagte lächelnd, daß er nicht wette. Er fügte hinzu, daß seine Frau sehr ausgesprochene Ansichten gegen Pferderennen hätte.
«Dann waren Sie vermutlich auch nicht beim Derby?»
«Nein.»
«Ist überhaupt jemand von hier hingegangen?»
«Major Horton; er ist sehr auf Rennen versessen. Und Herr Abbot nimmt sich gewöhnlich den Tag frei. Er hat jedoch nicht auf den Sieger gesetzt.»
«Ich vermute, das taten wenige», sagte Luke und empfahl sich.
Er zündete sich eine Zigarette an, während er aus dem Bankgebäude trat. Abgesehen von der Theorie des «Unwahrscheinlichsten», sah er keinen Grund, Herrn Jones auf seiner Liste der Verdächtigen zu behalten. Der Bankdirektor hatte keinerlei interessante Reaktionen auf Lukes prüfende Fragen gezeigt; es schien auch ganz unmöglich, sich ihn als Mörder vorzustellen. Außerdem war er am Derbytag nicht abwesend gewesen. Übrigens war Lukes Besuch nicht vergeblich gewesen, denn er hatte zwei kleine Einzelheiten erfahren: sowohl Major Horton wie Herr Abbot, der Rechtsanwalt, waren am Derbytag nicht in Wychwood gewesen. Jeder von ihnen hätte also zur Zeit, als

Fräulein Pinkerton überfahren wurde, in London sein können. Obwohl Luke Dr. Thomas jetzt nicht verdächtigte, fühlte er, daß es ihn mehr befriedigen würde, wüßte er bestimmt, daß der letztere an eben jenem Tag in Wychwood beruflich beschäftigt war. Er nahm sich vor, diesen Punkt festzustellen.
Dann war noch Ellsworthy. War Ellsworthy am Derbytag in Wychwood gewesen? Wenn ja, war die Wahrscheinlichkeit, daß er der Mörder sei, entsprechend geringer. Obwohl es immerhin möglich war, daß Fräulein Pinkertons Tod nicht mehr oder weniger als der Unfall war, als der er erscheinen sollte.
Diese Annahme verwarf er jedoch. Ihr Tod kam zu gelegen.
Luke stieg in sein Auto und fuhr in Pipwells Garage, die am anderen Ende der Hauptstraße lag.
Es gab ein paar kleine Dinge bei dem Auto, über die er reden wollte. Ein hübscher junger Mechaniker mit einem sommersprossigen Gesicht hörte ihm intelligent zu. Die beiden hoben die Haube und vertieften sich in eine technische Besprechung.
Eine Stimme rief:
«Jim, komm einen Augenblick her.»
Der sommersprossige Mechaniker gehorchte.
Jim Harvey. Das war richtig. Jim Harvey, der junge Mann von Amy Gibbs. Er kam bald zurück, entschuldigte sich, und die Unterhaltung wurde wieder technisch. Luke war damit einverstanden, daß der Wagen dort blieb.
Als er im Begriff war zu gehen, fragte er so nebenbei:
«Glück gehabt beim Derby heuer?»
«Nein, Herr. Hatte auf Clarigold gesetzt.»
«Es kann nicht viele Leute gegeben haben, die auf Jujube II setzten?»
«Nein, wirklich nicht; ich glaube, daß keine der Zeitungen es auch nur als schwache Möglichkeit tippte.»
Luke schüttelte den Kopf.
«Rennen sind etwas Unsicheres. Haben Sie je ein Derby laufen gesehen?»
«Nein, leider nicht. Ich bat wohl heuer um den Tag frei; es gab eine billige Fahrt nach London und dann bis Epsom, aber der Herr wollte nichts davon hören. Wir hatten ohnehin zuwenig Leute, und es gab eine Menge Arbeit an dem Tag.»
Luke nickte und ging.

Jim Harvey wurde von der Liste gestrichen. Dieser nette Junge war kein heimlicher Mörder, und er war es nicht, der Lavinia Pinkerton zur Strecke gebracht hatte.
Er schlenderte am Flußufer nach Hause. Hier begegnete er, wie schon einmal, Major Horton mit seinen Hunden. Der Major war wieder in demselben Zustand apoplektischen Schreiens und Rufens. «Augustus — Nelly — Nelly — Nero — Nero — Nero!»
Wieder starrten die hervorstehenden Augen Luke an. Doch diesmal sollte mehr folgen; Major Horton sagte:
«Entschuldigen Sie. Herr Fitzwilliam, nicht wahr?»
«Ja.»
«Horton — Major Horton. Ich glaube, ich werde Sie morgen im Herrenhaus treffen. Tennispartie. Fräulein Conway war so freundlich, mich einzuladen. Ihre Cousine, nicht wahr?»
«Ja.»
«Dachte es mir. Man entdeckt hier gleich ein neues Gesicht, wissen Sie.»
Hier kam eine Ablenkung, die zwei Bulldoggen gingen auf einen weißen Köter los.
«Augustus — Nero. Herein da — augenblicklich herein!»
Als Augustus und Nero endlich widerstrebend den Befehl befolgt hatten, nahm Major Horton die Unterhaltung wieder auf. Luke streichelte Nelly, die gefühlvoll zu ihm aufsah.
«Nette Hündin, was?» sagte der Major. «Ich liebe Bulldoggen, hab' sie immer gehalten; ziehe sie jeder anderen Rasse vor. Ich wohne gleich hier in der Nähe, kommen Sie mit und trinken Sie ein Glas mit mir.»
Luke nahm an, und die beiden Herren gingen miteinander, während Major Horton Vorträge über Hunde hielt und über die Minderwertigkeit aller anderen Rassen gegenüber der von ihm bevorzugten.
Luke hörte von den Preisen, die Nelly sich geholt hatte, von dem unverschämten Benehmen eines Preisrichters, der Augustus nur ein «Bestens empfohlen» zugebilligt hatte, und von den Triumphen Neros im Ausstellungsring.
Mittlerweile waren sie bei der Tür des Majors angelangt; er öffnete sie — sie war übrigens nicht versperrt —, und sie betraten das Haus. Der Major ging voran in ein kleines Zimmer, das etwas nach Hunden roch und dessen Wände entlang Bücherregale

liefen, und bereitete die Drinks. Luke sah sich um. Es gab dort Fotografien von Hunden, sportliche Zeitschriften und ein paar stark benützte Lehnsessel. Silberne Becher standen aufgereiht auf den Bücherschränken. Über dem Kamin hing ein Ölgemälde.

«Meine Frau», sagte der Major, von seiner Beschäftigung aufsehend und der Richtung von Lukes Blick folgend. «Eine großartige Frau. Viel Charakter in ihrem Gesicht, finden Sie nicht?»

«Ja, wirklich», sagte Luke und betrachtete die verstorbene Frau Horton.

Sie trug auf dem Bild ein rosa Atlaskleid und hielt einen Strauß Maiglöckchen in der Hand. Ihr braunes Haar war in der Mitte gescheitelt, und ihre Lippen waren fest aufeinandergepreßt. Die Augen, von einem kalten Grau, blickten dem Beschauer verdrossen entgegen.

«Eine ausgezeichnete Frau», sagte der Major, während er Luke ein Glas reichte. «Sie ist vor über einem Jahr gestorben. Ich bin seitdem nicht derselbe Mensch.»

«Nein?» Luke wußte nicht recht, was er sagen sollte.

«Nehmen Sie Platz.» Der Major deutete auf einen der Stühle. Er selbst setzte sich auf den zweiten und fuhr, seinen Whisky und Soda trinkend, fort:

«Nein, ich bin seitdem nicht derselbe Mensch.»

«Sie müssen sie vermissen», sagte Luke verlegen.

Major Horton schüttelte düster den Kopf:

«Der Mensch braucht eine Frau, um auf der Höhe zu sein, sonst wird er schlapp — ja, schlapp. Er läßt sich gehen.»

«Aber sicher —»

«Mein Junge, ich weiß, wovon ich rede. Merken Sie wohl, ich will nicht behaupten, daß die Ehe einen zuerst nicht hart anpackt; das tut sie schon! Man sagt sich selbst, hol's der Teufel, ich darf ja gar keinen Willen mehr haben! Aber man fügt sich. Es ist alles Disziplin.»

Luke dachte, daß das Eheleben des Majors mehr einem militärischen Feldzug als einem häuslichen Idyll geglichen haben mußte.

«Die Frauen», sprach der Major weiter, «sind merkwürdige Geschöpfe. Manchmal scheint es, als könne man ihnen nichts recht machen. Aber, weiß Gott, sie halten einen auf der Höhe.»

Luke bewahrte achtungsvolles Schweigen.
«Sind Sie verheiratet?» fragte der Major.
«Nein.»
«Ah, Sie werden auch dahin kommen. Und merken Sie auf, mein Junge, da geht nichts darüber.»
«Es ist immer erfreulich», entgegnete Luke, «jemand gut vom Ehestand sprechen zu hören. Besonders in diesen Zeiten der leichten Scheidungen.»
«Pah!» brummte der Major. «Die jungen Leute sind nichts wert! Keine Geduld, keine Ausdauer; sie können nichts aushalten. Keine Kraft!»
Luke hätte gern gefragt, wozu solch außerordentliche Kraft benötigt würde, jedoch er beherrschte sich.
«Merken Sie wohl», sagte der Major, «Lydia war eine Frau unter Tausenden — unter Tausenden! Jedermann achtete sie und blickte zu ihr auf.»
«Ja?»
«Sie konnte keinen Unsinn vertragen. Sie hatte eine Art, jemand mit ihrem Blick zu fixieren, daß der Betreffende gleich genug hatte. Ein paar von diesen halbgegorenen Mädel, die sich heutzutage Hausgehilfinnen nennen und glauben, man muß sich jede Frechheit gefallen lassen! Lydia hat es ihnen aber bald gezeigt! Wissen Sie, daß wir fünfzehn Köchinnen und Stubenmädchen in einem Jahr hatten — fünfzehn!»
Luke fand, daß das kaum ein Lob für Frau Hortons häusliche Tätigkeit war, doch da der Hausherr es anscheinend anders ansah, murmelte er nur irgend etwas Undeutliches.
«Warf sie Hals über Kopf hinaus, wenn sie ihr nicht paßten.»
«Und war es immer auf diese Art?» fragte Luke.
«Nun, natürlich gingen auch eine Menge freiwillig. ‹Gut, daß wir sie los sind›, pflegte Lydia zu sagen!»
«Schönes Temperament», sagte Luke, «aber war es nicht manchmal etwas unbequem?»
«Ach, mir machte es nichts, selbst mit anzugreifen», sagte Horton. «Ich kann recht gut kochen und glänzend Feuer anmachen. Um das Abwaschen habe ich mich ja nie gerissen, aber natürlich muß es auch geschehen — dem kann man nicht entgehen.»
Luke stimmte zu und fragte, ob Frau Horton tüchtig in häuslichen Arbeiten war.

«Ich bin nicht der Mensch, der sich von seiner Frau bedienen läßt», sagte Major Horton. «Überhaupt war Lydia viel zu zart, um Hausarbeit zu verrichten.»
«Sie war nicht kräftig?»
Major Horton schüttelte den Kopf.
«Sie hatte so einen kräftigen Geist. Sie gab nicht nach! Aber wie diese Frau gelitten hat! Und dabei kein Mitgefühl von den Ärzten! Ärzte sind gefühllose Bestien. Sie verstehen nur wirklichen körperlichen Schmerz; etwas Außergewöhnliches geht über ihren Horizont. Humbleby zum Beispiel, den hielt jeder für einen guten Arzt.»
«Sie finden das nicht?»
«Der Mann war ein vollkommener Ignorant. Wußte nichts von modernen Entdeckungen. Ich zweifle, ob er überhaupt je von einer Neurose gehört hatte! Er verstand vermutlich etwas von Masern und Mumps und gebrochenen Knochen, aber sonst nichts. Zum Schluß hatte ich Krach mit ihm. Er verstand Lydias Fall gar nicht. Ich sagte es ihm geradeheraus, und das schluckte er nicht. Er war beleidigt und zog sich zurück, ich solle mir einen anderen Doktor holen lassen. Nachher hatten wir Thomas.»
«Der war Ihnen lieber?»
«War überhaupt ein viel geschickterer Arzt. Wenn irgendeiner sie bei ihrer letzten Krankheit hätte durchbringen können, so wäre es Thomas gewesen. Tatsächlich wurde es ihr besser, aber sie hatte einen plötzlichen Rückfall.»
«War es schmerzhaft?»
«Hm, ja. Gastrisch, heftiger Schmerz — Übelkeiten — alles zusammen. Wie die arme Frau litt! Sie war eine Märtyrerin, wenn es je eine gab. Und ein Paar Pflegerinnen im Haus, die ungefähr soviel Mitgefühl hatten wie zwei Stöcke! ‹Die Patientin dies› und ‹die Patientin das›.» Der Major schüttelte den Kopf und leerte sein Glas. «Ich kann Spitalpflegerinnen nicht ausstehen! So selbstzufrieden sind sie immer! Lydia behauptete steif und fest, daß sie sie vergifteten. Das war natürlich nicht wahr — eine richtige krankhafte Einbildung — eine Menge Leute haben sie, sagte Thomas — aber eins war wahr — diese Frauenzimmer mochten sie nicht. Das ist das Schlimme bei den Frauen — haben es immer scharf auf ihr eigenes Geschlecht.»

«Ich vermute», sagte Luke, der meinte, sich ungeschickt auszudrücken, es aber nicht besser sagen konnte, «daß Frau Horton eine Menge ergebener Freunde in Wychwood hatte?»
«Die Leute waren sehr freundlich», erwiderte der Major etwas widerstrebend. «Whitfield schickte Trauben und Pfirsiche aus seinem Glashaus, und die alten Katzen kamen und leisteten ihr Gesellschaft, Honoria Waynflete und Lavinia Pinkerton.»
«Fräulein Pinkerton kam oft, nicht wahr?»
«Ja. Eine regelrechte alte Jungfer — aber ein gutes Geschöpf! Sehr besorgt war sie um Lydia, pflegte sich nach der Diät und den Medikamenten zu erkundigen. Alles gut gemeint, wissen Sie, aber ein schreckliches Getue nenne ich's.»
Luke nickte verständnisvoll.
«Getue kann ich nicht vertragen», sagte der Major. «In dem Ort sind überhaupt zuviel Frauenzimmer! Es ist schwer, anständige Golfspieler zu finden.»
«Wie ist denn der junge Mensch vom Antiquitätenladen?» sagte Luke.
Der Major schnaubte verächtlich:
«Er spielt nicht Golf; viel zu sehr ein Fräulein Zimperlich.»
«Ist er schon lange in Wychwood?»
«Ungefähr zwei Jahre. Ein grauslicher Kerl! Ich hasse diese langhaarigen, sanftmäuligen Burschen. Komischerweise konnte Lydia ihn gut leiden. Dem Urteil von Frauen über Männer ist nicht zu trauen; sie mögen oft ganz unmögliche Kerle. Sie bestand sogar darauf, eins von seinen Quacksalber-Tränklein zu nehmen, ein Zeug in einem purpurroten Glasgefäß, auf dem die Zeichen des Tierkreises standen! Gewisse Kräuter, beim Schein des Vollmonds gepflückt. Lauter Narreteien, aber die Frauen schlucken das — schlucken es sogar buchstäblich — haha!»
Luke wechselte jäh das Thema, doch war er sich bewußt, daß es dem Major nicht auffallen würde:
«Was ist das für ein Mensch, der hiesige Rechtsanwalt, Herr Abbot? Kennt sich im Gesetz gut aus? Ich brauche einen derartigen Rat und dachte, ich könnte zu ihm gehen.»
«Man sagt, er ist recht klug», sagte Major Horton objektiv. «Ich weiß es nicht. Tatsächlich habe ich mit ihm einen Krach gehabt und ihn nicht gesehen, seit er hier war, um Lydias Testament

knapp vor ihrem Tod aufzusetzen. Meiner Ansicht nach ist der Mann unmöglich. Jedoch», setzte er hinzu, «berührt das natürlich nicht seine Fähigkeiten als Rechtskundiger.»
«Nein, natürlich nicht», sagte Luke. «Er scheint übrigens ein streitsüchtiger Mensch zu sein, denn nach allem, was ich höre, hat er sich mit einer Menge Leute zerstritten.»
«Das Schlimme bei ihm ist, daß er so verdammt empfindlich ist», sagte Major Horton. «Er scheint zu glauben, daß er der liebe Gott ist und daß jeder, der nicht seiner Meinung ist, ein Majestätsverbrechen begeht. Haben Sie von seinem Streit mit Humbleby gehört?»
«Sie hatten Streit, so?»
«Einen Mordskrach! Nicht daß mich das überraschen würde; Humbleby war ein dickschädliger Esel! Dennoch, so war es.»
«Sein Tod war sehr traurig.»
«Humblebys Tod? Ja freilich. Mangel an der einfachsten Sorgsamkeit. Blutvergiftung ist eine verdammt gefährliche Sache. Man soll immer Jod auf eine Verletzung geben — ich mache das immer! Einfache Vorsichtsmaßregel. Humbleby, der doch Arzt ist, tut nichts dergleichen — da sieht man's!»
Luke warf einen Blick auf seine Uhr und erhob sich. Major Horton sagte:
«Geht schon gegen Mittag? Richtig. Hat mich gefreut, mit Ihnen einen Schwatz zu haben, tut mir gut, mit einem Mann zu reden, der ein bißchen in der Welt herumgekommen ist. Wir müssen das wieder einmal tun. Wo waren Sie eigentlich stationiert? In der Mayang-Straße? Dort war ich nie. Ich höre, Sie schreiben ein Buch über Aberglauben und dergleichen.»
«Ja — ich —»
Jedoch Major Horton fuhr unbeirrt fort.
«Da kann ich Ihnen verschiedene sehr interessante Dinge erzählen. Als ich in Indien war, mein Junge . . .»
Luke entkam nach ungefähr zehn Minuten, nachdem er die üblichen Geschichten über Fakire, Seil- und Mangobaumwunder, die dem Angloinder teuer sind, über sich hatte ergehen lassen. Während er ins Freie trat, die Stimme des Majors hinter sich, der Nero anbrüllte, staunte er über das Wunder des Ehelebens. Der Major schien einer Frau aufrichtig nachzutrauern, die nach

allen Berichten, sein eigener nicht ausgenommen, nahe Verwandtschaft mit einem Tiger gehabt hatte.
Oder war es — Luke stellte sich plötzlich diese Frage — war es ein außerordentlich geschickter Bluff?

Kleines Gefecht

An dem Nachtmittag der Tennispartie war es glücklicherweise schön, Lord Whitfield war heiterster Laune und spielte den Hausherrn mit viel Genuß. Er erwähnte seine bescheidene Abkunft häufig. Es waren acht Spieler im ganzen, Lord Whitfield, Bridget, Luke, Rose Humbleby, Herr Abbot, Dr. Thomas, Major Horton und Hetty Jones, ein kicherndes junges Mädchen, die Tochter des Bankdirektors.
In dem zweiten Spiel des Nachmittags war Luke Bridgets Partner gegen Lord Whitfield und Rose Humbleby; letztere war eine gute Spielerin, die Grafschaftswettspiele mitmachte. Sie mußte Lord Whitfields Fehler gutmachen, so daß es sich gegen Bridget und Luke, die beide nicht besonders stark waren, gut ausglich. Sie standen auf drei zu drei, dann gelangen Luke ein paar besonders gute Schläge, und sie kamen auf fünf zu drei. Es war dann zu beobachten, daß Lord Whitfield seine gute Laune verlor; er bestritt verschiedene Punkte und benahm sich überhaupt wie ein ungezogenes Kind. Bridget begann nun auffallend schlecht zu spielen und verdarb schließlich das ganze Set, so daß es ihnen verlorenging.
Bridget entschuldigte sich. «Verzeihung, ich bin ganz auseinander!»
Das schien richtig; sie hatte ganz wild dreingeschlagen und war nicht imstande, etwas richtig zu machen.
Die nächste Partie wurde nun zusammengestellt, indem Rose mit Herrn Abbot als Partner gegen Dr. Thomas und Fräulein Jones spielten.
Lord Whitfield setzte sich, wischte sich die Stirn und lächelte zufrieden, seine gute Laune war wieder vollkommen hergestellt. Er begann ein Gespräch mit Major Horton.
Luke sagte zu Bridget:
«Zeigen Sie mir den Küchengarten.»

«Warum den Küchengarten?»
«Ich fühle ein Verlangen nach Kohl.»
«Genügen grüne Erbsen nicht auch?»
«Grüne Erbsen wären wunderbar.»
Sie verließen den Tennisplatz und kamen zu dem von Mauern umgebenen Küchengarten, der an diesem Samstagnachmittag ganz leer war und friedlich im Sonnenschein dalag.
«Hier sind Ihre Erbsen», sagte Bridget.
Luke schenkte dem keine Aufmerksamkeit, er sagte: «Warum zum Teufel haben Sie ihnen das Set geschenkt?»
Bridget hob ein klein wenig die Augenbrauen.
«Es tut mir leid; ich wurde nervös, mein Tennisspiel ist überhaupt ungleichmäßig.»
«Doch nicht bis zu diesem Grad! Diese letzten Schläge hätten doch nicht ein Kind täuschen können! Jeder Ball war eine halbe Meile außerhalb!»
Bridget sagte ruhig:
«Ja, weil ich so eine elende Spielerin bin. Wenn ich besser spielen könnte, hätte ich es wohl wahrscheinlicher machen können.»
«Ah, Sie geben es also zu?»
«Offenbar, mein lieber Watson.»
«Und der Grund?»
«Ebenso offenbar, sollte ich meinen; Gordon verliert sehr ungern.»
«Und wie ist's mit mir? Wie, wenn ich auch gern gewinne?»
«Ich fürchte, mein lieber Luke, daß das nicht ebenso wichtig ist.»
«Möchten Sie sich nicht noch etwas deutlicher erklären?»
«Gewiß, wenn Sie es wünschen. Man darf sich nicht sein Butterbrot verscherzen. Gordon ist mein Butterbrot. Sie nicht.»
Luke schöpfte tief Atem. Dann explodierte er.
«Was zum Teufel heißt das, daß Sie diesen lächerlichen kleinen Mann heiraten wollen? Warum tun Sie das?»
«Weil ich als seine Sekretärin sechs Pfund per Woche bekomme, und als seine Frau bekomme ich hunderttausend Pfund verschrieben, einen Schmuckkasten voll Perlen und Diamanten, ein schönes Toilettengeld und verschiedene andere Vorteile der Ehe!»

«Aber für einigermaßen andere Pflichten!»
Bridget sagte kalt:
«Müssen wir diese melodramatische Haltung gegen alles und jedes im Leben einnehmen? Wenn Ihnen ein hübsches Bild von Gordon als einem verliebten Gatten vorgaukelt, können Sie es glatt auslöschen! Gordon, wie Sie bemerkt haben könnten, ist ein kleiner Junge, der nicht ganz erwachsen ist. Was er braucht, ist eine Mutter, nicht eine Gattin. Leider ist seine Mutter gestorben, als er vier Jahre alt war. Er braucht jemand neben sich, vor dem er prahlen kann, jemand, der ihn über sich selbst beruhigt und der bereit ist, Lord Whitfield über sich selbst uneingeschränkt anzuhören.»
«Sie haben eine bittere Zunge, nicht?»
Bridget entgegnete scharf:
«Ich erzähle mir keine Märchen, wenn Sie das meinen! Ich bin eine junge Person mit einer gewissen Intelligenz, mäßig hübschem Äußeren und keinem Geld. Ich beabsichtige, mir mein Brot ehrlich zu verdienen. Meine Aufgabe als Gordons Gattin wird kaum von meiner Aufgabe als Gordons Sekretärin zu unterscheiden sein. Ich zweifle, ob er nach einem Jahr noch daran denken wird, mir einen Gutenachtkuß zu geben. Der einzige Unterschied ist im Gehalt.»
Sie schauten einander an; beide waren blaß vor Zorn. Bridget sagte höhnisch:
«Fahren Sie fort! Sie sind etwas altmodisch, nicht, Herr Fitzwilliam! Sollten Sie nicht die alten Klischees brauchen — sagen, daß ich mich um Geld verkaufe — das ist immer wirksam, denke ich!»
Luke sagte: «Sind sind ein kaltblütiger kleiner Teufel!»
«Das ist besser, als ein heißblütiger kleiner Narr zu sein!»
«Wirklich?»
«Ja, ich weiß es.»
Luke höhnte: «Was wissen Sie?»
«Ich weiß, was es heißt, einen Mann gern zu haben! Kennen Sie vielleicht Johnnie Cornish? Drei Jahre war ich mit ihm verlobt. Er war anbetungswürdig — ich hatte ihn furchtbar gern — so gern, daß es weh tat! Nun, er ließ mich stehen und heiratete eine rundliche Witwe mit ländlichem Akzent, einem Doppelkinn und einem Einkommen von dreißigtausend Pfund im Jahr!

Etwas Derartiges kann einem schon die Romantik austreiben, finden Sie nicht?»

Luke wandte sich mit einem Stöhnen ab. Er sagte:

«Das könnte sein.»

«Es war so . . .»

Eine Pause entstand. Schwer lag das Schweigen zwischen ihnen. Endlich brach es Bridget. Sie sagte, jedoch mit leichter Unsicherheit im Ton:

«Ich hoffe, Sie sind sich bewußt, daß Sie absolut kein Recht hatten, so zu mir zu sprechen. Sie wohnen in Gordons Haus und bezeigten verdammt schlechten Geschmack!»

Luke hatte seine Fassung wiedererlangt.

«Ist das eigentlich nicht auch ein Klischee?» fragte er höflich.

Bridget wurde rot. «Es ist jedenfalls wahr!»

«Es ist nicht wahr. Ich hatte das Recht.»

«Unsinn!»

Luke schaute sie an. Sein Gesicht war seltsam bleich, wie bei einem Mann, der physischen Schmerz leidet. Er sagte:

«Ich habe das Recht, das Recht, weil ich Sie gern habe — wie sagten Sie eben — so gern, daß es weh tut!»

Sie trat einen Schritt zurück. Sie sagte: «Sie —?»

«Ja, komisch, nicht wahr? Das ist doch etwas, was Sie herzlich lachen machen sollte! Ich kam hierher, um eine Aufgabe zu erfüllen, und Sie kamen um die Ecke jenes Hauses und — wie soll ich es sagen — warfen einen Zauber über mich! So empfinde ich es. Sie erwähnten eben Märchen. Ich bin in einem Märchen gefangen! Sie haben mich verhext. Ich habe das Gefühl, wenn Sie mit dem Finger auf mich zeigten und sagten: ‹Verwandle dich in einen Frosch›, würde ich mit hervorstehenden Augen davonhüpfen.» Er trat einen Schritt auf sie zu.

«Ich liebe Sie höllisch, Bridget Conway. Und da ich Sie so höllisch liebe, können Sie nicht erwarten, daß ich mich freuen würde, wenn Sie einen spitzbäuchigen, prahlerischen kleinen Lord, dem es die Laune verdirbt, wenn er beim Tennis verliert, heiraten würden.»

«Was schlagen Sie vor, daß ich tun sollte?»

«Ich schlage vor, daß Sie mich statt dessen heiraten! Doch zweifellos wird dieser Vorschlag nur ein heiteres Gelächter hervorrufen.»

«Das Gelächter ist tatsächlich kolossal.»
«Richtig. Nun, jetzt wissen wir wenigstens, wo wir stehen. Sollen wir auf den Tennisplatz zurückkehren? Vielleicht finden Sie jetzt einen Partner für mich, der spielt, um zu gewinnen!»
«Ich glaube wirklich», sagte Bridget süß, «Sie verlieren ebenso ungern wie Gordon!»
Luke packte sie plötzlich bei den Schultern.
«Sie haben eine teuflische Zunge, nicht, Bridget?»
«Ich fürchte, Sie mögen mich nicht sehr, Luke, wie groß auch Ihre Leidenschaft für mich sein mag!»
«Ich glaube nicht, daß ich Sie überhaupt mag.»
Bridget beobachtete ihn:
«Sie beabsichtigen zu heiraten und sich hier niederzulassen, wenn Sie nach Hause kämen, nicht?»
«Ja.»
«Aber nicht jemand wie mich?»
«Ich habe mir nie jemand vorgestellt, der Ihnen im geringsten ähnelte.»
«Nein – natürlich nicht – ich kenne Ihren Typus. Ich kenne ihn genau.»
«Sie sind so klug, liebe Bridget.»
«Ein wirklich nettes Mädchen – durch und durch englisch – die das Landleben liebt und gut zu Hunden ist . . . Sie haben sie wahrscheinlich im Geiste gesehen, wie sie – in einem Tweedrock – das Holzfeuer mit der Spitze ihres Schuhs schürt.»
«Das Bild scheint höchst anziehend.»
«Sicherlich. Sollen wir zum Tennisplatz zurückkehren? Sie können mit Rose Humbleby spielen, sie spielt so gut, daß Sie ganz sicher gewinnen werden.»
«Da ich altmodisch bin, muß ich Ihnen das letzte Wort lassen.»
Wieder entstand eine Pause, dann nahm Luke langsam die Hände von ihren Schultern. Sie standen beide unsicher da, als schwebe noch etwas Ungesagtes zwischen ihnen.
Dann wandte sich Bridget jäh und ging voraus zum Tennisplatz. Es war eben eine Partie zu Ende. Rose verwahrte sich dagegen, wieder zu spielen.
«Ich habe zwei Partien nacheinander gespielt.»
Bridget jedoch drängte darauf.
«Nein, ich bin müde, ich mag nicht spielen. Sie und Herr Fitz-

william können gegen Fräulein Jones und Major Horton spielen.»
Da Rose sich fortgesetzt wehrte, kam schließlich eine Herrenpartie zustande. Nachher wurde der Tee gebracht.
Lord Whitfield unterhielt sich mit Dr. Thomas, dem er ausführlich und mit großer Wichtigkeit einen Besuch beschrieb, den er kürzlich dem Wellerman-Kreitz-Forschungslaboratorium abgestattet hatte.
«Ich wollte selbst die Richtung der letzten wissenschaftlichen Entdeckungen verstehen», erklärte er ernsthaft. «Ich bin verantwortlich für das, was meine Zeitungen drucken, das empfinde ich sehr stark. Wir leben in einem wissenschaftlichen Zeitalter. Die Wissenschaft muß den Massen leicht zugänglich gemacht werden.»
«Ein wenig Wissenschaft könnte möglicherweise gefährlich werden», sagte Dr. Thomas mit leichtem Achselzucken.
«Wissenschaft im Heim, das müssen wir erstreben», sagte Lord Whitfield. «Ich hatte einen großen Eindruck. Wellerman führte mich natürlich selbst umher. Ich bat ihn, mich einem Untergebenen zu überlassen, aber er bestand darauf.»
«Natürlich», sagte Luke.
Lord Whitfield sah erfreut aus.
«Er erklärte alles sehr deutlich — die Kulturen — das Serum — das ganze Prinzip der Sache. Er versprach, den ersten Artikel der Serie selbst beizusteuern.»
Frau Anstruther murmelte:
«Ich glaube, sie verwenden Meerschweinchen — so grausam — obwohl natürlich nicht so arg wie Hunde — oder auch Katzen.»
«Leute, die Hunde dazu verwenden, sollten erschossen werden», ereiferte sich Major Horton heiser.
«Ich glaube wirklich, Horton», sagte Herr Abbot, «daß Sie Hundeleben mehr schätzen als Menschenleben.»
«Jawohl!» bestätigte der Major. «Hunde wenden sich nie so gegen einen Menschen; man bekommt nie ein schlimmes Wort von einem Hund.»
«Nur einen schlimmen Zahn ins Bein», warf Herr Abbot ein, «was, Horton?»
«Hunde sind gute Beurteiler des Charakters», entgegnete Major Horton.

«Eine Ihrer Bestien hat mich vorige Woche beinahe am Bein festgehalten. Was sagen Sie dazu, Horton?»
«Dasselbe, was ich eben gesagt habe!»
Bridget legte sich taktvoll ins Mittel:
«Wie wäre es mit noch etwas Tennis?»
Es wurden noch zwei Partien gespielt. Als Rose Humbleby dann adieu sagte, tauchte Luke neben ihr auf.
«Ich begleite Sie nach Hause und trage den Tennisschläger», sagte er. «Sie haben keinen Wagen, wie?»
«Nein, aber es ist ganz nahe.»
«Ich gehe gern.»
Er sprach nichts mehr, nahm ihr nur den Schläger und die Schuhe ab. Sie gingen schweigend die Auffahrt hinunter; dann sprach Rose von ein paar alltäglichen Dingen; Luke antwortete nur kurz, jedoch sie schien das nicht zu bemerken.
Als sie durch die Gartentür traten, klärte sich Lukes Gesicht auf.
«Jetzt fühle ich mich besser», sagte er.
«Haben Sie sich früher schlechter gefühlt?»
«Nett von Ihnen zu tun, als hätten Sie es nicht bemerkt. Sie haben jedoch meine üble Laune beschworen. Komisch, ich habe das Gefühl, als wäre ich aus einer dunklen Wolke in die Sonne getreten.»
«Das sind Sie auch. Als wir das Herrenhaus verließen, war eine Wolke vor der Sonne und jetzt ist sie fortgezogen.»
«Also ist es wörtlich sowohl wie figürlich. Nun ja, die Welt ist eigentlich doch schön!»
«Natürlich ist sie das.»
«Fräulein Humbleby, darf ich mir etwas herausnehmen?»
«Ich bin sicher, daß es nichts Ungehöriges ist.»
«Oh, seien Sie dessen nicht zu sicher! Ich wollte sagen, daß ich finde, Dr. Thomas hat sehr viel Glück.»
Rose errötete und lächelte.
Sie sagte: «Sie haben es also gehört?»
«Sollte es ein Geheimnis sein? Verzeihen Sie!»
«Oh, nichts ist hier ein Geheimnis», sagte Rose.
«Also ist es wahr – Sie sind mit ihm verlobt?»
Rose nickte.
«Nur verkünden wir es eben jetzt nicht offiziell. Wissen Sie,

Vater war dagegen, und es sieht so – so unfreundlich aus, wenn wir es im Augenblick, wo er tot ist, ausposaunen.»
«Ihr Vater war nicht einverstanden?»
«Nun, vielleicht nicht gerade das – doch eigentlich kam es auf dasselbe hinaus.»
Luke fragte sanft:
«Er fand, Sie seien zu jung?»
«Das sagte er.»
Luke fragte scharfsinnig: «Aber Sie meinen, es war noch etwas dahinter?»
Rose neigte den Kopf langsam und widerstrebend.
«Ja – ich fürchte, auf was es wirklich hinauslief, war, daß Vater – nun, daß er eigentlich Geoffrey nicht mochte.»
«Sie waren einander antipathisch?»
«Es schien manchmal so ... Natürlich, Väterchen hatte so viele Vorurteile.»
«Und er liebte Sie vermutlich sehr, und der Gedanke, Sie zu verlieren, war ihm unangenehm?»
Rose bejahte, jedoch mit einer gewissen Zurückhaltung.
«Es ging tiefer? Er wollte Thomas überhaupt nicht als Gatten für Sie?»
«Ja. Wissen Sie – Vater und Geoffrey waren so verschieden, daß sie auf mancherlei Art aneinandergerieten. Geoffrey war wirklich sehr geduldig und nett dabei – aber da er wußte, daß Vater ihn nicht mochte, wurde er noch schüchterner und zurückhaltender gegen ihn, so daß Vater ihn eigentlich nie besser kennenlernte.»
«Vorurteile sind sehr schwer zu bekämpfen», sagte Luke.
«Es war so gänzlich unvernünftig!»
«Ihr Vater gab keine Gründe an?»
«O nein, er konnte doch nicht! Ich meine natürlich, er konnte nichts gegen Geoffrey einwenden, als daß er ihn nicht mochte.»
«‹Ich mag dich mal nicht, guter Mann,
den Grund dafür ich nicht sagen kann.›»
«Ganz richtig.»
«Nichts Greifbares, an das man sich halten könnte? Ich meine, Ihr Geoffrey trinkt nicht und wettet nicht auf Pferde?»
«O nein. Ich glaube, Geoffrey weiß nicht einmal, wer das Derby gewonnen hat!»

«Das ist komisch», sagte Luke. «Wissen Sie, ich hätte schwören können, daß ich Ihren Dr. Thomas am Derbytag in Epsom sah.»

Einen Augenblick befürchtete er, er könnte erwähnt haben, daß er erst an jenem Tage in England eingetroffen sei; jedoch Rose antwortete sofort ohne jedes Mißtrauen.

«Sie glaubten Geoffrey beim Derby gesehen zu haben? O nein. Vor allem hätte er nicht weg können. Er war fast den ganzen Tag drüben in Ashewood bei einer schweren Entbindung.»

«Was für ein Gedächtnis Sie haben!»

Rose lachte.

«Das habe ich mir gemerkt, weil er mir erzählte, sie hätten dem Baby den Kosenamen Jujube gegeben!»

Luke nickte zerstreut.

«Überhaupt geht Geoffrey nie zu einem Rennen; er würde sich zu Tode langweilen.»

Sie fügte in einem anderen Ton hinzu:

«Wollen Sie nicht — mit hereinkommen? Ich glaube, Mutter würde Sie gern sprechen.»

«Ja, sind Sie sicher?»

Rose ging voraus in ein Zimmer, das in der Dämmerung trübe aussah. Eine Frau saß seltsam zusammengekauert in einem Lehnstuhl.

«Mutter, dies ist Herr Fitzwilliam.»

Frau Humbleby fuhr auf, dann reichte sie ihm die Hand. Rose ging still aus dem Zimmer.

«Ich freue mich, Sie zu sehen, Herr Fitzwilliam. Freunde von Ihnen kannten meinen Mann vor vielen Jahren, sagt mir Rose.»

«Ja, Frau Humbleby.» Es war ihm sehr unangenehm, die Lüge der verwitweten Frau gegenüber wiederholen zu müssen, aber er hatte keine Wahl.

Frau Humbleby sagte:

«Ich wollte, Sie hätten ihn kennengelernt. Er war ein prachtvoller Mensch und ein großer Arzt. Er heilte viele Menschen durch die Kraft seiner Persönlichkeit, die als hoffnungslos aufgegeben waren.»

Luke sagte sanft:

«Ich habe, seit ich hier bin, sehr viel von ihm gehört. Ich weiß, wieviel die Leute von ihm hielten.»

Er konnte Frau Humblebys Gesicht nicht deutlich sehen. Ihre Stimme klang ziemlich eintönig, aber eben ihr Mangel an Ausdruck schien die Tatsache zu betonen, daß starkes Gefühl in ihr war, das mit Macht zurückgehalten wurde.
Sie sagte ziemlich unerwartet:
«Die Welt ist ein sehr schlimmer Ort, Herr Fitzwilliam. Wissen Sie das?»
Luke war ein wenig überrascht.
«Ja, das mag schon sein.»
Sie bestand darauf:
«Ja, aber wissen Sie es? Das ist wichtig. Es geht sehr viel Schlechtigkeit um ... Man muß vorbereitet sein — sie zu bekämpfen! John war es. Er wußte. Er war auf der Seite des Rechts!»
Luke sagte sanft:
«Davon bin ich überzeugt.»
«Er kannte die Schlechtigkeit, die an diesem Ort war», sagte Frau Humbleby. «Er wußte —»
Sie brach plötzlich in Tränen aus.
Luke murmelte:
«Es tut mir so leid —» und hielt inne.
Sie beherrschte sich ebenso jäh, wie sie die Fassung verloren hatte.
«Sie müssen verzeihen», sagte sie. Sie streckte ihm die Hand entgegen, und er nahm sie. «Kommen Sie uns doch besuchen, solange Sie hier sind», sagte sie. «Es wäre so gut für Rose; sie hat Sie sehr gern.»
«Ich habe sie auch sehr gern; ich finde Ihre Tochter das netteste Mädchen, das ich seit langem kennengelernt habe, Frau Humbleby.»
«Sie ist sehr gut zu mir.»
«Dr. Thomas ist ein beneidenswerter Mann.»
«Ja.» Frau Humbleby ließ seine Hand los. Ihre Stimme war wieder ausdruckslos geworden. «Ich weiß nicht — es ist alles so schwer.»
Als Luke sie verließ, stand sie in der Dämmerung, und ihre Finger wanden und drehten sich nervös ineinander.
Während er nach Hause schritt, ging er in Gedanken die verschiedenen Phasen des Gespräches durch.

Dr. Thomas war einen großen Teil des Derbytages von Wychwood abwesend gewesen, und zwar im Auto. Wychwood war nicht ganz 60 Kilometer von London entfernt. Angeommen, er hatte einer Entbindung beigewohnt — sprach mehr als seine Behauptung dafür? Nun, vermutlich ließ sich das erweisen. Seine Gedanken wandten sich Frau Humbleby zu —

Was hatte sie gemeint mit ihrem Beharren auf jenem Satz: «Es geht sehr viel Schlechtigkeit um . . .?»

War sie einfach nur nervös und überreizt durch die Erschütterung über den Tod ihres Mannes? Oder stak da mehr dahinter? Wußte sie vielleicht etwas? Etwas, das Dr. Humbleby gewußt hatte, bevor er starb?

«Ich muß mit der Sache fortfahren», sagte sich Luke. «Ich muß weiterkommen.»

Entschlossen wandte er seine Gedanken von dem Gefecht ab, das zwischen ihm und Bridget stattgefunden hatte.

Fräulein Waynflete spricht

Am folgenden Morgen kam Luke zu einem Entschluß. Er fühlte, daß er mit indirekten Erkundigungen so weit gekommen war, als er konnte. Es war unvermeidlich, daß er früher oder später gezwungen sein würde, hervorzutreten, und daß die Zeit gekommen war, die Bücherschreibmaskerade fallenzulassen und zu enthüllen, daß er mit einem bestimmten Ziel im Auge nach Wychwood gekommen war.

In Verfolgung dieses Feldzugplanes beschloß er, Honoria Waynflete zu besuchen. Die diskrete Art und eine gewisse Scharfsinnigkeit im Ausdruck dieser ältlichen Jungfer hatten nicht nur einen günstigen Eindruck auf ihn gemacht — sondern er dachte, sie könnte auch Mitteilungen für ihn haben, die ihm helfen würden. Er glaubte, daß sie ihm gesagt hatte, was sie wußte. Er wollte sie dazu bewegen, ihm zu sagen, was sie erraten haben mochte. Er hatte die deutliche Ahnung, daß die Vermutungen von Fräulein Waynflete der Wahrheit recht nahe kamen.

Er besuchte sie gleich nach dem Gottesdienst.

Fräulein Waynflete empfing ihn in einer natürlichen Art und zeigte keinerlei Überraschung über seinen Besuch. Als sie sich ihm gegenüber niedersetzte, die Hände ordentlich im Schoß gefaltet und die intelligenten Augen — die so sehr denen einer Ziege glichen — auf sein Gesicht gerichtet, fand er keine Schwierigkeit, auf den Zweck seines Besuches zu kommen.
Er sagte: «Ich vermute, Sie haben bereits erraten, Fräulein Waynflete, daß der Zweck meines Hierherkommens nicht nur der ist, ein Buch über die hiesigen Gebräuche zu schreiben?»
Fräulein Waynflete neigte den Kopf und hörte weiter zu.
Luke hatte vorläufig nicht die Absicht, die ganze Geschichte zu erzählen. Fräulein Waynflete mochte diskret sein — sie machte ihm jedenfalls diesen Eindruck —, jedoch, wo eine alte Jungfer in Frage kam, fühlte Luke, daß er sich kaum darauf verlassen konnte, daß sie der Versuchung widerstehen würde, ein paar guten Freundinnen eine aufregende Geschichte anzuvertrauen. Deshalb nahm er sich vor, einen Mittelweg einzuschlagen.
«Ich bin hier, um mich über die Umstände zu erkundigen, unter denen der Tod jenes armen Mädchens Amy Gibbs erfolgte.»
Fräulein Waynflete sagte:
«Heißt das, Sie sind von der Polizei geschickt?»
«O nein — ich bin kein Detektiv in Zivil.» Er fügte mit leicht humoristischer Betonung hinzu: «Ich fürchte, ich bin der in Romanen so häufig auftretende ‹Spürhund aus Liebhaberei›.»
«Ah, da war es also Bridget Conway, die Sie hierhergebracht hat?»
Luke zögerte einen Augenblick, dann beschloß er, es dabei bewenden zu lassen. Ohne die ganze Pinkerton-Geschichte zu erzählen, war es schwer, seine Anwesenheit zu begründen. Fräulein Waynflete fuhr indessen fort, warme Bewunderung in der Stimme.
«Bridget ist so praktisch — so tüchtig! Ich fürchte, wäre es mir überlassen gewesen, so hätte ich meinem eigenen Urteil mißtraut — ich meine, wenn man seiner Sache nicht sicher ist, ist es schwer, sich zu einem entschiedenen Vorgehen zu entschließen.»
«Aber Sie sind sicher, nicht?»
Fräulein Waynflete sagte ernst:
«Nein, wirklich nicht, Herr Fitzwilliam. Es ist nicht eine Sache,

wo man sicher sein kann! Ich meine, es könnte alles Einbildung sein. Wenn man allein lebt und niemanden hat, mit dem man sich beraten oder besprechen könnte, wird man leicht melodramatisch und mag sich Dinge einbilden, die nicht in Tatsachen begründet sind.»

Luke stimmte dieser Darlegung um so mehr bei, als er ihre innere Wahrheit anerkannte, jedoch fügte er sanft hinzu:

«Aber in Ihrem Innern sind Sie überzeugt?»

Selbst da zeigte Fräulein Waynflete noch ein gewisses Widerstreben.

«Wir reden nicht aneinander vorbei, hoffe ich?» wandte sie ein.

Luke lächelte.

«Sie wollen, daß ich es geradeheraus sage? Schön, Sie glauben doch, daß Amy Gibbs ermordet wurde?»

Honoria Waynflete zuckte ein wenig vor der unverblümten Sprache zusammen. Sie sagte:

«Ich bin gar nicht beruhigt bezüglich ihres Todes, gar nicht! Die ganze Sache ist meiner Meinung nach durchaus unbefriedigend.»

Luke sagte geduldig:

«Aber Sie glauben nicht, daß ihr Tod ein natürlicher war?»

«Nein.»

«Sie glauben auch nicht, daß es ein unglücklicher Zufall war?»

«Das scheint mir höchst unwahrscheinlich. Es gibt so viele –»

Luke unterbrach sie.

«Sie glauben nicht, daß es Selbstmord war?»

«Entschieden nicht.»

«Dann», sagte Luke sanft, «glauben Sie also doch, daß es ein Mord war?»

Fräulein Waynflete zögerte, schluckte herunter und brachte es schließlich heraus.

«Ja», sagte sie. «Das glaube ich!»

«Gut. Nun können wir weitergehen.»

«Aber ich habe wirklich keine Beweise, auf die ich den Glauben gründe», erklärte Fräulein Waynflete ängstlich. «Es ist zum Ganzen nur eine Idee!»

«Ganz recht. Dies ist eine private Unterredung; wir sprechen nur aus, was wir denken und was für einen Verdacht wir haben. Wir haben den Verdacht, daß Amy Gibbs ermordet wurde.

Wer, denken wir, hat sie ermordet?»
Fräulein Waynflete schüttelte den Kopf. Sie sah sehr bekümmert aus.
Luke, der sie beobachtete, sagte:
«Wer hatte Grund, sie umzubringen?»
Fräulein Waynflete sagte langsam:
«Sie hatte mit ihrem jungen Mann von der Garage, Jim Harvey, Streit gehabt, glaube ich – er ist ein sehr solider und überhaupt besserer junger Mensch. Ich weiß, man liest oft in der Zeitung von jungen Männern, die über ihre Mädchen herfallen und ähnliche gräßliche Sachen, aber ich kann wirklich nicht glauben, daß Jim so etwas tun würde.»
Luke nickte.
Fräulein Waynflete fuhr fort:
«Außerdem kann ich nicht glauben, er würde es auf diese Art tun; zum Fenster hinaufklettern und eine Flasche Gift statt den Hustensaft hinstellen. Ich meine, das scheint nicht ...»
Luke kam ihr zu Hilfe, als sie zögerte.
«Es ist nicht die Tat eines erzürnten Liebhabers. Dem stimme ich zu. Meiner Meinung nach können wir Jim Harvey ganz ausstreichen. Amy wurde von jemandem umgebracht (darin stimmen wir ja überein, daß sie umgebracht wurde), der sie aus dem Weg haben wollte, der das Verbrechen sorgfältig geplant hatte, daß es wie ein Unglücksfall erschien. Haben Sie nun eine Idee – irgendeine Vermutung, sagen wir –, wer das sein könnte?»
Fräulein Waynflete sagte:
«Nein – wirklich – nein, ich habe nicht die leiseste Ahnung!»
«Sicher nicht?»
«N-nein – nein, wirklich nicht.»
Luke sah sie nachdenklich an. Die Verneinung, fühlte er, hatte nicht ganz aufrichtig geklungen. Er fuhr fort:
«Sie wissen keinen Grund?»
«Absolut keinen Grund.»
Das klang nachdrücklicher.
«Hatte sie viele Stellen in Wychwood gehabt?»
«Sie war ein Jahr lang bei den Hortons, bevor sie zu Lord Whitfield kam.»
Luke faßte nun rasch zusammen.
«Die Sache steht also so: jemand wollte dieses Mädchen aus

dem Weg haben. Aus den gegebenen Tatsachen folgern wir, daß es — erstens — ein Mann war, und zwar ein Mann von etwas altmodischer Anschauungsweise (wie die Hutfarbe zeigt), und zweitens, daß es ein ziemlich kräftiger Mann gewesen sein muß, da es klar ist, daß er über das Nebengebäudedach zu dem Fenster des Mädchens geklettert sein muß. Stimmen Sie mir in diesen Punkten zu?»

«Vollkommen», sagte Fräulein Waynflete.

«Haben Sie etwas dagegen, wenn ich nach hinten gehe und es selbst versuche?»

«Nicht das mindeste. Ich finde es eine sehr gute Idee.»

Sie führte ihn bei einer Seitentüre heraus und in den hinteren Hof. Luke gelang es, das Dach des Nebengebäudes ohne viel Mühe zu erreichen. Von dort konnte er leicht das Fenster des Mädchens hinaufschieben und sich mit geringer Anstrengung ins Zimmer schwingen. Ein paar Minuten später war er wieder auf dem Pfad unten bei Fräulein Waynflete und wischte sich die Hände an seinem Taschentuch ab.

«Es ist tatsächlich leichter, als es aussieht», sagte er. «Man braucht nur wenig Muskelkraft dazu. Es waren keine Spuren auf dem Fenstersims oder draußen?»

Fräulein Waynflete schüttelte den Kopf.

«Ich glaube nicht. Doch ist natürlich der Polizist so heraufgeklettert.»

«So daß etwaige Spuren für die seinigen gehalten worden wären! Wie die Polizei dem Verbrecher beisteht! Also so ist das.»

Fräulein Waynflete ging voraus ins Haus zurück.

«Hatte Amy Gibbs einen festen Schlaf?» fragte er.

Fräulein Waynflete erwiderte säuerlich:

«Es war außerordentlich schwer, sie früh zum Aufstehen zu bewegen. Oft pochte ich immer wieder an ihre Tür und rief sie an, ehe sie antwortete. Aber Sie kennen das Sprichwort, Herr Fitzwilliam, niemand ist so taub, als der nicht hören will!»

«Das ist wahr», sagte Luke. «Und nun, Fräulein Waynflete, kommen wir zu der Frage des Motivs. Wenn wir mit dem augenscheinlichsten beginnen, glauben Sie, daß etwas zwischen diesem Ellsworthy und dem Mädel war?» Er fügte hastig hinzu: «Ich frage Sie nur um Ihre Ansicht, nur um die.»

«Wenn es nur Ansichtssache ist, würde ich ja sagen.»

Luke nickte.
«Würde — Ihrer Ansicht nach — das Mädel vor einer kleinen Erpressung zurückgeschreckt sein?»
«Ebenfalls als meine Ansicht möchte ich erklären, daß ich das für möglich halte.»
«Wissen Sie vielleicht zufällig, ob sie zur Zeit ihres Todes viel Geld in ihrem Besitz hatte?»
Fräulein Waynflete überlegte.
«Ich glaube nicht. Wenn sie einen außergewöhnlichen Betrag gehabt hätte, glaube ich, ich hätte davon gehört.»
«Und sie hatte sich in keine besondere Verschwendung eingelassen, bevor sie starb?»
«Ich glaube nicht.»
«Das spricht so ziemlich gegen die Erpressungstheorie. Das Opfer zahlt gewöhnlich einmal, ehe es zu den letzten Maßregeln schreitet. Dann wäre noch eine Annahme: das Mädel könnte etwas gewußt haben.»
«In welcher Art?»
«Sie könnte Kenntnis von etwas haben, das jemandem in Wychwood gefährlich werden könnte. Nehmen wir einen rein hypothetischen Fall. Sie war hier in verschiedenen Häusern im Dienst. Gesetzt den Fall, sie hätte da etwas in Erfahrung gebracht, das jemandem, sagen wir, wie Herrn Abbot, beruflich schaden könnte.»
«Herrn Abbot?»
Luke sagte rasch:
«Oder möglicherweise irgendeine Nachlässigkeit oder Unkorrektheit von seiten des Dr. Thomas.»
Fräulein Waynflete begann: «Aber sicherlich...» und hielt dann inne.
Luke fuhr fort:
«Amy Gibbs war Hausmädchen, sagten Sie, bei Hortons, zur Zeit als Frau Horton starb.»
Es entstand eine kleine Pause, dann sagte Fräulein Waynflete:
«Möchten Sie mir nicht sagen, Herr Fitzwilliam, warum Sie die Hortons da hereinbringen? Frau Horton starb vor über einem Jahr.»
«Ja, und Amy war damals dort.»
«Ja so. Was haben die Hortons damit zu tun?»

«Ich weiß nicht. Es ist mir nur so eingefallen. Frau Horton starb an akuter Gastritis, nicht wahr?»
«Ja.»
«Kam ihr Tod etwa unerwartet?»
Fräulein Waynflete sagte langsam:
«Mir schon; denn sehen Sie, es war ihr schon viel besser – sie schien auf dem Weg der Genesung, und dann hatte sie einen plötzlichen Rückfall und starb.»
«War Dr. Thomas überrascht?»
«Ich weiß nicht. Ich glaube, ja.»
«Und die Pflegerinnen, was sagten die?»
«Meiner Erfahrung nach», sagte Fräulein Waynflete, «sind Spitalpflegerinnen nie überrascht, wenn ein Fall eine schlimme Wendung nimmt! Nur Genesung überrascht sie.»
«Aber ihr Tod überraschte Sie?» beharrte Luke.
«Ja. Ich war erst am Tag vorher bei ihr gewesen, und sie war mir viel besser vorgekommen, hatte geplaudert und war ganz heiter gewesen.»
«Wie dachte sie über ihre Krankheit?»
«Sie klagte, daß die Pflegerinnen sie vergifteten! Sie hatte eine schon weggeschickt, aber sie sagte, diese beiden seien gerade so schlimm.»
«Ich vermute, Sie haben dem nicht viel Aufmerksamkeit geschenkt?»
«Nein, ich dachte, das sei alles ihrer Krankheit zuzuschreiben. Sie war auch eine sehr mißtrauische Frau und – es ist vielleicht unfreundlich, es zu sagen – sie machte sich gern wichtig; kein Arzt habe je ihren Fall verstanden – und es war nie etwas Einfaches – es mußte entweder eine sehr geheimnisvolle Krankheit sein oder ‹jemand wollte sie aus dem Weg haben›.»
Luke bemühte sich, seiner Stimme einen gleichgültigen Klang zu geben.
«Sie verdächtigte ihren Mann nicht des Versuchs, sie aus dem Wege zu räumen?»
«O nein, diese Idee kam ihr nie!»
Fräulein Waynflete zögerte einen Augenblick, dann fragte sie ruhig:
«Das denken Sie?»
Luke sagte langsam:

«Ehemänner haben das schon öfter getan und sind nicht erwischt worden. Frau Horton war nach allen Berichten eine Frau, die jeder Mann gern los gewesen wäre! Und ich hörte, daß er bei ihrem Tod eine Menge Geld erbte.»
«Ja, das stimmt.»
«Was denken Sie, Fräulein Waynflete?»
«Sie wollen meine Ansicht hören?»
«Ja, nur Ihre Ansicht.»
Fräulein Waynflete sagte ruhig und bedachtsam:
«Meiner Ansicht nach war Major Horton seiner Frau ganz ergeben und hätte sich so etwas nicht im Traum einfallen lassen.»
Luke sah sie an und empfing einen sanften Blick, der aber nicht schwankte, als Erwiderung.
«Nun», sagte er, «vermutlich haben Sie recht. Sie wüßten es wahrscheinlich, wenn es umgekehrt wäre.»
Fräulein Waynflete gestattete sich ein Lächeln.
«Wir Frauen sind gute Beobachter, meinen Sie?»
«Absolut erstklassig. Hätte Fräulein Pinkerton mit Ihnen übereingestimmt, glauben Sie?»
«Ich hörte Lavinia nie einer Meinung Ausdruck geben, soviel ich mich erinnere.»
«Was dachte sie über Amy Gibbs?»
Fräulein Waynflete zog die Stirn nachdenklich zusammen.
«Es ist schwer zu sagen. Lavinia hegte eine seltsame Idee.»
«Was für eine Idee?»
«Sie dachte, daß in Wychwood etwas Merkwürdiges vorginge.»
«Sie dachte zum Beispiel, daß jemand Tommy Pierce aus jenem Fenster gestoßen habe?»
Fräulein Waynflete starrte ihn erstaunt an.
«Woher wußten Sie das, Herr Fitzwilliam?»
«Sie sagte es mir. Nicht in eben diesen Worten, jedoch gab sie mir im allgemeinen diesen Eindruck.»
Fräulein Waynflete beugte sich mit vor Erregung geröteten Wangen vor.
«Wann war das, Herr Fitzwilliam?»
Luke sagte ruhig: «An dem Tag, an dem sie getötet wurde. Wir reisten miteinander nach London.»
«Was genau sagte sie Ihnen?»
«Sie erklärte mir, daß zu viele Todesfälle in Wychwood gewe-

sen seien. Sie erwähnte Amy Gibbs, Tommy Pierce und Carter. Sie sagte auch, daß Dr. Humbleby der nächste sein würde, der daran käme.»

Fräulein Waynflete nickte langsam.

«Hat sie Ihnen gesagt, wer dafür verantwortlich war?»

«Ein Mann mit einem gewissen Blick in den Augen», sagte Luke grimmig. «Einen Blick, der nicht mißzuverstehen war, sagte sie. Sie hatte jenen Blick in seinen Augen gesehen, während er zu Humbleby sprach. Deshalb sagte sie, Humbleby würde der nächste sein.»

«Und er war es», flüsterte Fräulein Waynflete. «O Gott, o Gott!»

Sie lehnte sich zurück; ihre Augen hatten einen tief betroffenen Blick.

«Wer war der Mann?» sagte Luke. «Reden Sie, Fräulein Waynflete, Sie wissen es, Sie müssen es wissen!»

«Ich weiß es nicht. Sie hat mir nichts gesagt.»

«Aber Sie können es erraten», sagte Luke eifrig. «Sie wissen sicher genau, an wen sie dachte.»

Widerstrebend neigte Fräulein Waynflete den Kopf.

«Dann sagen Sie es mir.»

Jedoch Fräulein Waynflete schüttelte den Kopf energisch.

«Nein, gewiß nicht. Sie verlangen von mir, daß ich etwas tue, was im höchsten Grad ungehörig ist! Sie verlangen, ich soll erraten, was vielleicht – nur vielleicht, merken Sie wohl! – eine Freundin, die nun tot ist, im Sinne hatte. Eine derartige Anklage könnte ich nicht machen!»

«Es wäre keine Anklage – nur eine Ansicht.»

Jedoch Fräulein Waynflete blieb unerwartet fest.

«Ich habe nichts, an das ich mich halten könnte», sagte sie. «Lavinia hat mir tatsächlich nie etwas gesagt. Ich mag denken, daß sie eine gewisse Vermutung hatte – aber sehen Sie, ich kann ja auch vollkommen unrecht haben. Und dann hätte ich Sie irregeführt, und es könnte vielleicht schwere Folgen haben. Es wäre sehr schlecht und unrichtig von mir, einen Namen zu erwähnen. Und ich kann ja ganz, ganz unrecht haben! Tatsächlich habe ich wahrscheinlich unrecht!»

Und Fräulein Waynflete preßte ihre Lippen fest aufeinander und schaute Luke mit grimmiger Entschlossenheit an.

Luke verstand es, sich geschlagen zu geben.
Er machte sich klar, daß Fräulein Waynfletes redlicher Sinn und noch etwas, das ihm vorläufig schleierhaft war, sich gegen ihn verbanden.
Also nahm er seine Niederlage mit Anstand entgegen und erhob sich, um sich zu empfehlen. Er hatte wohl die Absicht, später auf den Gegenstand zurückzukommen, jedoch hütete er sich, durch sein Benehmen etwas von diesem Vorsatz zu verraten.
«Sie müssen natürlich tun, was Sie recht dünkt», sagte er. «Ich danke Ihnen für den Beistand, den Sie mir geleistet haben.»
Fräulein Waynflete schien ein wenig von ihrer Sicherheit einzubüßen, während sie ihn zur Türe begleitete.
«Ich hoffe, Sie denken nicht», begann sie, doch änderte sie dann ihren Satz. «Wenn ich Ihnen in irgend etwas anderem helfen kann, bitte, bitte, lassen Sie mich es wissen.»
«Gewiß. Sie werden diese Unterredung nicht weitergehen lassen, nicht wahr?»
«Natürlich nicht. Ich werde niemandem ein Wort sagen.»
Luke hoffte, daß das wahr sein würde.
«Grüßen Sie mir Bridget herzlich», sagte Fräulein Waynflete. «Sie ist ein schönes Mädel, nicht? Und dabei gescheit! Ich — ich hoffe, sie wird glücklich werden.»
Und als Luke sie fragend ansah, fügte sie hinzu:
«Mit Lord Whitfield verheiratet, meine ich; so ein großer Altersunterschied!»
«Ja freilich.»
Fräulein Waynflete seufzte.
«Sie wissen, daß ich einmal mit ihm verlobt war», sagte sie unerwartet.
Luke starrte sie erstaunt an. Sie nickte mit dem Kopf und lächelte etwas wehmütig.
«Vor langer Zeit. Er war ein so vielversprechender Junge. Ich hatte ihm geholfen, wissen Sie, seine Erziehung zu vollenden. Und ich war stolz auf seinen — seinen Unternehmungsgeist und seine Entschlossenheit, Erfolg zu haben.»
Sie seufzte wieder.
«Meine Leute waren natürlich sehr dagegen; in jenen Tagen waren Standesunterschiede noch sehr stark ausgeprägt.» Nach einem Weilchen fügte sie hinzu: «Ich habe seine Laufbahn im-

mer mit großem Interesse verfolgt. Meine Leute hatten unrecht, glaube ich.»

Dann nickte sie ihm mit einem Lächeln noch ein Lebewohl zu und ging ins Haus zurück.

Luke versuchte seine Gedanken zu sammeln. Er hatte Fräulein Waynflete entschieden als alt betrachtet. Nun machte er sich klar, daß sie wahrscheinlich noch nicht sechzig war. Lord Whitfield mußte gut über die Fünfzig sein. Sie war vielleicht ein oder zwei Jahre älter als er, nicht mehr.

Und er würde Bridget heiraten. Bridget, die achtundzwanzig war. Bridget, die jung und lebendig war . . .

«Oh, verflucht», sagte Luke. «Ich will nicht mehr daran denken. Meine Aufgabe. Vorwärts mit meiner Aufgabe!»

Betrachtungen von Luke

Frau Church, die Tante von Amy Gibbs, war entschieden ein unangenehmes Frauenzimmer. Ihre schiefe Nase, ihre unruhigen Augen und ihre geschwätzige Zunge flößten Luke alle miteinander Ekel ein.

Er sprach kurz angebunden mit ihr und hatte unerwarteterweise damit Erfolg.

«Was Sie zu tun haben», sagte er ihr, «ist, meine Fragen so gut Sie können zu beantworten. Wenn Sie etwas zurückbehalten oder die Wahrheit verdrehen, kann das höchst ernste Folgen für Sie haben.»

«Ja, Herr, ich verstehe. Ich habe den besten Willen, Ihnen alles zu sagen, was ich weiß. Ich habe nie mit der Polizei zu tun gehabt — —»

«Das brauchen Sie auch jetzt nicht», sagte Luke. «Wenn Sie tun, was ich Ihnen sagte, wird davon nicht die Rede sein. Ich will alles über Ihre verstorbene Nichte wissen — wer ihre Freunde waren — wieviel Geld sie hatte — ob sie irgend etwas sagte, das ungewöhnlich war. Wir wollen mit ihren Freunden anfangen; wer waren sie?»

Frau Church schielte ihn schlau aus einem unangenehmen Augenwinkel an.

«Sie meinen wohl Herren?»

«Hatte sie Freundinnen?»
«Nun — kaum — nicht der Rede wert, Herr. Natürlich, es gab da ein paar Mädel, mit denen sie zusammen gedient hatte — aber Amy hielt nicht viel Verkehr mit ihnen aufrecht. Sehen Sie — —»
«Sie zog das andere Geschlecht vor. Weiter. Erzählen Sie mir davon.»
«Es war Jim Harvey aus der Garage unten, mit dem sie eigentlich ging, Herr. Und ein netter, solider junger Mensch war er. ‹Du kannst nicht besser tun› habe ich ihr oft gesagt — —»
Luke unterbrach sie.
«Und die anderen?»
Wieder traf ihn der verschmitzte Blick.
«Ich vermute, Sie denken an den Herrn, der den Antiquitätenladen hielt? Das hat mir selbst nicht gefallen, das kann ich Ihnen geradeheraus sagen, Herr! Ich war immer anständig und ich halte nichts von diesen Liebschaften! Aber wie die Mädel heutzutage sind, nützt ja das Reden nichts; sie gehen ihre eigenen Wege, und oft müssen sie es dann bedauern.»
«Mußte Amy es bedauern?» fragte Luke geradezu.
«Nein, Herr — das glaube ich nicht.»
«Sie konsultierte Dr. Thomas am Tage ihres Todes. Das war also nicht der Grund?»
«Nein, Herr, ich bin sicher, das war es nicht — ich könnte einen Eid darauf ablegen! Amy hatte sich krank gefühlt, aber es war nur eine Erkältung und ein schlimmer Husten, durchaus nicht das, was Sie meinen, da bin ich sicher, Herr.»
«Ich will Ihnen glauben. Wie weit war die Sache zwischen ihr und Ellsworthy gegangen?»
Frau Church grinste.
«Das könnte ich wirklich nicht sagen, Herr. Amy war nicht für das Anvertrauen.»
Luke fragte kurz:
«Aber es war ziemlich weit gegangen?»
Frau Church antwortete milde:
«Der Herr hat gar keinen guten Ruf hier, Herr. Treibt alle möglichen Dinge. Freunde kommen aus der Stadt, und da sind seltsame Vorkommnisse, mitten in der Nacht oben auf der Hexenwiese.»

«Ging Amy hin?»
«Einmal ist sie hingegangen, glaube ich, Herr. Ist die ganze Nacht ausgeblieben, und Seine Lordschaft hat es erfahren (sie diente damals im Herrenhaus) und ziemlich scharf mit ihr gesprochen, und sie ist keck geworden, da hat er ihr gekündigt, was nur zu erwarten war.»
«Hat sie je viel zu Ihnen darüber gesprochen, was in den Häusern vorging, wo sie diente?»
Frau Church schüttelte den Kopf.
«Nicht sehr viel, Herr. Ihre eigenen Sachen interessierten sie mehr.»
«Sie war einige Zeit bei Major und Frau Horton, nicht?»
«Beinahe ein Jahr, Herr.»
«Warum ist sie dort fort?»
«Nur um sich zu verbessern. Es wurde eine Stelle frei im Herrenhaus, und dort war natürlich der Lohn höher.»
Luke nickte.
«Sie war zur Zeit von Frau Hortons Tod bei Ihnen?» fragte er.
«Ja, Herr. Und sie hat viel gebrummt darüber – die zwei Spitalpflegerinnen im Haus, die immer Extraarbeit geben, ihnen das Essen extra bringen und eins zum andern.»
«Bei dem Rechtsanwalt, Herrn Abbot, hat sie nicht gedient?»
«Nein, Herr. Herr Abbot wird von einem Ehepaar bedient. Amy ging wohl einmal in seine Kanzlei, aber warum, weiß ich nicht.»
Luke notierte sich im Geiste diese kleine Tatsache, die vielleicht von Bedeutung sein konnte. Da jedoch Frau Church offenbar nicht mehr darüber wußte, verfolgte er es nicht weiter.
«War irgendein anderer Herr im Ort, mit dem sie befreundet war?»
«Niemand, worüber ich reden möchte.»
«Aber, aber, Frau Church! Ich will die Wahrheit wissen, merken Sie sich das!»
«Es war kein Herr, weit davon entfernt. Heruntergesetzt hat sie sich damit, das habe ich ihr auch gesagt.»
«Möchten Sie nicht etwas deutlicher reden, Frau Church?»
«Sie werden von den ‹Sieben Sternen› gehört haben, Herr? Kein besonderes Haus, und der Wirt ein ordinärer Kerl und die meiste Zeit betrunken.»

«Amy war mit ihm befreundet?»
«Sie ist ein paarmal mit ihm spazierengegangen; ich glaube, mehr war nicht daran; ganz bestimmt glaube ich es.»
Luke nickte nachdenklich und wechselte das Thema.
«Haben Sie einen kleinen Jungen, Tommy Pierce, gekannt?»
«Was? Den Sohn von Frau Pierce? Natürlich kannte ich ihn. Hatte immer einen Unfug im Kopf!»
«War er viel mit Amy zusammen?»
«O nein, Herr. Amy wurde ihn rasch los, wenn er seine Späße mit ihr versuchte.»
«War sie mit ihrer Stelle bei Fräulein Waynflete zufrieden?»
«Sie fand es ein wenig langweilig, und der Lohn war nicht hoch. Aber natürlich, nachdem sie auf diese Weise vom Herrenhaus weggekommen war, war es nicht leicht, wieder einen guten Platz zu finden.»
«Sie hätte doch weg können von hier, nicht?»
«Nach London, meinen Sie?»
«Oder irgendwo anders hin?»
Frau Church schüttelte den Kopf und sagte langsam:
«Amy wollte nicht fort von Wychwood – wie die Dinge lagen.»
«Wie meinen Sie das – ‹wie die Dinge lagen›?«
«Nun, mit Jim und dem Herrn vom Antiquitätenladen.»
Luke nickte nachdenklich. Frau Church fuhr fort:
«Fräulein Waynflete ist eine sehr liebe Dame, aber sehr genau mit dem Putzen von Silber und Türfallen und daß alles gut abgestaubt wird und die Matratzen umgewendet. Amy hätte sich das Getue nicht gefallen lassen, wenn sie sich nicht auf andere Weise unterhalten hätten.»
«Das kann ich mir vorstellen», sagte Luke trocken.
Er überdachte, was er gehört hatte; es fiel ihm keine weitere Frage ein. Er war ziemlich sicher, daß er alles, was Frau Church wußte, herausbekommen hatte. Jedoch beschloß er einen letzten, versuchsweisen Angriff.
«Ich vermute, Sie können den Grund aller dieser Fragen erraten. Die Umstände von Amys Tod sind ziemlich geheimnisvoll. Wir sind nicht überzeugt davon, daß es ein Unglücksfall war. Wenn nicht – so verstehen Sie, was es gewesen sein muß.»
Frau Church sagte mit einem gewissen scheußlichen Gusto:
«Ein Mord!»

«Ganz richtig. Nun, gesetzt den Fall, Ihrer Nichte wäre das widerfahren, wen halten Sie für verantwortlich für ihren Tod?»
Frau Church wischte sich die Hände an ihrer Schürze ab.
«Da gäbe es wohl eine Belohnung, wenn man die Polizei auf die rechte Spur brächte, nicht?» fragte sie bedeutungsvoll.
«Es könnte sein», sagte Luke.
«Ich möchte nichts Bestimmtes sagen», sagte Frau Church und fuhr sich mit hungriger Zunge über die schmalen Lippen. «Aber der Herr vom Antiquitätenladen ist ein merkwürdiger Kauz. Sie erinnern sich vielleicht an den Fall Castor, Herr — wie man Stücke des armen Mädels überall in Castors Bungalow fand, und dann noch fünf oder sechs Mädel entdeckte, denen er auf die gleiche Art mitgespielt hatte. Am Ende ist dieser Herr Ellsworthy auch so einer?»
«Das ist also Ihre Idee?»
«Nun, es könnte doch so sein, nicht?»
Luke gab zu, daß es so sein könnte. Dann sagte er:
«War Ellsworthy am Nachmittag vom Derbytag von hier abwesend? Das ist ein sehr wichtiger Punkt!»
Frau Church starrte ihn an.
«Am Derbytag?»
«Ja — letzten Mittwoch vor vierzehn Tagen.»
Sie schüttelte den Kopf.
«Das könnte ich wirklich nicht sagen. Mittwoch war er gewöhnlich fort — fuhr meistens nach London. Es ist früher Ladenschluß am Mittwoch, wissen Sie.»
«Oh», sagte Luke. «Früher Ladenschluß.»
Er verabschiedete sich von Frau Church, ihre Anspielungen nicht beachtend, daß ihre Zeit kostbar sei und sie daher geldliche Entschädigung beanspruchen könne. Frau Church war ihm äußerst unsympathisch, jedoch war seine Unterredung mit ihr, obwohl nicht aufklärend in irgendeiner Art, doch anregend in mancher Beziehung.
Er ging die Dinge sorgfältig im Kopfe durch.
Ja, es kam schließlich auf jene vier Leute heraus: Thomas, Abbot, Horton und Ellsworthy. Die Haltung von Fräulein Waynflete schien ihm das zu beweisen.
Ihre Verlegenheit und ihr Widerstreben, einen Namen zu nennen! Das bedeutete doch sicher, mußte bedeuten, daß die frag-

liche Person jemand von Ansehen in Wychwood war, jemand, den eine zufällige Anspielung entschieden schädigen konnte. Es stimmte auch mit Fräulein Pinkertons Entschlossenheit überein, ihren Verdacht in Scotland Yard vorzubringen. Die örtliche Polizei würde ihre Annahmen lächerlich machen.

Es war nicht ein Fall von Krethi und Plethi; es war auch nicht ein Fall eines einfachen Mechanikers aus einer Garage. Die fragliche Person war jemand, gegen den die Beschuldigung eines Mordes eine phantastische und überdies eine ernste Angelegenheit war.

Es gab vier mögliche Verdächtige. An ihm war es, noch einmal sorgfältig jeden einzelnen Fall zu untersuchen.

Zuerst war das Widerstreben von Fräulein Waynflete zu prüfen. Sie war eine peinlich gewissenhafte Person. Sie glaubte, den Mann zu kennen, den Fräulein Pinkerton verdächtigt hatte, doch war es, wie sie ihn aufmerksam gemacht hatte, nur eine Vermutung ihrerseits. Es war möglich, daß sie sich irrte.

Wer war die Person, die Fräulein Waynflete im Sinne hatte? Fräulein Waynflete war höchst besorgt, daß eine Anklage von ihr einen Unschuldigen schädigen könnte. Also mußte der Gegenstand ihres Verdachtes ein Mann von hohem Ansehen sein, der allgemein geschätzt und geachtet wurde.

Das jedoch, folgerte Luke, schloß Ellsworthy automatisch aus. Er war so gut wie fremd in Wychwood, sein Ruf war dort schlecht, nicht gut. Luke glaubte nicht, daß, wenn Fräulein Waynflete an Ellsworthy gedacht hätte, sie es vermieden hätte, ihn zu nennen. Daher war Ellsworthy von Fräulein Waynfletes Standpunkt aus zu streichen.

Nun zu den andern. Luke glaubte, daß er auch Major Horton ausschließen könnte. Fräulein Waynflete hatte mit ziemlicher Wärme die Vermutung, er könne seine Frau vergiftet haben, von sich gewiesen. Hätte sie ihn mit anderen Verbrechen in Verdacht gehabt, so wäre sie kaum seiner Unschuld am Tode seiner Frau so sicher gewesen.

Das ließ Dr. Thomas und Herrn Abbot übrig. Beide entsprachen den nötigen Voraussetzungen. Sie waren Männer von hohem beruflichem Ansehen, gegen die nie ein Wort übler Nachrede gefallen war. Sie waren im allgemeinen beide beliebt und bekannt als Männer von Redlichkeit und Rechtschaffenheit.

Luke ging nun zu einem anderen Gesichtswinkel über; konnte er selbst Ellsworthy und Horton streichen? Sofort schüttelte er den Kopf. So einfach war es nicht. Fräulein Pinkerton hatte gewußt — tatsächlich gewußt —, wer der Mann war. Das war erstens durch ihren eigenen Tod erwiesen und dann durch den Tod von Dr. Humbleby. Jedoch Fräulein Pinkerton hatte Honoria Waynflete nie einen Namen genannt. Daher konnte die letztere, obwohl sie zu wissen glaubte, sich doch leicht irren. Wie oft glauben wir bestimmt zu wissen, was andere Leute denken — und entdecken dann, daß wir nichts wußten und uns gründlich geirrt haben!

Deshalb blieb der Verdacht gegen die vier noch immer aufrecht. Fräulein Pinkerton war tot und konnte keinen weiteren Beistand leisten. An Luke war es, die Ergebnisse seiner Forschung abzuwiegen und die Wahrscheinlichkeit zu erwägen.

Er begann mit Ellsworthy. Auf den ersten Blick war dieser der Wahrscheinlichste. Er war anormal und möglicherweise eine perverse Persönlichkeit; er könnte ein Lustmörder sein.

«Nehmen wir es einmal so», sagte Luke zu sich. «Verdächtigen wir jeden der Reihe nach. Zum Beispiel Ellsworthy. Sagen wir, er ist der Mörder, und nehmen wir es als bestimmt an, daß ich das weiß. Jetzt nehmen wir die möglichen Opfer chronologisch durch. Zuerst Frau Horton. Schwer zu sehen, welchen Grund Ellsworthy gehabt haben könnte, sie beiseite zu schaffen. Jedoch die Mittel gab es. Horton sprach von einem Geheimmittel, das sie von ihm erhalten und genommen hatte. Ein Gift wie Arsenik hätte auf diese Art verabreicht werden können. Die Frage ist nur — warum?

Nun die anderen. Amy Gibbs. Warum hat Ellsworthy Amy Gibbs umgebracht? Der augenscheinliche Grund — sie wurde ihm lästig! Drohte vielleicht mit einer Klage wegen gebrochenen Eheversprechens? Oder hatte einer mitternächtlichen Orgie beigewohnt und drohte zu reden? Lord Whitfield hat sehr viel Einfluß in Wychwood und ist, nach Bridget, ein sehr moralischer Mann. Er hätte die Sache gegen Ellsworthy vielleicht aufgegriffen, wenn dieser etwas besonders Obszönes aufgeführt hätte. Also — fort mit Amy. Nein, ich denke eher ein sadistischer Mord; jedoch dagegen spricht die angewendete Methode. Wer ist der nächste — Carter? Warum Carter? Unwahrscheinlich, daß er etwas von mitternächtlichen Orgien wüßte (oder hat Amy ihm davon erzählt?). War die hübsche Tochter vielleicht dabei? Begann Ellsworthy sich ihr zu nähern? (Muß mir Lucy Carter anschauen.) Vielleicht schimpfte er nur heftig mit Ellsworthy, und Ellsworthy in seiner tückischen Art war wütend. Wenn er schon ein oder zwei Morde begangen hatte, mag er verhärtet genug gewesen sein, um aus einem unbedeutenden Grund an einen Mord zu denken.

Nun Tommy Pierce. Warum hat Ellsworthy Tommy Pierce umgebracht? Einfach. Tommy hatte einer mitternächtlichen Feier irgendeiner Art beigewohnt. Tommy drohte zu reden. Vielleicht redete er schon davon. Man mußte Tommy den Mund schließen.

Dr. Humbleby. Warum hat Ellsworthy Dr. Humbleby umgebracht? Darauf ist die Antwort am leichtesten! Humbleby war Arzt und er hatte bemerkt, daß es um Ellsworthys geistiges Gleichgewicht nicht zum besten stand. Wahrscheinlich machte er sich bereit, diesbezüglich etwas zu unternehmen. Also war Humbleby verurteilt. Doch in der Methode ist da ein Haken. Wie konnte Ellsworthy es zuwege bringen, daß Humbleby an Blutvergiftung starb? Oder starb er an etwas anderem? War der infizierte Finger nur ein zufälliges Zusammentreffen?

Als letzte Fräulein Pinkerton. Mittwoch früher Ladenschluß. Ellsworthy hätte an dem Tag nach London fahren können. Ob er wohl ein Auto hatte? Habe ihn nie in einem gesehen, doch das beweist nichts. Er wußte, daß sie ihn im Verdacht hatte, und ließ es nicht darauf ankommen, daß Scotland Yard ihrer Erzählung Glauben schenke. Vielleicht wußte man dort schon etwas von ihm.

Das ist der Fall gegen Ellsworthy. Was spricht nun für ihn? Also erstens ist er bestimmt nicht der Mann, von dem Fräulein Waynflete vermutete, daß ihn Fräulein Pinkerton im Sinn habe. Zweitens stimmt er nicht ganz mit meinem eigenen Eindruck überein. Während sie sprach, bildete sich mir das Bild eines Mannes — und es war nicht ein Mann wie Ellsworthy. Den Eindruck, den sie mir übermittelte, war der eines sehr normalen Menschen — das heißt äußerlich — eines Menschen, den niemand verdächtigen würde. Ellsworthy ist von einer Art, auf die man eher Verdacht hätte. Nein, ich hatte mehr den Eindruck eines Mannes wie — Dr. Thomas.

Also nun Thomas. Wie steht es mit Thomas? Ich strich ihn glatt von der Liste, nachdem ich mit ihm geplaudert hatte. Netter, bescheidener Kerl! Aber das ist ja eben das Bezeichnende bei diesem Mörder – wenn ich nicht die ganze Sache falsch betrachte –, daß er ein netter, bescheidener Bursche ist – der letzte, den man für einen Mörder halten würde! Was genau das ist, was man bei Thomas empfindet.
Also gehen wir alle wieder durch. Warum tötete Doktor Thomas Amy Gibbs? Es scheint wirklich höchst unwahrscheinlich, daß er es tat! Aber sie ist doch an jenem Tag zu ihm gegangen, und er hat ihr die Flasche mit dem Hustensaft gegeben! Gesetzt den Fall, das war in Wirklichkeit Kleesäure; das wäre sehr einfach und geschickt gewesen! Wer wurde gerufen, als man sie vergiftet fand – Humbleby oder Thomas? Wenn es Thomas war, brauchte er nur eine alte Flasche Hutfarbe in der Tasche mitzubringen und sie unauffällig auf den Tisch zu stellen und dann beide Flaschen zum Untersuchen mitzunehmen. So etwas Ähnliches könnte leicht gemacht werden, wenn man die nötige Frechheit besaß.
Tommy Pierce? Wieder sehe ich keinen wahrscheinlichen Grund. Das ist die Schwierigkeit bei unserem Dr. Thomas – das Motiv. Nicht einmal ein verrücktes Motiv! Dasselbe bei Carter. Warum sollte Dr. Thomas Carter beiseite schaffen wollen? Man kann nur annehmen, daß Amy, Tommy und der Wirt alle etwas von Dr. Thomas wußten, das ungesund war für sie. Ah! Gesetzt den Fall, dieses Etwas wäre der Tod von Frau Horton. Dr. Thomas behandelte sie. Und sie starb an einem ziemlich unerwarteten Rückfall; das hätte er leicht zuwege bringen können. Und Amy Gibbs, merke wohl, diente zur Zeit im Hause; sie hätte leicht etwas sehen oder hören können. Damit wäre ihr Mord begründet. Tommy Pierce, wurde uns versichert, war ein besonders neugieriger kleiner Junge; er kann etwas herausbekommen haben. Carter kann ich nicht hereinbringen, außer Amy hat ihm etwas gesagt. Als er betrunken war, mag er darüber geschwätzt haben, und Thomas hat beschlossen, auch ihn zum Schweigen zu bringen. Das alles ist natürlich reine Kombination. Aber was kann man sonst tun?
Nun Humbleby. Ah! Endlich kommen wir zu einem vollkommen glaubwürdigen Mord. Genügendes Motiv und ideale Mit-

tel! Wenn Dr. Thomas seinem Partner nicht Blutvergiftung verursachen konnte, so konnte es niemand! Er konnte die Wunde jedesmal, wenn er sie verband, neu infizieren. Ich wollte, die früheren Morde wären etwas wahrscheinlicher.
Fräulein Pinkerton? Sie ist schwieriger, aber eine Tatsache haben wir. Dr. Thomas war einen guten Teil des Tages nicht in Wychwood. Er gab vor, bei einer Entbindung zu sein. Das kann sein; aber die Tatsache bleibt, daß er fern von Wychwood in einem Auto war.
Sonst noch etwas? Ja, noch eins. Den Blick, den er mir nachsandte, als ich neulich sein Haus verließ: überlegen, herablassend, das Lächeln eines Mannes, der mich eben zum Narren gehalten hatte und es wußte.»
Luke seufzte, schüttelte den Kopf und fuhr in seinem Gedankengang fort.
«Abbot? Er wäre auch von der richtigen Art: normal, in guten Verhältnissen, geachtet, der letzte, den man usw. usw. Er ist auch eingebildet und zuversichtlich, was Möder gewöhnlich sind, sie haben eine ungeheure Einbildung! Glauben immer, gerade sie werden nicht erwischt werden! Amy Gibbs hat ihn einmal besucht. Warum? Weshalb wollte sie ihn sprechen? Um juristische Ratschläge einzuholen? Warum? Oder war es eine persönliche Angelegenheit? Dann ist der ‹Brief von einer Dame›, den Tommy sah. War der von Amy Gibbs? Oder war es ein Brief, den Frau Horton schrieb und Amy vielleicht erwischt hatte? Welche andere Dame hätte Herrn Abbot in einer so privaten Sache schreiben können, daß er die Selbstbeherrschung verlor, als der Junge ihn erblickte? Was könnte man sonst noch finden bezüglich Amy Gibbs? Die Hutfarbe? Ja, die richtige altmodische Denkungsweise – Männer wie Abbot sind meistens hinter ihrer Zeit zurück, wo Frauen in Betracht kommen. Tommy Pierce? Augenscheinlich – wegen des Briefes (es muß wirklich ein kompromittierender Brief gewesen sein!). Carter? Nun, da gab es Unannehmlichkeiten wegen seiner Tochter. Abbot wollte keinen Skandal haben – daß es ein roher Kerl wie dieser blöde Carter wagte, ihm zu drohen! Ihm, der bei zwei geschickten Morden nicht einmal unter Verdacht gekommen war! Fort mit Carter! Dunkle Nacht und ein wohlgezielter Stoß. Wirklich, dieses Umbringen ist fast zu leicht.

Habe ich die Abbotsche Geistesrichtung recht? Ich glaube schon. Garstiger Blick im Auge einer alten Dame. Sie denkt sich etwas über ihn ... Dann Krach mit Humbleby. Der alte Humbleby wagte es, sich gegen Abbot zu stellen, Abbot, den gescheiten Rechtsanwalt und Mörder! Der alte Narr, er ahnt nicht, was ihm bevorsteht! Er kommt auch dran!

Und dann — was? Fängt einen Blick aus Lavinia Pinkertons Augen auf. Seine eigenen weichen aus — zeigen Schuldbewußtsein. Er, der sich soviel darauf zugute tat, nicht verdächtigt zu werden, hat nun Verdacht erregt. Fräulein Pinkerton kennt sein Geheimnis ... Sie weiß, was er getan hat ... Ja, aber sie kann keine Beweise haben. Aber wie, wenn sie welche sucht ... Wenn sie redet ... Wenn ... Er ist ein guter Menschenkenner. Er errät, was sie schließlich tun wird. Wenn sie mit dieser Erzählung nach Scotland Yard geht, glauben sie ihr vielleicht, beginnen vielleicht eine Untersuchung. Es muß etwas Entscheidendes geschehen. Hat Abbot ein Auto oder mietete er eins in London? Aber er war am Derbytag von hier abwesend ...»

Wieder machte Luke eine Pause. Er hatte sich so in die Sache hineingedacht, daß er es schwer fand, von einem Verdächtigen zum andern überzugehen. Er mußte eine Minute warten, ehe er sich in die Stimmung versetzen konnte, in der er Major Horton als erfolgreichen Mörder betrachten konnte.

«Horton brachte seine Frau um, davon müssen wir ausgehen! Er hatte reichliche Gründe dazu und gewann bedeutend durch ihren Tod. Um jeden Verdacht zu entwaffnen, mußte er viel Zuneigung bezeigen und es auch später aufrechterhalten. Sollen wir sagen, daß er manchmal ein wenig übertreibt?

Gut, ein Mord ist mit Erfolg erledigt. Wer ist der nächste? Amy Gibbs. Ja, ganz glaubwürdig. Amy war im Haus. Sie kann etwas gesehen haben — wie der Major seiner Frau eine Tasse Bouillon oder so etwas reichte. Sie war sich vielleicht nicht gleich über die Bedeutung dessen, was sie sah, klar. Die Sache mit der Hutfarbe war etwas, das dem Major ganz natürlich einfallen würde — ein sehr männlicher Mann ohne viel Kenntnis von weiblichen Toilettedingen.

Amy Gibbs geht glatt in Ordnung.

Der betrunkene Carter? Dieselbe Sache wie früher, Amy hat ihm erzählt. Wieder ein Mord.

Nun Tommy Pierce. Da müssen wir wieder auf seine neugierige Natur verfallen. Hätte der Brief in Abbots Kanzlei wohl eine Klage von Frau Horton sein können, daß ihr Gatte versuche, sie zu vergiften? Das ist nur eine wilde Vermutung, aber es wäre immerhin möglich. Der Major empfindet Tommy als Bedrohung, also geht Tommy den Weg von Carter und Amy. Alles glatt und einfach. Morden ist leicht? Mein Gott, ja!

Doch jetzt kommen wir zu etwas Schwierigerem. Humbleby! Motiv? Sehr dunkel. Humbleby behandelte Frau Horton ursprünglich. Flößte ihm die Krankheit Bedenken ein, und beeinflußte Horton seine Frau dahin, den jüngeren, weniger mißtrauischen Arzt zu nehmen? Wenn ja, was machte aber Humbleby so lange nachher zu einer Gefahr? Schwierig, das ... Auch die Art seines Todes. Infizierter Finger. Läßt sich nicht gut mit dem Major in Verbindung bringen.

Fräulein Pinkerton? Das ist ganz gut möglich. Er hat ein Auto, ich habe es gesehen. Und er war nicht in Wychwood an dem Tag, angeblich beim Derby. Es könnte sein — ja. Ist Horton ein kaltblütiger Mörder? Ist er es? Wenn ich das wüßte! ...»

Luke starrte vor sich hin, die Stirn in nachdenklichen Falten zusammengezogen.

«Einer von ihnen ist es ... Ich glaube nicht, daß es Ellsworthy ist — aber es könnte sein! Er ist der Wahrscheinlichste! Thomas ist höchst unwahrscheinlich — bis auf die Art von Humblebys Tod. Diese Blutvergiftung deutet entschieden auf einen medizinischen Mörder! Es könnte Abbot sein — es sprechen zwar nicht soviel Dinge gegen ihn wie gegen die anderen — aber ich kann ihn mir irgendwie in der Rolle vorstellen ... Ja — er paßt hinein, wie die andern nicht. Horton könnte es auch sein. Von seiner Frau seit Jahren getreten, sich immer unbedeutend fühlen — ja, es könnte sein! Aber Fräulein Waynflete glaubt es nicht, und sie ist nicht dumm — und sie kennt die Leute hier ...

Wen hat sie nun in Verdacht, Abbot oder Thomas? Es muß einer dieser beiden sein ... Wenn ich sie direkt anginge — ‹Welcher von ihnen ist es?› Vielleicht würde ich es da von ihr herausbekommen.

Aber dennoch könnte sie auch dann unrecht haben. Es gibt

keine Art zu beweisen, daß sie recht hat — wie Fräulein Pinkerton sich als recht erwies. Mehr Beweise — das ist's, was ich brauche. Wenn es noch einen Fall gäbe — nur noch einen — dann wüßte ich — —»

Er hielt erschrocken inne.

«Mein Gott», sagte er halblaut. «Was ich verlange, ist noch ein Mord . . .»

Ungehöriges Benehmen eines Chauffeurs

Im Schankzimmer der «Sieben Sterne» trank Luke sein Maß und fühlte sich etwas verlegen. Seine geringste Bewegung wurde von dem Anstarren eines halben Dutzend Paar Augen verfolgt, und die Unterhaltung hatte bei seinem Eintritt aufgehört. Luke versuchte ein paar Bemerkungen von allgemeinem Interesse, wie die Ernte, das Wetter und die Fußballspiele, jedoch auf keine von ihnen erfolgte eine Antwort.

Er begann mit der Galanterie. Er erriet, daß das hübsche Mädchen hinter dem Schanktisch mit dem schwarzen Haar und den roten Wangen Fräulein Lucy Carter sein müsse.

Seine Avancen wurden freundlich aufgenommen: Fräulein Carter kicherte und sagte: «Ach, gehen Sie! Das sagen Sie sicher nur so!» und ähnliche Redensarten, doch war das offenbar nur mechanische Abwehr.

Da Luke sah, daß er durch längeres Bleiben nichts gewinnen würde, trank er sein Bier aus und ging. Er folgte dem Pfad den Fluß entlang, bis er zu einem Steg kam. Dort blieb er stehen und betrachtete ihn, als eine zittrige Stimme hinter ihm sagte:

«Ja, da ist es, Herr, wo der alte Harry hineingefallen ist.»

Luke wandte sich um und sah einen der Gasthausbesucher, der sich besonders unzugänglich für Gespräche gezeigt hatte. Jetzt fand er offenbar Genuß daran, sich als Führer in das Grausige zu betätigen.

«Ist in den Schlamm hineingefallen, ja», fuhr der alte Arbeiter fort. «Direkt in den Schlamm und drin steckengeblieben mit dem Kopf nach unten.»

«Merkwürdig, daß er hier hineingefallen ist», sagte Luke.

«Er war betrunken, das war er», sagte der Landmann nachsichtig.

«Ja, aber er muß diesen Weg schon doch oft betrunken gegangen sein.»

«Beinahe jede Nacht», sagte der andere. «War immer besoffen, der Harry.»

«Vielleicht hat ihn jemand hineingestoßen», sagte Luke, die Bemerkung wie beiläufig hinwerfend.

«Das wäre schon möglich», stimmte der Landmann zu. «Aber ich wüßte nicht, wer das hätte tun sollen», fügte er hinzu.

«Er hätte sich doch Feinde machen können; er hat doch ordentlich geschimpft, wenn er betrunken war, nicht?»

«Was er zusammenredete, war geradezu ein Vergnügen zu hören! Legte seine Worte nicht auf die Waagschale, der Harry! Aber niemand würde doch einen Mann, der betrunken ist, stoßen.»

Luke bestritt diese Behauptung nicht. Es wurde offenbar als höchst unbillig betrachtet, den Zustand eines Mannes, der betrunken war, zu mißbrauchen; der biedere Landbewohner schien bei dem Gedanken ganz entrüstet.

«Ja», sagte Luke bedauernd, «es war eine schlimme Sache.»

«Nicht so schlimm für seine Frau», sagte der Alte. «Ich glaube, sie und Lucy werden nicht traurig darüber sein.»

«Aber es mag andere Leute geben, die froh sind, daß er aus dem Weg ist.»

Der alte Mann schien nicht recht klar darüber.

«Mag sein», sagte er. «Aber er hat nichts bös gemeint, der Harry.»

Nach diesem Nachruf für den verstorbenen Herrn Carter trennten sie sich.

Luke wandte seine Schritte nach dem alten Haus, in dessen beiden Vorzimmern sich die Bibliothek befand. Luke ging nach hinten durch eine Tür, auf der Museum stand, und musterte Schaukasten um Schaukasten mit den nicht sehr begeisternden ausgestellten Dingen, römische Töpferarbeit und Münzen, einige Südsee-Merkwürdigkeiten, ein malaiischer Kopfputz. Verschiedene indische Gottheiten, «Geschenk von Major Horton», sowie ein großer, bösartig dreinsehender Buddha und ein Kasten voll zweifelhafter ägyptischer Glasperlen.

Luke ging wieder in die Halle hinaus. Niemand war dort zu sehen, er ging still die Treppen hinauf und kam in ein Zimmer voll Zeitschriften und Zeitungen und ein zweites mit wissenschaftlichen Werken.
Luke stieg einen Stock höher, da waren die Zimmer mit altem Kram angefüllt. Ausgestopfte Vögel, die aus dem Museum entfernt worden waren, da die Motten über sie gekommen waren, Stöße von zerrissenen Zeitschriften und Regale voll veralteter sogenannter «schöner» Literatur und Kinderbüchern.
Luke näherte sich dem Fenster. Hier mußte es gewesen sein, wo Tommy Pierce gesessen, sich vielleicht eins gepfiffen hatte und eine Fensterscheibe kräftig zu reiben begann, sobald er jemand kommen hörte.
Jemand war hereingekommen. Tommy hatte seinen Eifer bezeigt, auf dem Fensterbrett sitzend, zur Hälfte hinausgeneigt und fleißig putzend. Und dann war dieser Jemand zu ihm getreten und hatte ihm während des Plauderns einen plötzlichen kräftigen Stoß gegeben.
Luke wandte sich zum Gehen. Er ging die Treppe hinunter und blieb einen Augenblick in der Halle stehen. Niemand hatte ihn beim Hereinkommen bemerkt, niemand ihn hinaufgehen sehen.
«Jeder Mensch hätte es tun können!» sagte Luke. «Das Leichteste auf der Welt.»
Er hörte Schritte aus der Richtung der Bibliothek kommen. Da er unschuldig war und nichts dagegen hatte, wenn man ihn sah, konnte er bleiben, wo er war. Hätte er nicht gesehen werden wollen, wie leicht wäre er mit einem Schritt wieder im Museum gewesen!
Fräulein Waynflete kam aus der Bibliothek, einen kleinen Stoß Bücher unter dem Arm; sie zog eben ihre Handschuhe an und schien sich in ihrer Beschäftigung dort wohl zu fühlen. Als sie ihn sah, erhellten sich ihre Züge, und sie sagte:
«Oh, Herr Fitzwilliam, haben Sie unser Museum angeschaut? Ich fürchte, es ist eigentlich nicht sehr viel dort. Lord Whitfield sprach davon, uns einige wirklich interessante Ausstellungsstücke zu beschaffen.»
«Ah, wirklich?»
«Ja, etwas Modernes, wissen Sie, und Zeitgemäßes, so wie es

im Wissenschaftlichen Museum in London ist. Er meinte, das Modell eines Aeroplans und einer Lokomotive und auch etwas Chemisches.»

«Das würde etwas Abwechslung schaffen.»

«Ja, ich finde nicht, daß ein Museum sich nur mit der Vergangenheit befassen sollte, nicht wahr?»

«Vielleicht nicht.»

«Dann auch Nahrungsmittel — Kalorien und Vitamine — derlei Dinge. Lord Whitfield ist ganz versessen auf den ‹Kampf für die größere Tauglichkeit›.»

«Das sagte er mir neulich auch.»

«Das ist jetzt das größte Schlagwort, nicht wahr? Lord Whitfield erzählte mir von seinem Besuch im Wellerman-Institut — daß er so viele Keime und Kulturen von Bakterien gesehen habe — mir schauderte geradezu! Und er erzählte mir von Moskitos und der Schlafkrankheit und etwas von einer Leberbehandlung, was ich leider nicht recht verstand, es war zu schwer für mich.»

«Es war wahrscheinlich auch zu schwer für Lord Whitfield», sagte Luke heiter. «Ich möchte wetten, er hat es ganz mißverstanden! Sie haben einen viel klareren Kopf als er, Fräulein Waynflete.»

Fräulein Waynflete sagte gesetzt:

«Das ist sehr nett von Ihnen, Herr Fitzwilliam, aber ich fürchte, Frauen sind nie so tiefe Denker wie Männer.»

Luke unterdrückte den Wunsch, Lord Whitfields Gedankengänge einer abfälligen Kritik zu unterziehen. Statt dessen sagte er:

«Ich schaute wohl ins Museum, doch nachher ging ich hinauf, um einen Blick auf die oberen Fenster zu werfen.»

«Sie meinen, wo Tommy — —.» Fräulein Waynflete erschauerte. «Es ist wirklich gräßlich.»

«Ja, es ist keine schöne Vorstellung. Ich habe ungefähr eine Stunde mit Frau Church — Amys Tante — verbracht — keine angenehme Frau!»

«Gewiß nicht.»

«Ich mußte einen ziemlich scharfen Ton mit ihr anschlagen», sagte Luke. «Ich glaube, sie hält mich für eine Art höheren Polizeimann.»

Er hielt inne, als er eine plötzliche Veränderung in Fräulein Waynfletes Gesichtsausdruck wahrnahm.

«Oh, Herr Fitzwilliam, halten Sie das für angezeigt?»

Luke sagte:

«Ich weiß nicht, ich glaube, es war unvermeidlich. Die Geschichte vom Buch war schon recht fadenscheinig – mit der komme ich nicht viel weiter. Ich mußte Fragen stellen, die direkt auf die Sache losgingen.»

Fräulein Waynflete schüttelte den Kopf – der bekümmerte Ausdruck wich nicht von ihrem Gesicht.

«In einem Ort wie diesem hier, wissen Sie – spricht sich alles so schnell herum.»

«Sie meinen, daß, wenn ich über die Straße gehe, jeder sagen wird: ‹Da geht der Detektiv›? Ich glaube nicht, daß jetzt da noch etwas daran liegt. Tatsächlich erreiche ich vielleicht auf diese Art mehr.»

«Daran dachte ich nicht», es klang ein wenig atemlos. «Was ich meinte, war – er wird es erfahren, er wird sich klarwerden, daß Sie ihm auf der Spur sind.»

Luke sagte langsam:

«Das ist schon möglich.»

Fräulein Waynflete sagte:

«Aber sehen Sie denn nicht – das ist ja furchtbar gefährlich, furchtbar!»

«Sie meinen – –» Endlich begriff Luke: «Sie meinen, der Mörder wird es nun auf mich absehen?»

«Ja.»

«Komisch», sagte Luke. «Daran habe ich nicht gedacht! Ich glaube jedoch, Sie haben recht. Nun, das könnte eigentlich das Beste sein, was geschehen könnte.»

Fräulein Waynflete sagte ernst:

«Ich glaube, Sie sind sich nicht ganz klar, daß er – er ein sehr gescheiter Mann ist. Er ist auch vorsichtig! Und bedenken Sie, er hat eine Menge Erfahrung – vielleicht mehr, als wir ahnen.»

«Ja», sagte Luke nachdenklich. «Das ist wohl richtig.»

Fräulein Waynflete rief aus:

«Oh, es gefällt mir nicht! Es schreckt mich geradezu!»

Luke sagte sanft:

«Sie brauchen sich keine Sorgen zu machen; ich werde sehr

aufpassen, versichere ich Sie. Wissen Sie, ich habe den Kreis schon sehr eng gezogen. Ich habe wenigstens eine Ahnung, wer der Mörder sein kann.»
Sie blickte scharf auf.
Luke kam einen Schritt näher, er dämpfte seine Stimme zu einem Flüstern:
«Fräulein Waynflete, wenn ich Sie fragen würde, welchen von zwei Männern Sie für den wahrscheinlichsten hielten — Dr. Thomas oder Herrn Abbot — was würden Sie sagen?»
«Oh —», sagte Fräulein Waynflete. Ihre Hand preßte sich auf ihre Brust, sie trat zurück. Ihre Augen begegneten denen von Luke mit einem Ausdruck, den er nicht verstand. Sie zeigten Ungeduld und noch etwas anderes, das er nicht ganz begriff.
Sie sagte:
«Ich kann gar nichts sagen — —»
Sie wandte sich jäh ab mit einem merkwürdigen Laut — halb Seufzer, halb Schluchzen —.
Luke ergab sich drein.
«Gehen Sie nach Hause?» fragte er.
«Nein, ich war im Begriff, Frau Humbleby diese Bücher zu bringen; das liegt am Weg zum Herrenhaus. Wir könnten einen Teil des Weges miteinander gehen.»
«Das ist nett», sagte Luke.
Sie gingen die Stufen hinab und wandten sich zur Linken am Rand der Dorfwiese.
Luke schaute zurück auf die stattlichen Umrisse des Hauses, das sie eben verlassen hatten.
«Es muß ein wunderschönes Haus zur Zeit Ihres Vaters gewesen sein», sagte er.
Fräulein Waynflete seufzte.
«Ja, wir waren alle sehr glücklich dort. Ich bin so froh, daß es nicht niedergerissen wurde. So viele von den alten Häusern mußten fort.»
«Ich weiß. Es ist traurig.»
«Und die neuen sind wirklich nicht so gut gebaut.»
«Ich zweifle, ob sie so lange bestehen werden.»
«Aber die neuen sind natürlich bequem», sagte Fräulein Waynflete, «sie sparen Arbeit, es sind nicht so viele Gänge zu reiben.»

Luke stimmte zu.
Als sie bei Dr. Humblebys Tür angelangt waren, zögerte Fräulein Waynflete und sagte dann:
«So ein schöner Abend! Wenn es Ihnen recht ist, gehe ich noch ein Stückchen mit; die Luft tut mir gut.»
Etwas erstaunt drückte Luke höflich sein Vergnügen aus. Er hätte den Abend nicht gerade schön genannt, es blies ein starker Wind. Er dachte, ein Sturm könnte jeden Augenblick kommen.
Fräulein Waynflete jedoch ging an seiner Seite, ihren Hut mit einer Hand festhaltend, als bereite ihr der Spaziergang großes Vergnügen, und plauderte während des Gehens ein wenig atemlos.
Es war ein einsames Gäßchen, durch das sie gingen, denn der kürzeste Weg von Dr. Humblebys Haus zum Herrenhaus führte nicht über die Hauptstraße, sondern durch ein Seitengäßchen zu einem der hinteren Tore des Besitzes. Dieses Tor war nicht in dem reichverzierten Eisenwerk wie das andere ausgeführt, sondern hatte zwei stattliche Torpfeiler, auf denen zwei ungeheure rosafarbene Ananas ruhten. Warum gerade Ananas, das hatte Luke nicht herausbekommen können, aber er nahm an, daß für Lord Whitfield Ananas Vornehmheit und guten Geschmack bedeuteten.
Als sie sich dem Tor näherten, schlugen im Zorn erhöhte Stimmen an ihr Ohr. Einen Augenblick später erblickten sie Lord Whitfield einem jungen Mann im Chauffeuranzug gegenüber.
«Sie sind entlassen», schrie Lord Whitfield. «Hören Sie? Sie sind entlassen.»
«Wenn Mylord es das eine Mal nachsehen wollten.»
«Nein, ich will es nicht nachsehen! Mein Auto für sich zu benützen! *Mein* Auto – und was noch mehr ist, Sie haben ja getrunken – ja, leugnen Sie nicht! Ich habe es klargemacht, drei Dinge dulde ich nicht auf meinem Besitz – das eine ist Trunkenheit, das zweite ist Unmoral und das dritte ist Frechheit.»
Obwohl der Mann nicht tatsächlich betrunken war, hatte er genug getrunken, um sich die Zunge zu lösen. Seine Haltung wandelte sich.
«Das wollen Sie nicht und jenes wollen Sie nicht, Sie alter

Bastard! Ihr Besitz! Glauben Sie, wir wissen nicht alle, daß Ihr Vater hier einen Schuhladen hatte? Es ist ja zum Kranklachen, wahrhaftig, Sie wie den Hahn am Mist herumstolzieren zu sehen! Wer sind Sie denn, möchte ich wissen? Sie sind nichts Besseres als ich – das sind Sie!»

Lord Whitfield wurde purpurrot.

«Wie dürfen Sie es wagen, so zu mir zu sprechen? Wie wagen Sie es?»

Der junge Mann trat drohend einen Schritt vor.

«Wenn Sie nicht so ein elendes, dickbäuchiges kleines Schwein wären, würde ich Ihnen eine versetzen, daß Sie genug hätten!»

Lord Whitfield wich eilig um einen Schritt zurück, stolperte über eine Wurzel und setzte sich etwas plötzlich auf den Boden.

Luke war herangekommen.

«Fahren Sie ab», sagte er barsch zu dem Chauffeur.

Der letztere kam zu sich; er sah erschrocken aus.

«Verzeihen Sie, Herr. Ich weiß nicht, was über mich gekommen ist, wirklich!»

«Ein paar Gläser zuviel, möchte ich sagen», sagte Luke.

Er half Lord Whitfield auf die Beine.

«Ich – ich bitte um Verzeihung, Mylord», stammelte der Mann.

«Das wird Ihnen noch leid tun, Rivers», sagte Lord Whitfield. Seine Stimme zitterte vor Erregung.

Der Mann zögerte noch einen Augenblick, dann ging er langsam fort.

Lord Whitfield brach aus.

«Ungeheure Frechheit! Mir das! Zu mir so zu reden! Dem Mann wird etwas Ernstliches passieren! Keinen Respekt – keinen Begriff seiner Stellung. Wenn ich denke, was ich für diese Leute tue – gute Löhne – größte Behaglichkeit – eine Pension, wenn sie sich zurückziehen. Die Undankbarkeit – die gemeine Undankbarkeit ...»

Er erstickte fast an seiner Erregung, dann bemerkte er Fräulein Waynflete, die schweigend dastand.

«Sind Sie es, Honoria? Ich bin außer mir, daß Sie so eine scheußliche Szene mit ansehen mußten. Die Sprache dieses Menschen – –»

«Ich fürchte, er war nicht ganz bei sich, Lord Whitfield», sagte Fräulein Waynflete gemessen.

«Er war betrunken, das war er, betrunken!»
«Ein wenig angeheitert», sagte Luke.
«Wissen Sie, was er getan hat?» Lord Whitfield schaute von einem zum andern. «Hat mein Auto ausgeführt — *mein* Auto! Dachte, ich würde nicht so bald zurück sein. Bridget fuhr mich im Zweisitzer nach Lyne. Und dieser Bursche hatte die Frechheit, ein Mädel — Lucy Carter, glaube ich — in meinem Wagen auszuführen!»
Fräulein Waynflete sagte sanft:
«Eine höchst ungehörige Sache.»
Lord Whitfield schien etwas getröstet.
«Ja, nicht wahr?»
«Aber ich bin sicher, er wird es bedauern.»
«Dafür werde ich sorgen!»
«Sie haben ihn entlassen», bemerkte Fräulein Waynflete.
Lord Whitfield schüttelte den Kopf.
«Er wird ein schlechtes Ende nehmen, der Bursche.»
Er warf die Schultern zurück.
«Kommen Sie mit ins Haus, Honoria, und trinken Sie ein Glas Sherry.»
«Danke, Lord Whitfield, aber ich muß zu Frau Humbleby mit diesen Büchern. Gute Nacht, Herr Fitzwilliam. Jetzt wird Ihnen nichts mehr geschehen.»
Sie nickte ihm lächelnd zu und ging rasch fort. Es ähnelte so sehr der Haltung einer Kinderfrau, die ein Kind bei einer Kindergesellschaft abliefert, daß Luke, bei dem Gedanken, der ihm plötzlich kam, fast der Atem stockte. War es möglich, daß Fräulein Waynflete ihn bloß begleitet hatte, um ihn zu schützen? Die Idee schien lächerlich, aber — —.
Lord Whitfields Stimme unterbrach seine Grübeleien.
«Sehr tüchtiges Frauenzimmer, Honoria Waynflete.»
«Sehr, das glaube ich auch.»
Lord Whitfield ging auf das Haus zu. Er bewegte sich etwas steif, und seine Hand fing an, seine Rückseite sanft zu reiben.
Plötzlich kicherte er.
«Ich war einmal mit Honoria verlobt — vor Jahren. Sie war ein nettes Mädchen — nicht so hager wie heute. Jetzt kommt es mir komisch vor. Ihre Leute waren die Vornehmsten im Ort.»

«Ja.»
Lord Whitfield redete weiter:
«Der alte Oberst Waynflete war der Gottsoberste. Man mußte rasch herauskommen und höflich grüßen. Er war aus der alten Schule und hochmütig wie Luzifer.» Er kicherte wieder.
«Da war der Teufel los, als Honoria erklärte, sie wolle mich heiraten. Sie nannte sich eine Radikale, war sehr ernst, wollte die Klassenunterschiede aufgehoben sehen. Sie war ein ernsthaftes Mädchen.»
«Also hat die Familie dem Roman ein Ende gemacht?»
Lord Whitfield rieb sich die Nase.
«Nun – eigentlich nicht. Tatsache ist, wir hatten einen Krach wegen etwas. Einen dummen Kanarienvogel hatte sie – einen von der Sorte, die ewig schmettern – ich mag sie nicht – schlimme Geschichte – Hals umgedreht. Nun – nützt nichts, jetzt darüber zu reden. Vergessen wir's.»
Er schüttelte die Schultern wie ein Mensch, der eine unangenehme Erinnerung abschütteln will.
Dann stieß er mit einem Ruck hervor:
«Glaube nicht, daß sie mir je verziehen hat. Nun, vielleicht ist es nur natürlich ...»
«Ich glaube, sie hat Ihnen schon verziehen», sagte Luke.
Lord Whitfields Gesicht erhellte sich.
«Glauben Sie? Das freut mich. Wissen Sie, ich achte Honoria. Eine tüchtige Frau und eine Dame! Das zählt sogar in diesen Tagen noch immer. Sie leitet die Bibliothek ausgezeichnet.»
Er sah auf, und seine Stimme bekam einen anderen Klang.
«Hallo», sagte er. «Da kommt Bridget.»
Lukes Muskeln strafften sich, als Bridget sich näherte.
Seit dem Tag der Tennispartie hatte er kein Wort mit ihr allein gesprochen. In stillschweigendem Übereinkommen hatten sie sich gemieden. Er warf jetzt einen verstohlenen Blick auf sie.
Sie sah aufreizend ruhig, kühl und gleichgültig aus.
Sie sagte leichthin:
«Ich fing an, mir den Kopf zu zerbrechen, was aus dir geworden sein könnte, Gordon.»
Lord Whitfield brummte:
«Ich hatte einen Krach mit dem Kerl, dem Rivers, der die Frechheit hatte, den Rolls heute nachmittag auszuführen.»

«Lèse-majesté», sagte Bridget.
«Es nützt nichts, einen Spaß darüber zu machen, Bridget. Die Sache ist ernst. Er hat ein Mädel ausgeführt.»
«Ich vermute, es hätte ihm kaum Vergnügen gemacht, feierlich allein auszufahren!»
Lord Whitfield richtete sich in die Höhe.
«Auf meinem Besitz will ich anständiges, moralisches Benehmen haben.»
«Es ist nicht direkt unmoralisch, ein Mädel auf eine Fahrt mitzunehmen.»
«Doch, wenn es mein Wagen ist.»
«Das ist natürlich ärger als Unmoral! Es ist geradezu Blasphemie. Aber du kannst das Liebesleben nicht gänzlich ausschalten. Gordon. Es ist Vollmond und Johannisnacht.»
«Ah, wirklich?» sagte Luke.
Bridget warf ihm einen Blick zu.
«Das scheint Sie zu interessieren?»
«Gewiß.»
Bridget wandte sich wieder an Lord Whitfield.
«Drei außergewöhnliche Leute sind in der ‹Scheckigen Glocke› angekommen; erstens ein Mann in Kniehosen, Brille und einem wundervollen pflaumenfarbenen Hemd! Zweitens ein weibliches Wesen ohne Augenbrauen, bekleidet mit einem Peplum, einem Pfund unechter ägyptischer Glasperlen und Sandalen. Drittens ein fetter Mann in einem lavendelblauen Anzug und dazu passenden Schuhen. Ich habe sie im Verdacht, Freunde unseres Herrn Ellsworthy zu sein! Der Plauderer aus der Gesellschaft sagt: ‹Es wird geflüstert, daß es heute abend auf der Hexenwiese hoch hergehen wird›.»
Lord Whitfield wurde purpurrot und sagte:
«Ich will das nicht haben!»
«Du kannst nichts dagegen tun, Liebling. Die Hexenwiese ist öffentliches Gebiet.»
«Ich werde diesen irreligiösen Hokuspokus hier nicht dulden! Ich werde ihn im ‹Skandal› bloßstellen.» Er machte eine Pause und sagte dann: «Erinnere mich, daß ich es mir notiere und mit Siddeley davon spreche. Ich muß morgen in die Stadt.»
«Lord Whitfields Feldzug gegen Hexerei», sagte Bridget vorlaut. «Mittelalterlicher Aberglauben in stillem Landstädtchen.»

Lord Whitfield starrte sie verständnislos und stirnrunzelnd an, dann wandte er sich und ging ins Haus.
Luke sagte freundlich:
«Sie müssen Ihre Rolle besser spielen als eben jetzt, Bridget!»
«Wie meinen Sie das?»
«Es wäre schade, wenn Sie Ihre Stelle verlieren würden! Jene hunderttausend haben Sie noch nicht und auch nicht die Diamanten und Perlen. Ich würde bis nach der Trauung mit der Ausübung Ihrer sarkastischen Talente warten, wenn ich Sie wäre.»
Ihr Blick begegnete dem seinen kühl.
«Sie sind so aufmerksam, lieber Luke. Es ist sehr freundlich von Ihnen, sich meine Zukunft so angelegen sein zu lassen!»
«Freundlichkeit und Rücksicht sind von jeher meine starken Seiten gewesen.»
«Ich hatte es nicht bemerkt.»
«Nicht? Das überrascht mich.»
Bridget riß ein Blatt vom nächsten Strauch ab. Sie sagte:
«Was haben Sie heute gemacht?»
«Die gewöhnliche Spürarbeit.»
«Resultate?»
«Ja und nein, wie die Politiker sagen. Apropos, haben Sie Werkzeuge im Haus?»
«Vermutlich. Was für eine Art Werkzeuge?»
«Ach, irgend etwas Handliches. Vielleicht könnte ich sie mir ansehen.»
Zehn Minuten nachher hatte Luke seine Wahl getroffen.
«Diese paar Stücke genügen mir vollkommen», sagte er, auf die Tasche klopfend, in die er sie gesteckt hatte.
«Wollen Sie ein bißchen einbrechen gehen?»
«Mag sein.»
«Sie sind sehr wenig mitteilsam diesbezüglich.»
«Nun, schließlich ist die Situation voll Schwierigkeiten. Ich bin in einer verteufelten Lage. Nach unserer kleinen Unterhaltung am Sonnabend sollte ich eigentlich von hier abfahren.»
«Um sich als vollendeter Gentleman zu erweisen, gewiß.»
«Aber da ich überzeugt bin, daß ich einem mörderischen Irren ziemlich scharf auf der Spur bin, bin ich mehr oder weniger gezwungen zu bleiben. Wenn Ihnen ein wahrscheinlicher

Grund einfällt, daß ich hier ausziehen und mich in der ‹Scheckigen Glocke› einquartieren könnte, sagen Sie mir ihn um Himmels willen.»

Bridget schüttelte den Kopf.

«Das ist nicht durchführbar — wo Sie mein Vetter sind und so weiter. Außerdem ist der Gasthof voll von Freunden von Herrn Ellsworthy; sie haben nur drei Gastzimmer.»

«Also muß ich bleiben, so peinlich Ihnen das auch sein mag.»

Bridget lächelte ihn süß an.

«Durchaus nicht. Ich kann ein paar Skalpe immer brauchen.»

«Das», sagte Luke anerkennend, «war ein besonders dreckiger Hieb. Was ich an Ihnen so bewundere, Bridget, ist, daß Sie so gut wie gar keine gütigen Instinke haben. Na, schön. Der abgewiesene Freier wird sich jetzt zum Essen umkleiden.»

Der Abend verging ergebnislos. Luke stieg sichtlich in Lord Whitfields Gunst durch das scheinbar tiefe Interesse, mit dem er dessen üblichem nächtlichen Vortrag lauschte.

Als sie in den Salon kamen, sagte Bridget:

«Ihr Männer seid lange ausgeblieben.»

Luke erwiderte:

«Lord Whitfield erzählte so interessant, daß die Zeit im Nu verging. Er erzählte mir, wie er sein erstes Blatt gründete.»

Frau Anstruther sagte:

«Diese neuen kleinen Obstbäume in Töpfen sind geradezu wunderbar, glaube ich. Man sollte sie der Terrasse entlang setzen, Gordon.»

Die Unterhaltung bewegte sich dann im normalen Geleise.

Luke zog sich frühzeitig zurück.

Er ging jedoch nicht zu Bett. Er hatte andere Pläne.

Es schlug eben zwölf, als er die Treppen lautlos in Tennisschuhen hinunterging und durch ein Fenster in der Bibliothek das Haus verließ.

Der Wind blies noch in heftigen Stößen, nur durch kurze Pausen unterbrochen. Wolken flogen über den Himmel und verbargen zeitweilig den Mond, so daß Dunkelheit mit hellem Mondlicht abwechselte.

Luke ging auf einem Umweg zu Herrn Ellsworthys Haus. Er beabsichtigte, eine kleine Untersuchung anzustellen. Er war ziemlich sicher, daß Herr Ellsworthy und seine Freunde gerade an diesem Tag auswärts sein würden. Die Johannisnacht, dachte Luke, würde sicherlich durch irgendein Zeremoniell gefeiert werden. Während dieses im Gang war, ergab sich eine gute Gelegenheit, Herrn Ellsworthys Haus zu durchsuchen.

Er kletterte über ein paar Mauern, ging zur Rückseite des Hauses und wählte aus den mitgebrachten Werkzeugen ein passendes aus. Das Fenster des Abwaschraumes erwies sich als zugänglich; nach ein paar Minuten hatte er den Riegel zurück- und das Fenster hinausgeschoben, worauf er einstieg.

Er hatte eine Taschenlampe bei sich und benützte sie sparsam — nur hie und da ein Aufleuchten, um ihm den Weg zu weisen und zu vermeiden, irgendwo anzustoßen.

In einer Viertelstunde hatte er festgestellt, daß das Haus leer war; der Besitzer war fort, irgendwo mit seinen eigenen Angelegenheiten beschäftigt.

Luke lächelte befriedigt und machte sich an seine Aufgabe.

Er stellte eine gründliche Untersuchung jedes Winkels an. In einer versperrten Lade unter ein paar harmlosen Aquarellskizzen kam er auf ein paar künstlerische Versuche, die ihm einen langen Pfiff entlockten. Herrn Ellsworthys Korrespondenz verriet nichts Ungewöhnliches, aber einige Bücher — die er hinten in einem Schrank versteckt fand — lohnten seine Mühe.

Außer diesen erntete Luke drei magere, aber vielsagende Posten. Der erste war eine mit Bleistift hingekritzelte Notiz in einem kleinen Notizbuch: «Mit Tommy Pierce Ordnung machen» — mit dem Datum zwei Tage vor seinem Tod. Der zweite war eine Bleistiftskizze von Amy Gibbs mit einem roten Kreuz wütend über das Gesicht gezogen. Der dritte war eine Flasche Hustensaft. Keines dieser Dinge ließ einen sicheren Schluß zu, jedoch alle zusammengenommen konnten als ermutigend gelten.

Luke war eben dabei, Ordnung zu machen, die Dinge auf ihren Platz zurückzustellen, als er sich plötzlich straffte und seine Taschenlampe abdrehte.

Er hatte gehört, wie ein Schlüssel in das Schloß einer Seitentür gesteckt wurde.

Er schlich zur Tür des Zimmers, in dem er sich befand, und schaute bei einem Spalt hinaus. Er hoffte, daß Ellsworthy, wenn er es war, direkt hinaufgehen würde.

Die Seitentür öffnete sich, und Ellsworthy trat ein, gleichzeitig das Licht in der Halle einschaltend.
Während er durch die Halle ging, sah Luke sein Gesicht, und der Atem stockte ihm beinahe.
Er war kaum zu erkennen; auf den Lippen stand Schaum, die Augen leuchteten frohlockend in einem seltsam irren Glanz, während er mit kleinen Tanzschritten durch die Halle stolzierte.
Doch, was Luke fast den Atem raubte, war der Anblick von Ellsworthys Händen; sie waren voll rostbrauner Flecken – die Farbe getrockneten Blutes ...
Er verschwand die Treppe hinauf; gleich darauf erlosch das Licht.
Luke wartete noch ein Weilchen, dann schlich er vorsichtig in die Halle hinaus, in den Abwaschraum und stieg beim Fenster wieder hinaus. Er blickte auf das Haus hinauf, jedoch es blieb dunkel und still.
Er atmete tief.
«Mein Gott», sagte er, «der Kerl ist wirklich verrückt! Was mag er nur angestellt haben? Ich möchte schwören, daß das Blut auf seinen Händen war!»
Er ging um den Ort herum und kehrte auf diesem Umweg ins Herrenhaus zurück. Als er eben in das Seitengäßchen einbog, rauschte es in den Blättern, er wandte sich rasch um.
«Wer ist da?»
Aus dem Schatten eines Baumes trat eine hohe Gestalt, in einen dunklen Mantel gehüllt. Es sah so unheimlich aus, daß Luke seinen Herzschlag aussetzen fühlte; dann erkannte er das lange, blasse Gesicht unter der Kapuze.
«Bridget? Wie Sie mich erschreckt haben!»
Sie sagte scharf:
«Wo sind Sie gewesen? Ich sah Sie ausgehen.»
«Und sind mir gefolgt?»
«Nein, Sie waren schon zu weit. Ich habe auf Sie gewartet.»
«Das war eine verfluchte Dummheit», brummte Luke.
Sie wiederholte ungeduldig ihre Frage.
«Wo sind Sie gewesen?»
Luke sagte heiter:
«Unserem Herrn Ellsworthy nachspüren!»

Bridget atmete rasch.
«Haben Sie — etwas gefunden?»
«Ich weiß nicht. Ich habe etwas mehr über das Schwein erfahren — seinen pornographischen Geschmack und so weiter, und drei Dinge, die einem zu denken geben.»
Sie hörte aufmerksam zu, während er das Ergebnis seiner Suche berichtete.
«Es sind natürlich nur sehr schwache Beweisstücke», schloß er. «Aber, Bridget, gerade als ich fortgehen wollte, kam Ellsworthy zurück. Und ich sage Ihnen — der Mann ist total verrückt!»
«Glauben Sie wirklich?»
«Ich sah sein Gesicht — es war — unbeschreiblich! Gott weiß, was er getan hatte! Er war in einem Delirium wilder Erregung. Und seine Hände waren befleckt — ich könnte schwören — mit Blut.»
Bridget erschauerte.
«Gräßlich . . .», murmelte sie.
Luke sagte gereizt:
«Sie hätten nicht allein ausgehen sollen, Bridget. Es war direkter Wahnsinn. Jemand hätte Ihnen einen Schlag auf den Kopf versetzen können!»
Sie lachte unsicher.
«Dasselbe ließe sich auf Sie anwenden, mein Lieber.»
«Ich kann schon auf mich schauen.»
«Ich kann auch recht gut auf mich achtgeben. Hartgesotten, meine ich, würden Sie mich nennen.»
Ein scharfer Windstoß kam. Luke sagte plötzlich:
«Nehmen Sie die Kapuze da fort.»
«Warum?»
Mit einer unerwarteten Bewegung haschte er nach ihrem Mantel und riß ihn herab. Der Wind verfing sich in ihrem Haar und blies es in einer geraden Linie von ihrem Kopf weg. Sie starrte ihn raschatmend an.
Luke sagte:
«Sie sind entschieden unvollständig ohne einen Besen, Bridget. So sah ich Sie zum erstenmal.» Er starrte sie noch eine Minute an und bemerkte: «Sie sind ein grausamer Teufel.»
Mit einem heftig ungeduldigen Seufzer warf er ihr den Mantel wieder zu.

«Da – nehmen Sie ihn um. Gehen wir nach Hause.»
«Warten Sie ...»
«Warum?»
Sie trat an ihn heran. Sie sprach mit leiser, atemloser Stimme. «Weil ich Ihnen etwas zu sagen habe – das ist auch teilweise, warum ich auf Sie gewartet habe – hier draußen vor dem Haus. Ich will es Ihnen jetzt sagen – bevor wir hineingehen – in Gordons Haus ...»
«Nun?»
Sie lachte kurz auf – etwas bitter klang es.
«Oh, es ist ganz einfach. Sie gewinnen, Luke, das ist alles!»
Er sagte heftig:
«Was meinen Sie damit?»
«Ich meine, daß ich die Idee, Lady Whitfield zu werden, aufgegeben habe.»
Er trat einen Schritt näher.
«Ist das wahr?» fragte er.
«Ja, Luke.»
«Du wirst mich heiraten?»
«Ja.»
«Warum? möchte ich wissen.»
«Ich weiß es nicht. Du sagst so scheußliche Dinge zu mir – und ich glaube, ich höre sie gern ...»
Er nahm sie in die Arme und küßte sie. Er sagte:
«Es ist eine verrückte Welt!»
«Bist du glücklich, Luke?»
«Nicht besonders.»
«Glaubst du, daß du je mit mir glücklich sein wirst?»
«Ich weiß es nicht. Ich will es riskieren.»
«Ja – das fühle ich auch ...»
Er schob seinen Arm unter den ihren.
«Wir sind ein wenig sonderbar in alldem, mein Süßes. Komm! Vielleicht werden wir morgen früh normaler sein.»
«Ja – es ist etwas erschreckend, wie die Dinge einem geschehen ...» Sie schaute hinunter und riß an seinem Arm. «Luke – Luke – was ist denn das ...»
Der Mond war aus den Wolken herausgetreten. Luke blickte hinunter, wo Bridgets Schuh vor einer zusammengesunkenen Masse zurückgebebt war.

Mit einem erschrockenen Ausruf machte er seinen Arm frei und kniete nieder. Er schaute von dem formlosen Haufen zu dem Torpfeiler hinauf. Die Ananas war fort.
Endlich erhob er sich. Bridget stand, beide Hände auf ihren Mund gepreßt.
Er sagte:
«Es ist der Chauffeur — Rivers. Er ist tot . . .»
«Dieses scheußliche steinerne Ding — es war schon einige Zeit locker — der Wind hat es wahrscheinlich heruntergeweht?»
Luke schüttelte den Kopf.
«Der Wind könnte so etwas nicht machen. Oh! So soll es ausschauen — das soll es sein — wieder ein Unfall! Aber das ist ein Schwindel. Es ist wieder der Mörder . . .»
«Nein — nein, Luke — —»
«Ich sage dir, es ist so. Weißt du, was ich an seinem Hinterkopf gespürt habe — zusammen mit dem Klebrigen — Sandkörner! Hier herum ist kein Sand. Ich sag' dir, Bridget, jemand hat hier gestanden und ihn erschlagen, als er durch das Tor zurück in sein Häuschen wollte. Dann wurde er niedergelegt und diese Ananas auf ihn gerollt.»
Bridget sagte schwach:
«Luke — es ist Blut — auf deinen Händen . . .»
Luke sagte grimmig:
«Es war Blut auf den Händen von jemand anderem. Weißt du, was ich noch heute nachmittag dachte — daß, wenn es noch ein Verbrechen gäbe, wir sicherlich wüßten . . . Und wir wissen es jetzt! Ellsworthy! Er war heute abend aus und kam mit Blut auf den Händen hüpfend und tanzend und verrückt zurück — trunken mit dem frohlockenden Rausch des mörderischen Irren . . .»
Auf den Toten hinabsehend, erschauerte Bridget und sagte mit leiser Stimme:
«Armer Rivers . . .»
Luke sagte mitleidig:
«Ja, armer Kerl! Es ist verdammtes Pech. Aber das wird der letzte sein, Bridget! Nun, da wir es wissen, werden wir ihn kriegen!»
Er sah sie schwanken und mit zwei Schritten hatte er sie in seinen Armen aufgefangen.

Sie flüsterte mit schwacher, kindlicher Stimme:
«Luke, ich fürchte mich . . .»
Er sagte: «Es ist alles vorüber, Liebling. Alles ist vorüber . . .»
Sie murmelte:
«Sei gut zu mir, bitte! Mir ist soviel Weh geschehen.»
«Wir haben einander wehgetan, das wollen wir nicht mehr tun.»

Lord Whitfield redet

Dr. Thomas starrte über seinen Schreibtisch hinweg Luke an.
«Merkwürdig», sagte er. «Höchst merkwürdig! Sie meinen das wirklich im Ernst, Herr Fitzwilliam?»
«Absolut. Ich bin überzeugt davon, daß Ellsworthy ein gefährlicher Irrer ist.»
«Ich habe dem Mann keine besondere Aufmerksamkeit geschenkt. Ich gebe jedoch zu, daß er möglicherweise einen anormalen Typus repräsentiert.»
«Ich gehe bedeutend weiter», sagte Luke grimmig.
«Sie glauben ernstlich, daß dieser Rivers ermordet wurde?»
«Jawohl. Sie haben die Sandkörner in der Wunde bemerkt?»
Dr. Thomas nickte.
«Nach Ihrer Mitteilung habe ich danach Ausschau gehalten und muß konstatieren, daß Sie recht hatten.»
«Das macht es doch klar, nicht, daß der Unfall vorgetäuscht und der Mann durch einen Schlag mit einem Sandsack getötet wurde — oder wenigstens betäubt.»
«Nicht unbedingt.»
«Wie meinen Sie das?»
Dr. Thomas lehnte sich zurück und legte die Fingerspitzen gegeneinander.
«Nehmen wir an, daß dieser Rivers unter Tags in einer Sandgrube lag — es gibt in der Gegend mehrere —, das würde die Sandkörner in seinem Haar erklären.»
«Mann, ich sage Ihnen, er wurde ermordet!»
«Sie können es mir sagen», sagte Dr. Thomas trocken, «aber das macht es noch nicht zur Tatsache.»
Luke beherrschte seine Erbitterung.

«Sie glauben vermutlich nicht ein Wort von dem, was ich Ihnen erzählte?»

Dr. Thomas lächelte, ein freundliches, überlegenes Lächeln.

«Sie müssen zugeben, Herr Fitzwilliam, daß es eine phantastische Geschichte ist. Sie behaupten, daß dieser Ellsworthy ein Dienstmädchen, einen kleinen Jungen, einen betrunkenen Wirt, meinen Kollegen und schließlich diesen Mann, den Rivers, getötet hat!»

«Sie glauben es nicht?»

Dr. Thomas zuckte mit den Achseln.

«Dr. Humblebys Fall ist mir einigermaßen bekannt und es scheint mir ganz außer Frage zu sein, daß Ellsworthy seinen Tod verursacht haben könnte; ich sehe auch nicht ein, daß Sie irgendwelche Beweise dafür beibringen könnten.»

«Ich weiß nicht, wie er es gemacht hat», gestand Luke, «aber es hängt alles mit Fräulein Pinkertons Geschichte zusammen.»

«Da behaupten Sie wieder, daß Ellsworthy ihr nach London gefolgt ist und sie mit dem Auto überfahren hat. Und Sie haben wieder nicht den Schatten eines Beweises, daß das geschehen ist! Das sind alles – nun – Phantasien!»

Luke sagte scharf:

«Nun, wo ich weiß, wo ich stehe, wird es meine Sache sein, Beweise zu beschaffen. Ich fahre morgen nach London, um mit einem alten Freund zu reden. Ich habe vor zwei Tagen in der Zeitung gelesen, daß er Hilfskommissär bei der Polizei geworden ist. Er kennt mich und wird mich anhören. Eins bin ich sicher, er wird eine gründliche Untersuchung der ganzen Sache anordnen.»

Dr. Thomas strich sich nachdenklich das Kinn.

«Nun – das müßte Sie ja zufriedenstellen. Wenn es sich herausstellt, daß Sie sich geirrt haben — —»

Luke unterbrach ihn.

«Sie glauben wirklich kein Wort von alldem?»

«Über Mord en gros?» Dr. Thomas hob die Augenbrauen. «Offen gestanden, Herr Fitzwilliam, nein. Die Sache ist zu phantastisch.»

«Phantastisch vielleicht, aber sie ist zusammenhängend, das müssen Sie zugeben, sobald Sie Fräulein Pinkertons Geschichte als wahr annehmen.»

Dr. Thomas schüttelte den Kopf, ein leichtes Lächeln trat auf seine Lippen.
«Wenn Sie einige von diesen alten Jungfern so gut kennen würden wie ich!» murmelte er.
Luke erhob sich, bemüht, seinen Ärger zu beherrschen.
«Jedenfalls sind Sie treffend benannt worden», sagte er. «Ein ungläubiger Thomas, wenn es je einen gab!»
Thomas erwiderte gutgelaunt:
«Bringen Sie mir ein paar Beweise, mein Lieber, mehr verlange ich nicht. Nicht nur eine lange melodramatische Erzählung, begründet mit dem, was eine alte Dame sich einbildete gesehen zu haben!»
«Was alte Damen sich einbilden zu sehen, ist sehr oft richtig. Meine Tante Mildred war geradezu unheimlich! Haben Sie selbst Tanten, Thomas?»
«Nein.»
«Ein Versehen!» sagte Luke. «Jedermann sollte Tanten haben. Sie bezeugen den Triumph des Erratens über die Logik. Tanten ist es vorbehalten, zu wissen, daß Herr A. ein Schurke ist, weil er einem unehrlichen Diener ähnlich schaut, den sie einmal hatten. Andere Leute sagen vernünftigerweise, daß ein achtbarer Herr wie Herr A. kein Gauner sein kann. Und die alten Damen behalten jedesmal recht.»
Dr. Thomas lächelte wieder sein überlegenes Lächeln.
Luke fühlte, wie seine Erbitterung wieder stieg, und sagte:
«Wissen Sie nicht, daß ich auch ein Polizeimann bin? Ich bin nicht ein vollständiger Dilettant!»
Dr. Thomas lächelte und murmelte: «In Mayang!»
«Verbrechen ist Verbrechen auch in Mayang.»
«Natürlich – natürlich.»
Luke verließ das Ordinationszimmer von Dr. Thomas in einem Zustand unterdrückter Gereiztheit.
Er traf Bridget, die sagte:
«Nun, wie ist es gegangen?»
«Er glaubte mir nicht», sagte Luke. «Was einen, wenn man sich's recht überlegt, kaum überraschen kann. Es ist ja eine tolle Geschichte ohne Beweise. Dr. Thomas gehört entschieden nicht zu den Menschen, die schon vor dem Frühstück sechs unmögliche Sachen glauben!»

«Wird dir überhaupt jemand glauben?»
«Wahrscheinlich nicht, aber wenn ich morgen den alten Billy Bones erwische, werden die Räder sich in Bewegung setzen. Es wird unserem langhaarigen Freund Ellsworthy nachgeforscht werden und am Ende wird man schon zu einem Resultat kommen.»
Bridget sagte nachdenklich:
«Wir zeigen aber da unsere Karten ziemlich offen, nicht!»
«Wir müssen es tun. Wir können es einfach nicht zu noch mehr Morden kommen lassen.»
Bridget schauerte.
«Gib um Gottes willen acht, Luke!»
«Ich gebe schon acht. Gehe Torpfeilern mit Ananas obendrauf nicht in die Nähe; vermeide am Abend den einsamen Wald, passe auf, was ich esse und trinke. Ich kenne das alles.»
«Es ist schrecklich zu fühlen, daß du ein Gezeichneter bist.»
«Solang nur du, mein Süßes, nicht eine Gezeichnete bist!»
«Vielleicht bin ich es.»
«Ich glaube nicht. Doch ich beabsichtige nicht, etwas zu riskieren! Ich wache über dich wie ein guter alter Schutzengel!»
«Würde es etwas nützen, der Polizei hier etwas zu sagen?»
Luke überlegte.
«Nein, ich glaube nicht – es ist besser, direkt nach Scotland Yard zu gehen.»
Bridget murmelte:
«Das dachte Fräulein Pinkerton auch.»
«Ja, aber ich werde auf der Hut sein.»
Bridget sagte:
«Ich weiß, was ich morgen tue. Ich werde Gordon in den Laden von dem Kerl schleppen und ihn veranlassen, etwas zu kaufen.»
«Um dadurch sicherzugehen, daß unser Herr Ellsworthy nicht auf den Stufen von Whitehall auf der Lauer nach mir liegt?»
«So ist es gedacht.»
Luke sagte mit leichter Verlegenheit: «Wegen Whitfield –.»
Bridget fiel ihm ins Wort:
«Lassen wir es, bis du morgen zurückkommst. Dann werde ich eine Aussprache haben.»
«Wird er sehr niedergeschlagen sein, glaubst du?»

«Nun ——.» Bridget überlegte die Frage. «Er wird ärgerlich sein.»
«Ärgerlich? Ihr Götter! Ist das nicht etwas schwach ausgedrückt?»
«Nein. Denn weißt du, Gordon mag nicht ärgerlich sein, es bringt ihn aus der Fassung.»
Luke sagte ernst: «Es ist mir recht unbehaglich bei alldem.»
Dieses Gefühl beherrschte ihn vor allem, als er sich an dem Abend bereit machte, zum zwanzigsten Male Lord Whitfield über das Thema Lord Whitfield sprechen zu hören. Es war, gab er zu, ein schäbiger Streich, Gast eines Mannes zu sein und ihm die Braut zu stehlen. Er hatte jedoch das Gefühl dabei, daß ein dickbäuchiger, prahlerisch daherstolzierender Einfaltspinsel wie der kleine Lord Whitfield sich nie um Bridget hätte bewerben dürfen!
Sein Gewissen bedrückte ihn jedoch so weit, daß er mit besonders inbrünstiger Aufmerksamkeit lauschte und infolgedessen bei seinem Gastgeber einen äußerst günstigen Eindruck hervorrief.
Lord Whitfield war diesen Abend besonders guter Laune. Der Tod seines einstigen Chauffeurs schien ihn eher befriedigt als betrübt zu haben.
«Ich habe Ihnen gesagt, der Bursche würde ein schlechtes Ende nehmen», triumphierte er, ein Glas Portwein zum Licht haltend und hindurchschielend. «Hab' ich's Ihnen nicht gestern abend gesagt?»
«Ja, gewiß.»
«Und Sie sehen, daß ich recht hatte! Es ist erstaunlich, wie oft ich recht habe!»
«Das muß wundervoll für Sie sein», sagte Luke.
«Ich habe immer ein wundervolles Leben gehabt – ja, ein wundervolles Leben! Mein Lebensweg wurde für mich glatt geebnet. Ich hatte immer viel Vertrauen in die Vorsehung und einen starken Glauben. Das ist das Geheimnis, Fitzwilliam, das ist das Geheimnis.»
«Ja.»
«Ich bin ein gläubiger Mensch. Ich glaube an das Gute und Böse und an die ewige Gerechtigkeit. Es gibt eine göttliche Gerechtigkeit, Fitzwilliam, daran ist nicht zu zweifeln!»

«Ich glaube auch an die Gerechtigkeit», sagte Luke.
Lord Whitfield wie gewöhnlich interessierte sich nicht für den Glauben anderer Leute.
«Tue recht für deinen Schöpfer, und dein Schöpfer wird dir Recht widerfahren lassen! Ich war immer ein rechtschaffener Mensch. Ich habe für die Wohltätigkeit gespendet und mein Geld auf ehrliche Weise erworben. Ich bin keinem Menschen verpflichtet! Ich stehe allein.»
Luke unterdrückte ein Gähnen und sagte:
«Gewiß – gewiß.»
«Es ist merkwürdig – ganz merkwürdig», sagte Lord Whitfield, «die Art, wie die Feinde eines rechtschaffenen Mannes vernichtet werden! Nehmen Sie nur gestern. Der Bursche schmäht mich – geht sogar so weit, die Hand gegen mich aufheben zu wollen. Und was geschieht? Wo ist er heute?»
Er machte eine rhetorische Pause und antwortete sich dann selbst mit eindrucksvoller Stimme:
«Tot! Zerschmettert vom göttlichen Zorn!»
Luke sagte:
«Eine etwas übermäßige Strafe für ein paar übereilte Worte, verursacht von einigen Glas Wein zuviel.»
Lord Whitfield schüttelte den Kopf.
«Es ist immer so! Die Vergeltung kommt rasch und schrecklich. Erinnern Sie sich doch in der Bibel an die Kinder, die Elias verspotteten – wie die Bären kamen und sie verschlangen. So geschehen die Dinge, Fitzwilliam.»
«Ich fand das immer übertrieben rachsüchtig.»
«Nein, nein. Sie betrachten das auf unrichtige Art. Elias war ein großer und heiliger Mann. Niemand durfte ihn verspotten und weiterleben! Ich verstehe das wegen meines eigenen Falles!»
Luke sah etwas verständnislos drein.
Lord Whitfield senkte die Stimme.
«Ich konnte es anfangs kaum glauben. Aber es geschah jedesmal! Meine Feinde und Verleumder wurden niedergeworfen und ausgerottet.»
«Ausgerottet?»
Lord Whitfield nickte ruhig und nahm einen Schluck Portwein.
«Ein um das andere Mal. Ein Fall genau wie Elias – ein kleiner

Junge. Ich erwischte ihn einmal hier in den Gärten — er war damals bei mir angestellt — und wissen Sie, was er tat? Er ahmte mich nach — *mich*! Verspottete mich. Stolzierte vor Zuschauern auf und ab, verhöhnte mich auf meinem eigenen Grund und Boden! Wissen Sie, was ihm geschehen ist? Keine zehn Tage danach fiel er aus einem Fenster und war tot!
Dann war dieser Kerl von einem Carter — ein Trunkenbold mit einer giftigen Zunge. Er kam her und stieß Beschimpfungen gegen mich aus. Was geschah ihm? Eine Woche später war er tot — erstickt im Schlamm. Dann war noch ein Dienstmädchen dagewesen, sie erhob ihre Stimme und beschimpfte mich. Ihre Strafe ließ nicht auf sich warten, sie trank irrtümlicherweise Gift! Ich könnte Ihnen noch eine Menge Fälle nennen. Humbleby wagte es, sich mir bezüglich der Wasserversorgung entgegenzustellen; er starb an Blutvergiftung. Das geht so seit Jahren — Frau Horton zum Beispiel war unglaublich grob mit mir, und es hat nicht lange gedauert, ehe sie verstarb.»
Er machte eine Pause und beugte sich vor, um Luke die Portweinflasche hinüberzureichen.
«Ja», sagte er. «Sie starben alle. Zum Staunen, was?»
Luke starrte ihn an. Ein ungeheuerlicher, unglaublicher Verdacht erhob sich in ihm. Mit anderen Augen starrte er auf den kleinen fetten Mann, der zu Häupten des Tisches saß, der leicht mit dem Kopf nickte und dessen lichte, vorstehende Augen den Blicken Lukes mit lächelnder Unbekümmertheit begegneten.
Unzusammenhängende Erinnerungen überstürzten sich blitzartig in Lukes Gehirn. Wie Major Horton sagte: «Lord Whitfield war sehr freundlich, schickte Trauben und Pfirsiche aus seinem Gewächshaus.» Es war Lord Whitfield, der gnädigst erlaubt hatte, daß Tommy Pierce zum Fensterputzen in der Bibliothek verwendet würde. Lord Whitfield, wie er über seinen Besuch im Wellerman-Kreitz-Institut mit seinen Serum- und Bazillenkulturen berichtete — kurze Zeit vor Humblebys Tod. Alles deutete klar in eine Richtung, und er, Narr, der er war, hatte nicht den leisesten Verdacht ...
Lord Whitfield lächelte noch immer. Ein stilles, glückliches Lächeln. Er nickte Luke leicht zu.
«Sie sterben alle», sagte Lord Whitfield.

Konferenz in London

Sir William Ossington, den Kumpanen früherer Tage als Billy Bones bekannt, starrte seinen Freund ungläubig an.
«Hast du nicht genug Verbrechen draußen in Mayang gehabt?» fragte er kläglich. «Mußt du nach Hause kommen und unsere Arbeit hier für uns verrichten?»
«Verbrechen in Mayang wird nicht im großen begangen», sagte Luke. «Mit was ich hier zu tun habe, ist ein Mann, der mindestens ein halbes Dutzend Morde begangen hat — und auf den nicht die Spur eines Verdachts gefallen ist!»
Sir William seufzte.
«Kommt schon vor. Was ist seine Spezialität — Gattinnen?»
«Nein, so einer ist er nicht. Vorläufig denkt er noch nicht, daß er der liebe Gott ist — aber bald wird er soweit sein.»
«Verrückt?»
«Oh, zweifellos, möchte ich sagen.»
«Ah! Aber wahrscheinlich ist er nicht gesetzmäßig verrückt; das ist ein Unterschied, weißt du.»
«Ich möchte behaupten, daß er die Art und Folgen seiner Handlungen erkennt», sagte Luke.
«Richtig gesagt», bestätigte Billy Bones.
«Streiten wir nicht über juridische Feinheiten; so weit sind wir noch lange nicht, vielleicht kommen wir nie dahin. Was ich von dir haben will, alter Junge, sind ein paar Tatsachen. Am Derbytag zwischen fünf und sechs Uhr nachmittags fand ein Straßenunfall statt; eine alte Dame wurde in Whitehall überfahren, und das Auto hielt nicht. Sie hieß Lavinia Pinkerton. Ich möchte, daß du mir alle Einzelheiten darüber heraussuchen läßt.»
Sir William seufzte. «Das werden wir bald haben. In zwanzig Minuten ist das geschehen.»
Er hielt Wort. In noch kürzerer Zeit sprach Luke mit dem Polizeibeamten, der die Sache behandelt hatte.
«Ja, Herr Kommissär, ich erinnere mich an die Einzelheiten; ich habe sie größtenteils hier aufgeschrieben.» Er wies auf den Bogen, den Luke studierte. «Eine Leichenschau wurde abgehalten — Herr Satcherverell war der Obmann. Tadel für den Autolenker.»
«Haben Sie ihn je erwischt?»

«Nein, Herr Kommissär.»
«Was für ein Wagen war es?»
«Es scheint ziemlich gewiß, daß es ein Rolls war – ein großer Wagen, von einem Chauffeur gelenkt, darüber sind sich alle Zeugen einig. Einen Rolls kennen die meisten Leute vom Ansehen.»
«Die Nummer haben Sie nicht erfahren?»
«Nein, leider dachte niemand daran, sie anzusehen. Es war wohl die Nummer FZX 4498 notiert, aber das war eine falsche, eine Frau wollte sie gesehen haben und erwähnte sie einer andern gegenüber, die sie mir ansagte. Ich weiß nicht, ob die zweite sie falsch verstanden hat, aber jedenfalls war es nicht die richtige.»
Luke fragte scharf: «Wieso wußten Sie, daß es nicht die richtige war?»
«FZX 4498 ist die Nummer von Lord Whitfields Auto. Dieses Auto stand zur fraglichen Zeit vor dem Boomington-Haus, und der Chauffeur trank Tee. Er hatte ein vollständiges Alibi – es kam gar nicht in Frage, daß er beteiligt war, und das Auto verließ seinen Platz nicht bis 6 Uhr 30, als Seine Lordschaft herauskam.»
«Ich verstehe», sagte Luke.
«Es ist immer so, Herr», seufzte der Mann, «die Hälfte der Zeugen ist verschwunden, bevor ein Polizeimann hinkommt und sich Notizen machen kann.»
Sir William nickte.
«Wir nahmen an, daß es wahrscheinlich eine ähnliche Nummer wie diese FZX 4498 war – eine Nummer, die wahrscheinlich auch mit zwei Vierern begann. Wir taten unser Bestes, konnten aber nicht auf den Wagen kommen. Wir forschten verschiedenen Nummern nach, aber alle konnten sich befriedigend ausweisen.»
Sir William schaute Luke fragend an.
Dieser schüttelte den Kopf. Sir William sagte:
«Danke, Bonner, das genügt.»
Als der Mann gegangen war, schaute Billy Bones seinen Freund forschend an.
«Um was handelt es sich eigentlich, Fitz?»
Luke seufzte. «Es stimmt alles. Lavinia Pinkerton kam herein,

um den gescheiten Leuten in Scotland Yard alles über den bösen Mörder zu erzählen. Ich weiß nicht, ob ihr sie angehört hättet — wahrscheinlich nicht — —»

«Vielleicht doch», sagte Sir William. «Manches erreicht uns doch auf diesem Wege, durch Hörensagen und Klatsch — wir vernachlässigen all das nicht, versichere ich dir.»

«Das hat sich auch der Mörder gedacht; er wollte es nicht riskieren. Er erledigte Lavinia Pinkerton, und obwohl eine Frau scharfsichtig genug war, seine Nummer zu erspähen, glaubte ihr niemand.»

Billy Bones sprang von seinem Stuhl auf.

«Du meinst doch nicht — —»

«Doch, den meine ich. Ich wette, was du willst, daß es Whitfield war, der sie überfuhr. Wie er es zuwege gebracht hat, weiß ich nicht. Der Chauffeur war bei seinem Tee. Irgendwie, vermute ich, hat er den Wagen fortgebracht und Chauffeurrock und -kappe angelegt. Aber getan hat er es, Billy!»

«Unmöglich!»

«Mein lieber Junge, er hat gestern abend vor mir damit so gut wie geprahlt!»

«Er ist also verrückt?»

«Verrückt ist er schon, aber dabei ein schlauer Teufel. Du wirst sehr behutsam vorgehen müssen. Laß ihn nicht wissen, daß wir Verdacht auf ihn haben.»

Billy Bones murmelte: «Unglaublich . . .»

Luke sagte: «Aber wahr!»

Er legte die Hand auf die Schulter des Freundes.

«Hör mal, Billy, alter Junge, wir müssen das gehörig durchsprechen. Hier sind die Tatsachen.»

Die beiden Männer redeten lang und ernsthaft miteinander.

Am folgenden Tag kehrte Luke nach Wychwood zurück; er fuhr früh am Morgen hin. Er hätte schon am Abend vorher zurückkehren können, aber angesichts der Umstände hatte er eine starke Abneigung dagegen, unter Lord Whitfields Dach zu schlafen und seine Gastfreundschaft in Anspruch zu nehmen.

Auf der Fahrt nach Wychwood hielt er seinen Wagen vor Fräulein Waynfletes Häuschen an. Das Mädchen, das ihm die Tür öffnete, schaute ihn höchst erstaunt an, doch führte sie ihn in

das kleine Speisezimmer, wo Fräulein Waynflete beim Frühstück saß.
Sie erhob sich überrascht, um ihn zu begrüßen.
Er verlor keine Zeit. «Ich muß mich entschuldigen, daß ich Sie zu dieser Stunde überfalle.»
Er sah sich um. Das Mädchen hatte das Zimmer verlassen und die Tür hinter sich zugemacht. «Ich möchte eine Frage an Sie stellen, Fräulein Waynflete, die etwas persönlicher Natur ist, aber ich glaube, Sie werden mir das verzeihen.»
«Bitte fragen Sie mich, was Sie wollen. Ich bin ganz sicher, Sie haben einen guten Grund dazu.»
«Danke.»
Er machte eine Pause. Dann sagte er:
«Ich möchte genau wissen, warum Sie damals vor Jahren Ihre Verlobung mit Lord Whitfield gelöst haben.»
Das hatte sie nicht erwartet. Das Blut stieg ihr in die Wangen, und sie drückte die Hand auf die Brust.
«Hat er Ihnen etwas darüber gesagt?»
Luke erwiderte: «Er sagte mir, es war etwas mit einem Vogel – einem Vogel, dem der Hals umgedreht wurde ...»
«Das sagte er?» Ihre Stimme klang verwundert. «Er gab es zu? Das ist merkwürdig!»
«Wollen Sie es mir sagen? Bitte!»
«Ja, ich will es Ihnen sagen. Aber ich bitte Sie, nie mit ihm über die Sache zu sprechen. Es ist alles vorbei – vergangen und erledigt – ich möchte nicht, daß es wieder – ausgegraben wird.»
Sie sah ihn bittend an.
Luke nickte.
«Es ist nur zu meiner persönlichen Befriedigung», sagte er. «Ich werde nichts weitersagen, was Sie mir erzählen.»
«Danke.» Sie hatte ihre Ruhe wiedererlangt, ihre Stimme klang ganz fest, als sie fortfuhr: «Es war so. Ich hatte einen kleinen Kanarienvogel – ich hatte ihn sehr gern – und – trieb es vielleicht etwas kindisch mit ihm – die jungen Mädchen waren damals so, so übertrieben mit ihren Lieblingen. Ich verstehe, daß das einen Mann irritieren mußte.»
«Ja», sagte Luke, als sie zögerte.
«Gordon war eifersüchtig auf den Vogel; eines Tages sagte er ganz verdrießlich: ‹Ich glaube, du ziehst den Vogel mir vor!›

Und ich, in der etwas albernen Weise, wie Mädchen damals waren, lachte, und während ich ihn auf dem Finger hielt, sagte ich ungefähr: ‹Natürlich liebe ich dich, kleines Vögelchen, mehr als den großen dummen Jungen! Natürlich!› Da — oh, es war schrecklich — riß mir Gordon den Vogel weg und drehte ihm den Hals um! Es war so ein Schreck — ich werde es nie vergessen!»

Ihr Gesicht war tief erblaßt.

«Und so lösten Sie Ihre Verlobung auf?» sagte Luke.

«Ja. Ich konnte danach nicht mehr dasselbe Gefühl haben. Wissen Sie, Herr Fitzwilliam — —» Sie zögerte. «Es war nicht allein die Tat — das hätte in einem Anfall von Eifersucht und Zorn geschehen können — es war das schreckliche Gefühl, das ich hatte, daß er es mit Genuß getan hatte — das war es, was mich erschreckte!»

«So lange her», murmelte Luke. «Sogar schon damals . . .»

Sie legte ihre Hand auf seinen Arm.

«Herr Fitzwilliam — —»

Er erwiderte die erschrockene Frage ihrer Augen mit einem ernsten, festen Blick.

«Es ist Lord Whitfield, der alle diese Morde begangen hat!» sagte er. «Sie haben es die ganze Zeit gewußt, nicht wahr!»

Sie schüttelte energisch den Kopf.

«Nicht gewußt! Wenn ich es gewußt hätte, dann — dann hätte ich natürlich gesprochen — nein, es war nur eine Furcht.»

«Und doch gaben Sie mir nie einen Wink?»

Sie faltete die Hände in jäher Qual.

«Wie hätte ich das können? Wie denn? Ich habe ihn doch einmal gern gehabt . . .»

«Ja», sagte Luke sanft. «Ich verstehe.»

Sie wandte sich ab, suchte in ihrer Handtasche und drückte ein kleines spitzenbesetztes Tüchlein an die Augen. Dann wandte sie sich wieder um, trockenen Auges, gefaßt und würdevoll.

«Ich bin so froh», sagte sie, «daß Bridget ihre Verlobung aufgelöst hat. Sie wird Sie heiraten, nicht wahr?»

«Ja.»

«Das wird viel passender sein», sagte Fräulein Waynflete billigend.

Luke konnte nicht umhin, ein wenig zu lächeln.

Jedoch Fräulein Waynfletes Gesicht wurde ernst und besorgt. Sie beugte sich vor und legte wieder ihre Hand auf seinen Arm. «Aber seien Sie sehr vorsichtig», sagte sie. «Sie müssen beide sehr achtgeben.»
«Sie meinen — mit Lord Whitfield?»
«Ja. Es wäre besser, es ihm nicht zu sagen.»
Luke runzelte die Stirn. «Das, glaube ich, würde keinem von uns beiden passen.»
«Ach, was tut das? Sie scheinen nicht zu begreifen, daß er verrückt ist — verrückt! Er wird es sich nicht gefallen lassen — nicht einen Augenblick! Wenn ihr etwas geschieht — —»
«Nichts wird ihr geschehen!»
«Ja, ich weiß — aber machen Sie sich doch klar, daß Sie ihm nicht gewachsen sind! Er ist so entsetzlich schlau! Bringen Sie sie gleich fort — es ist die einzige Hoffnung! Veranlassen Sie sie zu verreisen — ins Ausland! Sie sollten beide ins Ausland fahren!»
Luke sagte langsam:
«Vielleicht wäre es gut, wenn sie führe. Ich werde bleiben.»
«Das fürchtete ich, daß Sie das sagen würden. Aber jedenfalls bringen Sie sie fort. Sofort, hören Sie?»
Luke nickte langsam.
«Ich glaube, Sie haben recht», sagte er.
«Ich weiß, daß ich recht habe! Bringen Sie sie fort — bevor es zu spät ist!»

Gelöste Verlobung

Bridget hörte Luke heranfahren; sie kam auf die Stufen heraus, um ihn zu treffen.
Sie sagte ohne Einleitung:
«Ich habe es ihm gesagt.»
«Was?» Luke erschrak.
Seine Bestürzung war so offenbar, daß es Bridget auffiel.
«Luke — was ist denn? Du scheinst ganz fassungslos.»
Er sagte langsam:
«Ich dachte, wir waren übereingekommen zu warten, bis ich zurückkäme.»

«Ich weiß, aber ich dachte, es sei besser, es hinter mir zu haben. Außerdem — er machte Pläne — für unsere Heirat — unsere Hochzeitsreise — all das! Ich mußte es ihm einfach sagen!»
Sie fügte — einen leisen Vorwurf in der Stimme — hinzu:
«Es war das einzig Anständige, was ich tun konnte.»
Er erkannte das an.
«Von deinem Standpunkt, ja. O ja, das sehe ich ein.»
«Von jedem Standpunkt, hätte ich gedacht!»
Luke sagte langsam:
«Es gibt Zeiten, wo man sich Anständigkeit nicht leisten kann!»
«Luke, was meinst du nur?»
Er machte eine ungeduldige Bewegung.
«Das kann ich dir jetzt und hier nicht sagen. Wie hat Whitfield es aufgenommen?»
Bridget sagte langsam:
«Außerordentlich gut. Wirklich außerordentlich gut. Ich schämte mich. Ich glaube, Luke, daß ich Gordon unterschätzt habe — nur weil er so hochtrabend ist und oft viel schwätzt. Ich glaube wirklich, er ist — nun — ein großer kleiner Mann!»
Luke nickte.
«Ja, möglicherweise ist er ein großer Mann — auf eine Art, die wir nicht ahnten. Hör mal, Bridget, du mußt sobald wie möglich hier heraus.»
«Natürlich. Ich packe meine Sachen und gehe heute noch fort. Du könntest mich in die Stadt fahren. Ich vermute, wir könnten nicht beide in der ‹Scheckigen Glocke› absteigen — das heißt, wenn die Ellsworthy-Gesellschaft fort ist?»
Luke schüttelte den Kopf.
«Nein, es ist besser, du gehst nach London. Ich werde dir später alles erklären. Mittlerweile muß ich wohl mit Whitfield sprechen.»
«Ich glaube, das gehört sich — es ist alles recht scheußlich, nicht? Ich fühle mich als so eine abscheuliche Goldgräberin!»
Luke lächelte ihr zu.
«Es wäre ein ehrlicher Handel gewesen, du hättest deinen Part anständig erfüllt. Jedenfalls nützt es nichts, Dinge zu beklagen, die vorbei und erledigt sind! Ich gehe jetzt hinein, mit Whitfield sprechen.»

Als er eintrat, ging Lord Whitfield mit langen Schritten im Wohnzimmer auf und ab. Er schien äußerlich ruhig, auf seinen Lippen schwebte sogar ein leichtes Lächeln. Jedoch Luke bemerkte, daß der Puls auf seinen Schläfen heftig pochte.
Er wandte sich rasch um, als Luke eintrat.
«Ah, da sind Sie, Fitzwilliam.»
Luke sagte:
«Es hätte keinen Sinn, wenn ich sagen würde, ich bedaure, was ich getan habe — das wäre Heuchelei! Ich gebe zu, daß ich mich von Ihrem Standpunkt aus schlecht benommen habe, ich habe sehr wenig zu meiner Verteidigung zu sagen. Diese Dinge geschehen eben.»
Lord Whitfield fing wieder an, auf und ab zu gehen.
«Gewiß — gewiß!» Er machte eine abwinkende Bewegung.
Luke fuhr fort.
«Bridget und ich, wir haben Sie schändlich behandelt. Aber es ist einmal so — wir haben einander gern — und da kann man nichts machen — außer Ihnen die Wahrheit sagen und abfahren!»
Lord Whitfield blieb stehen. Er sah Luke mit blassen, vorstehenden Augen an.
«Nein», sagte er, «da können Sie nichts machen!»
Es war ein höchst seltsamer Ton in seiner Stimme. Er stand da, schaute Luke an und schüttelte leise den Kopf, als bedaure er ihn.
Luke sagte scharf: «Wie meinen Sie das?»
«Sie können nichts machen!» sagte Lord Whitfield. «Es ist zu spät!»
Luke trat einen Schritt näher zu ihm.
«Sagen Sie mir, was Sie meinen?»
Lord Whitfield sagte unerwarteterweise:
«Fragen Sie Honoria Waynflete. Sie wird verstehen, sie weiß, was geschieht. Sie hat einmal zu mir darüber gesprochen!»
«Was versteht sie?»
Lord Whitfield sagte:
«Das Böse bleibt nicht unbestraft. Gerechtigkeit muß sein! Es tut mir leid, weil ich Bridget gern habe. Einesteils tun Sie mir beide leid!»

Luke sagte: «Drohen Sie uns?»
Lord Whitfield wehrte ab.
«Nein, nein, mein Lieber. Ich habe kein Gefühl in der Sache! Als ich Bridget die Ehre erwies, sie zu meiner Frau zu erwählen, übernahm sie gewisse Verpflichtungen. Jetzt lehnt sie sie ab — aber es gibt kein Zurückgehen in diesem Leben. Wer die Gesetze bricht, büßt dafür . . .»
Luke ballte die Fäuste. Er sagte:
«Sie meinen, daß Bridget etwas geschehen wird? Aber verstehen Sie, Whitfield, nichts wird Bridget geschehen — und mir auch nicht! Wenn Sie etwas Derartiges versuchen, ist es das Ende. Sie sollten achtgeben! Ich weiß sehr viel von Ihnen!»
«Es hat nichts mit mir zu tun», sagte Lord Whitfield. «Ich bin nur das Werkzeug einer höheren Macht. Was diese Macht beschließt, geschieht!»
«Ich sehe, daß Sie das glauben», sagte Luke.
«Weil es die Wahrheit ist! Jeder, der gegen mich vorgeht, büßt es. Sie und Bridget werden keine Ausnahme sein.»
Luke sagte:
«Da haben Sie unrecht. Wie lang auch die Glücksserie läuft, zum Schluß reißt sie ab. Ihre ist dem Reißen schon sehr nahe.»
Lord Whitfield sagte ruhig:
«Mein lieber junger Mann, Sie wissen nicht, mit wem Sie reden. Mich kann nichts berühren!»
«Nicht? Wir werden sehen. Sie sollten gut achtgeben, Whitfield!»
Eine leichte Bewegung schien den andern erfaßt zu haben; seine Stimme hatte sich verändert, als er wieder sprach.
«Ich war bis jetzt sehr geduldig», sagte Lord Whitfield. «Spannen Sie meine Geduld nicht zu sehr an. Hinaus mit Ihnen!»
«Ich gehe schon», sagte Luke. «So schnell ich kann. Vergessen Sie nicht, daß ich Sie gewarnt habe.»
Er wandte sich und ging rasch aus dem Zimmer. Er lief die Treppe hinauf. Er fand Bridget in ihrem Zimmer, wie sie das Packen ihrer Kleider durch ein Stubenmädchen beaufsichtigte.
«Bald fertig?»
«In zehn Minuten.»
Ihre Augen stellten die Frage, die die Anwesenheit des Mädchens sie hinderte auszusprechen.

Luke nickte kurz.
Er ging in sein Zimmer und stopfte rasch seine Sachen in seinen Handkoffer.
Er kehrte nach zehn Minuten zu Bridget zurück und fand sie bereit zur Abfahrt.
«Sollen wir nun gehen?»
«Ich bin bereit.»
Als sie die Treppe hinuntergingen, trafen sie den Diener, der heraufstieg.
«Fräulein Waynflete ist gekommen, Sie zu besuchen, Fräulein.»
«Fräulein Waynflete? Wo ist sie?»
«Im Wohnzimmer mit Seiner Lordschaft.»
Bridget ging direkt in das Wohnzimmer, Luke knapp hinter ihr.
Lord Whitfield stand im Gespräch mit Fräulein Waynflete am Fenster. Er hatte ein Messer in der Hand — eine lange, schlanke Klinge.
«Eine vollendete Arbeit», sagte er. «Einer meiner jungen Leute hat es mir aus Marokko mitgebracht, wo er Spezialkorrespondent war. Es ist natürlich maurisch, ein Rifmesser.» Er fuhr mit einem Finger liebevoll die Klinge entlang!
«Welche Schärfe!»
Fräulein Waynflete sagte scharf:
«Legen Sie es doch um Himmels willen weg, Gordon!»
Er lächelte und legte es unter eine Sammlung anderer Waffen auf den Tisch nieder.
«Es ist angenehm anzugreifen», sagte er leise.
Fräulein Waynflete hatte etwas von ihrem sonstigen Gleichgewicht eingebüßt; sie sah blaß und nervös aus.
«Ah, da sind Sie ja, meine liebe Bridget», sagte sie.
Lord Whitfield kicherte.
«Ja, das ist Bridget. Genießen Sie sie nur, Honoria; sie wird nicht mehr lange bei uns sein.»
Fräulein Waynflete sagte scharf:
«Wie meinen Sie das?»
«Meinen? Ich meine, daß sie nach London geht. Das stimmt, nicht wahr? Das habe ich gemeint.»
Er schaute sie alle der Reihe nach an.
«Ich habe eine kleine Neuigkeit für Sie, Honoria», sagte er. «Bridget wird mich nun doch nicht heiraten. Sie zieht Fitzwil-

liam hier vor! Eine seltsame Sache, das Leben! Nun, ich überlasse euch nun eurer Unterhaltung.»
Er ging aus dem Zimmer; seine Hände klimperten mit den Münzen in seinen Taschen.
«O Gott —» seufzte Fräulein Waynflete. «O du lieber Gott —»
Ihre Stimme klang so bekümmert, daß Bridget sie erstaunt ansah. Sie stieß hervor:
«Es tut mir leid. Es tut mir wirklich schrecklich leid.»
Fräulein Waynflete sprach:
«Er ist böse — er ist furchtbar böse — o Gott, das ist schrecklich. Was sollen wir tun?»
Bridget starrte sie an.
«Tun? Wie meinen Sie?»
Fräulein Waynflete sagte, beide vorwurfsvoll ansehend:
«Sie hätten es ihm nicht jetzt sagen sollen; Sie hätten warten sollen, bis Sie fort waren.»
Bridget entgegnete kurz:
«Das ist Ansichtssache. Ich selbst finde, es ist besser, unangenehme Dinge so rasch wie möglich zu erledigen.»
«Ach, meine Liebe, wenn es sich nur darum handelte — —»
Sie hielt inne. Dann richteten ihre Augen eine Frage an Luke. Luke schüttelte den Kopf, seine Lippen formten die Worte: «Noch nicht.»
Fräulein Waynflete murmelte: «Ich verstehe.»
Bridget fragte mit leiser Ungeduld:
«Wollten Sie mich in einer besonderen Angelegenheit sprechen, Fräulein Waynflete?»
«Nun — ja. Ich kam eigentlich her, um Ihnen vorzuschlagen, mich auf ein paar Tage zu besuchen. Ich dachte — Sie würden es vielleicht unbehaglich finden, hier zu bleiben, und daß Sie ein paar Tage brauchen würden, um — nun — Ihre Pläne reifen zu lassen.»
«Ich danke Ihnen, Fräulein Waynflete, das war sehr freundlich von Ihnen.»
«Wissen Sie, bei mir würden Sie ganz sicher sein und —» Bridget unterbrach sie:
«Sicher?»
Fräulein Waynflete, ein wenig verwirrt, sagte hastig:
«Bequem — das meinte ich — Sie hätten es ganz bequem bei mir.

Ich meine, natürlich nicht so luxuriös wie hier – aber das heiße Wasser ist wirklich heiß, und mein Mädel, Emily, kocht wirklich recht gut.»
«Oh, ich bin sicher, daß alles wundervoll sein würde, Fräulein Waynflete», antwortete Bridget mechanisch.
«Aber natürlich, wenn Sie nach London gehen, so ist das viel besser . . .»
Bridget überlegte langsam:
«Es ist ein wenig ungeschickt; meine Tante ist heute früh zu einer Blumenschau gefahren. Ich hatte noch nicht Gelegenheit, ihr zu erzählen, was sich zugetragen hat. Ich werde ein paar Zeilen für sie hinterlassen und ihr mitteilen, daß ich in ihre Wohnung gegangen bin.»
«Sie wollen in die Wohnung Ihrer Tante in London?»
«Ja. Es ist niemand dort, aber zu den Mahlzeiten kann ich ja fortgehen.»
«Sie werden allein in der Wohnung sein? Ach, das täte ich an Ihrer Stelle nicht. Nicht ganz allein in der Wohnung bleiben.»
«Niemand wird mich fressen», sagte Bridget ungeduldig. «Außerdem wird meine Tante morgen kommen.»
Fräulein Waynflete schüttelte bekümmert den Kopf.
Luke meinte:
«Geh lieber in ein Hotel.»
Bridget wandte sich ihm rasch zu.
«Warum? Was habt ihr nur alle? Warum behandelt ihr mich, als sei ich ein geistesschwaches Kind?»
«Nein, nein, Liebe», verwahrte sich Fräulein Waynflete. «Wir wollen nur, daß Sie achtgeben – das ist alles!»
«Aber warum? Warum? Um was handelt es sich denn?»
«Hör mal, Bridget», erklärte Luke. «Ich muß mit dir reden. Aber hier kann ich nicht reden. Komm jetzt mit mir im Auto, und wir fahren irgendwo hin, wo es ruhig ist.»
Er sah Fräulein Waynflete an.
«Dürfen wir in ungefähr einer Stunde zu Ihnen kommen? Ich habe Ihnen verschiedens zu berichten.»
«Bitte, kommen Sie. Ich werde Sie dort erwarten.»
Luke legte seine Hand auf Bridgets Arm. Fräulein Waynflete nickte er dankend zu.
«Das Gepäck holen wir später. Komm!»

Er führte sie aus dem Zimmer durch die Halle zur Eingangstür. Er öffnete die Tür des Autos. Bridget stieg ein, und Luke fuhr rasch die Auffahrt hinunter. Er seufzte erleichtert auf, als sie aus dem eisernen Gittertor fuhren.
«Gott sei Dank, daß ich dich da herausgebracht habe und in Sicherheit», stieß er erleichtert hervor.
«Bist du ganz verrückt geworden, Luke? Warum dieses ganze Getue: ‹Still, still – ich kann dir jetzt nicht sagen, was ich meine –›?»
Luke erklärte grimmig:
«Nun, weißt du, es macht einem Schwierigkeiten zu erklären, daß ein Mann ein Mörder ist, wenn man sich augenblicklich unter seinem Dach befindet!»

Wir sind dabei – miteinander

Bridget saß eine Minute regungslos neben ihm. Dann fragte sie:
«Gordon?»
Luke nickte.
«Gordon? Gordon – ein Mörder? Gordon *der* Mörder? Ich habe in meinem ganzen Leben nicht so etwas Lächerliches gehört!»
«So erscheint dir das?»
«Ja, wirklich. Gordon würde doch keiner Fliege etwas zuleide tun.»
Luke sagte grimmig:
«Das mag wahr sein, das weiß ich nicht. Aber einen Kanarienvogel hat er bestimmt umgebracht, und ich bin ziemlich sicher, daß er eine große Anzahl Menschen ebenfalls umgebracht hat.»
«Mein lieber Luke, das kann ich einfach nicht glauben!»
«Ich weiß», sagte Luke. «Es klingt wirklich ganz unglaublich. Mir ist er doch bis vorgestern abend nie als ein möglicherweise Verdächtiger in den Sinn gekommen.»
Bridget wandte ein:
«Aber ich weiß doch alles über Gordon! Ich weiß, was er ist! Er ist wirklich ein lieber kleiner Mann – hochtrabend, ja, aber eigentlich eher rührend.»

Luke schüttelte den Kopf. «Du mußt dich mit deiner Ansicht über ihn anders einstellen, Bridget.»
«Es nützt nichts, Luke, ich kann es einfach nicht glauben! Wer hat dir so eine absurde Idee überhaupt in den Kopf gesetzt? Vor zwei Tagen warst du ja noch fest überzeugt, daß es Ellsworthy ist.»
Luke zuckte leicht zusammen.
«Ich weiß. Ich weiß. Du denkst wahrscheinlich, daß ich morgen Thomas verdächtigen werde und übermorgen hinter Horton her sein werde! So wankelmütig bin ich nun nicht. Ich gebe zu, daß die Idee einen völlig erschreckt, wenn sie zuerst auftaucht, aber wenn man es genauer untersucht, sieht man, daß alles genau hineinpaßt. Kein Wunder, daß Fräulein Pinkerton nicht wagte, zu den Ortsbehörden zu gehen. Scotland Yard war ihre einzige Hoffnung.»
«Aber was für einen Grund konnte Gordon gehabt haben zu all der Mörderei? Ach, es ist zu dumm!»
«Ich weiß. Aber weißt du nicht, daß Gordon Whitfield eine sehr erhabene Meinung von sich hat?»
Bridget sagte: «Er gibt vor, sehr großartig und wichtig zu sein. Das ist nur ein Minderwertigkeitskomplex von dem armen Kerl!»
«Möglich, daß das die Wurzel des Übels ist. Ich weiß es nicht. Aber denk nach, Bridget — denk nur eine Minute lang nach. Erinnere dich an alle die Ausdrücke, die du selbst lachend über ihn gebraucht hast — lése-majestè usw. Begreifst du nicht, daß das Selbstbewußtsein des Mannes ganz unverhältnismäßig angeschwollen ist? Und es ist mit Religion verbunden. Mein liebes Kind, der Mann ist total verrückt!»
Bridget dachte einen Augenblick nach.
Endlich sagte sie: «Ich kann es doch nicht glauben. Was für Beweise hast du, Luke?»
«Nun, da sind einmal seine eigenen Worte. Er sagte mir vorgestern abend ganz klar und deutlich, daß jeder, der sich ihm in irgendeiner Weise entgegenstellte, immer starb.»
«Weiter!»
«Ich kann dir nicht ganz erklären, was ich meine — aber es war die Art, wie er es sagte. Ganz ruhig und zufrieden und — wie soll ich mich ausdrücken — ganz gewohnt an den Gedanken!

Er saß da und lächelte vor sich hin ... Es war unheimlich und ganz entsetzlich, Bridget!»

«Weiter!»

«Nun, dann fuhr er fort und zählte mir die Leute auf, die gestorben waren, weil sie sich sein allerhöchstes Mißfallen zugezogen hatten! Und hör gar zu, Bridget, die Leute, die er nannte, waren Frau Horton, Amy Gibbs, Tommy Pierce, Harry Carter, Humbleby und der Chauffeur, der Rivers.»

Bridget war endlich in ihrer Zuversicht erschüttert; sie wurde sehr blaß.

«Er nannte tatsächlich diese Leute?»

«Tatsächlich diese Leute! Glaubst du jetzt?»

«O Gott, ich muß wohl ... Was waren seine Gründe?»

«Entsetzlich gewöhnliche — das machte es so erschreckend! Frau Horton hatte ihn zurechtgewiesen, Tommy Pierce hatte ihn nachgemacht und die Gärtner darüber zum Lachen gebracht, Harry Carter hatte ihn geschmäht, Amy Gibbs war sehr frech gewesen, Humbleby hatte es gewagt, sich ihm öffentlich entgegenzustellen, Rivers ihn vor mir und Fräulein Waynflete bedroht — —»

Bridget legte die Hand auf die Augen.

«Entsetzlich ... Ganz entsetzlich ...», murmelte sie.

«Ich weiß. Dann gibt es noch einen äußerlichen Beweis. Das Auto, das Fräulein Pinkerton in London überfuhr, war ein Rolls und seine Nummer war die von Lord Whitfields Wagen.»

«Das gibt endgültig den Ausschlag», sagte Bridget langsam.

«Ja. Die Polizei dachte, die Frau, die ihnen die Nummer angab, müsse sich geirrt haben. Schön geirrt!»

«Das kann ich verstehen», sagte Bridget. «Wenn ein reicher, mächtiger Mann wie Lord Whitfield in Frage kommt, wird natürlich seine Darstellung geglaubt!»

«Ja. Man begreift Fräulein Pinkertons Schwierigkeit.»

Bridget sprach nachdenklich:

«Ein- oder zweimal sagte sie recht seltsame Sachen zu mir; als wolle sie mich vor etwas warnen ... Damals verstand ich es nicht im geringsten ... Jetzt verstehe ich!»

«Es stimmt alles zusammen», erklärte Luke. «So ist es; zuerst sagt man (wie du auch sagtest): ‹Unmöglich!› Und wenn man sich einmal mit dem Gedanken abfindet, so stimmt alles! Die

Trauben, die er Frau Horton schickte — und sie dachte, die Pflegerinnen vergiften sie! Und sein Besuch in dem Wellerman-Kreitz-Institut — auf irgendeine Art muß er sich dort Kulturen von Bakterien verschafft und dann Humbleby damit infiziert haben.»

«Wie er das gemacht hat, verstehe ich nicht.»

«Ich auch nicht, aber die Verbindung ist da; darüber kommt man nicht hinweg.»

«Nein ... Wie du sagst, es stimmt. Und er konnte natürlich Dinge tun, die andern Leuten verwehrt waren! Ich meine, er war doch völlig über jeden Verdacht erhaben!»

«Ich glaube, Fräulein Waynflete hatte einen Verdacht; sie erwähnte jenen Besuch im Institut; ganz beiläufig brachte sie es im Gespräch an — aber ich glaube, sie hoffte, ich würde danach handeln.»

«Sie wußte es also die ganze Zeit?»

«Sie hatte einen sehr starken Verdacht. Ich glaube, sie wurde gehemmt dadurch, daß sie einmal in ihn verliebt gewesen war.»

Bridget nickte.

«Ja, das würde verschiedenes erklären; Gordon erzählte mir, daß sie einst verlobt gewesen waren.»

«Sie wollte nicht glauben, weißt du, daß er es sei; jedoch die Überzeugung von seiner Schuld drängte sich ihr mehr und mehr auf. Sie versuchte mir Winke zu geben, jedoch direkt etwas gegen ihn zu unternehmen, konnte sie sich nicht entschließen! Frauen sind merkwürdige Geschöpfe! Ich glaube, in einer Art hat sie ihn noch immer gern ...»

«Selbst nachdem er sie sitzenließ?»

«Sie hat ihm den Abschied gegeben. Es war eine recht garstige Geschichte; ich will sie dir erzählen.»

Er erzählte den kurzen, häßlichen Zwischenfall. Bridget schaute ihn mit großen Augen an.

«Das hat Gordon getan?»

«Ja. Also sogar damals, siehst du, kann er nicht normal gewesen sein!»

Bridget erschauerte und murmelte:

«Vor so vielen Jahren ... so vielen Jahren ...»

«Er kann noch viel mehr Leute aus dem Wege geräumt haben, als wir je erfahren werden! Es ist nur die rasche Folge von To-

desfällen in letzter Zeit, die die Aufmerksamkeit auf ihn gelenkt hat. Als wäre er durch den Erfolg tollkühn geworden!»
Bridget nickte. Sie schwieg ein paar Minuten und dachte nach, dann fragte sie plötzlich:
«Was hat dir eigentlich Fräulein Pinkerton damals im Zug erzählt? Wie hat sie angefangen?»
Luke dachte zurück.
«Sie sagte mir, sie sei auf dem Weg nach Scotland Yard, erwähnte den Ortspolizisten und daß er ein netter Bursche sei, aber einem Mord nicht gewachsen.»
«Damals fiel das Wort zum erstenmal?»
«Ja.»
«Weiter.»
«Dann sagte sie: ‹Sie sind erstaunt, sehe ich. Ich war es erst auch. Ich konnte es wirklich nicht glauben, ich dachte, ich bilde mir die Sachen nur ein›.»
«Und dann?»
«Ich fragte sie, ob sie dessen sicher sei — daß sie es sich nicht nur einbilde, meine ich — und sie sagte ganz ruhig: ‹O nein! Das erste Mal hätte das der Fall sein können, aber nicht das zweite oder dritte und vierte Mal; dann weiß man schon.›»
«Merkwürdig», sagte Bridget. «Erzähle weiter!»
«Also gab ich ihr natürlich recht — sagte, sie tue sicher das Richtige. Ich war ein ungläubiger Thomas, wenn es je einen gab!»
«Ich weiß. Es ist so leicht, nachher klug zu sein! Ich hätte genauso empfunden, mich über die arme alte Dame erhaben gefühlt! Wie ging das Gespräch weiter?»
«Warte mal — ja! Sie erwähnte den Fall Abercrombie — du weißt, der Giftmischer aus Wales. Sagte, sie hatte nicht wirklich geglaubt, daß er einen Blick hatte — einen besondern Blick — mit dem er seine Opfer ansah. Aber daß sie es jetzt glaube, weil sie es selbst gesehen habe.
«Welche Ausdrücke gebrauchte sie?»
Luke dachte angestrengt nach.
«Sie sagte — alles mit der sympathischen, vornehmen Stimme —: ‹Natürlich glaube ich das nicht wirklich, als ich es las — aber es ist wahr.› Und ich fragte: ‹Was ist wahr?› Und sie antwortete: ‹Der Blick eines Menschen.› Und bei Gott, Bridget, die Art, wie sie das sagte, hat mich ordentlich gepackt! Ihre

ruhige Stimme und der Ausdruck ihres Gesichtes — wie jemand, der wirklich etwas gesehen hatte, was zu schrecklich war, um darüber zu reden!»

«Weiter, Luke, erzähle mir alles!»

«Und dann zählte sie die Opfer auf — Amy Gibbs und Carter und Tommy Pierce — und sagte, daß Tommy ein schrecklicher Junge war und Carter ein Säufer. Und dann sagte sie: ‹Aber jetzt — gestern — war es Dr. Humbleby — und er ist ein so guter ter Mensch — ein wirklich guter Mensch. Und sie sagte, wenn sie zu Humbleby ginge und es ihm sagte, er ihr nicht glauben und sie nur auslachen würde!»

«Ich verstehe», seufzte Bridget. «Ich verstehe.»

Luke sah sie an.

«Was ist es, Bridget? An was denkst du?»

«An etwas, das Frau Humbleby einmal sagte. Ich fragte mich — nein, erzähl weiter. Was sagte sie dir ganz zum Schluß?»

Luke wiederholte die Worte ernst. Sie hatten Eindruck auf ihn gemacht, er würde sie wohl nie vergessen.

«Ich hatte gesagt, es sei schwer, bei einer Menge von Morden nicht gefaßt zu werden, und sie erwiderte: ‹Nein, nein, mein Lieber, da irren Sie sich. Es ist sehr leicht zu morden — solange niemand einen Verdacht auf· Sie hat. Und sehen Sie, der Mensch, um den es sich handelt, ist der allerletzte, auf den ein Verdacht fiele . . .›»

Er schwieg. Bridget wiederholte mit einem Schauder:

«Es ist leicht zu morden? Entsetzlich leicht — das ist wohl wahr! Kein Wunder, daß dir diese Worte im Gedächtnis blieben, Luke. Sie werden auch in meinem haften — mein Leben lang! Ein Mann wie Gordon Whitfield — oh, natürlich ist es leicht!»

«Es ist nicht so leicht, ihn zu überführen», meinte Luke.

«Glaubst du nicht? Ich habe eine Idee, daß ich da helfen kann.»

«Bridget, ich verbiete dir — —.»

«Das kannst du nicht. Man kann nicht nur bequem dasitzen und sich sicher fühlen. Ich bin dabei, Luke. Es mag gefährlich sein — ja, das will ich zugeben — aber ich muß meinen Teil ausführen.»

«Bridget — —»

«Ich bin dabei, Luke! Ich werde Fräulein Waynfletes Einladung annehmen und hierbleiben.»

«Mein Liebling, ich flehe dich an — —»

«Es ist für uns beide gefährlich, das weiß ich. Aber wir sind dabei, Luke – miteinander sind wir dabei!»

«Was gehst du in Handschuh'n durch Feld und Hag?»

Die Ruhe in Fräulein Waynfletes Haus stand in schärfstem Gegensatz zu den Augenblicken der gespannten Erregung im Auto.

Fräulein Waynflete empfing Bridgets Annahme ihrer Einladung mit etwas zweifelhafter Miene, beeilte sich jedoch, ihr gastfreundliches Angebot zu wiederholen, um zu zeigen, daß ihre Zweifel eine ganz andere Ursache hatten als Abgeneigtheit, das Mädchen bei sich aufzunehmen.

Luke sagte:

«Ich glaube wirklich, es wird das beste sein, da Sie so freundlich sind, Fräulein Waynflete. Ich wohne in der ‹Scheckigen Glocke› und es ist mir lieber, Bridget hier unter den Augen zu haben als in der Stadt. Denken Sie nur an das, was schon einmal dort geschehen ist.»

Fräulein Waynflete sagte:

«Sie meinen – Lavinia Pinkerton?»

«Ja. Man hätte doch gemeint, nicht wahr, daß inmitten einer bevölkerten Stadt jeder ganz sicher sei?»

«Sie meinen», sagte Fräulein Waynflete, «daß die Sicherheit eines Menschen hauptsächlich von der Tatsache abhängt, daß niemand ihn umzubringen wünscht?»

«Ganz richtig. Wir sind dahin gekommen, uns auf den sogenannten guten Willen der Zivilisation zu verlassen.»

Fräulein Waynflete nickte nachdenklich.

Bridget fragte:

«Seit wann wußten Sie, daß – Gordon der Mörder ist, Fräulein Waynflete?»

Fräulein Waynflete seufzte.

«Die Frage ist schwer zu beantworten, meine Liebe. Ich glaube, daß ich schon einige Zeit in meinem innersten Herzen ganz sicher war . . . Aber ich tat mein Bestes, diese Vermutung nicht anzuerkennen! Wissen Sie, ich wollte es nicht glauben, also machte ich mir selbst vor, daß es eine ungeheuerliche und bösartige Idee von mir sei.»

Luke erkundigte sich geradeheraus:

«Haben Sie nie für sich selbst gefürchtet?»

Fräulein Waynflete überlegte.

«Sie meinen, wenn Gordon Verdacht gefaßt hätte, daß ich wisse, hätte er ein Mittel gefunden, um mich loszuwerden?»

«Ja.»

Fräulein Waynflete sagte sanft:

«Ich habe natürlich diese Möglichkeit ins Auge gefaßt ... habe mich bemüht, auf mich achtzugeben. Aber ich glaube nicht, daß Gordon mich als wirkliche Gefahr empfunden hätte.»

«Warum?» Fräulein Waynflete wurde ein wenig rot.

«Ich glaube nicht, daß Gordon je denken würde, daß ich irgend etwas täte, was ihn in Gefahr brächte.»

Luke sagte:

«Sie gingen sogar so weit, ihn zu warnen, nicht?»

«Ja. Das heißt, ich sagte ihm, es sei doch merkwürdig, daß jedem, der ihm mißfalle, kurz darauf ein Unfall begegne.»

Bridget fragte: «Und was sagte er?»

Ein bekümmerter Ausdruck überflog Fräulein Waynfletes Züge.

«Er reagierte gar nicht in der Art, wie ich es meinte. Er schien – es ist wirklich höchst merkwürdig – er schien geradezu erfreut ... Er sagte: ‹Also Sie haben das auch bemerkt?› Er war offenbar stolz darauf!»

«Er ist natürlich verrückt», sagte Luke.

Fräulein Waynflete stimmte eifrig zu.

«Ja, sicher, es gibt keine andere mögliche Erklärung. Er ist für seine Handlungen nicht verantwortlich.» Sie legte die Hand auf Lukes Arm. «Man – man wird ihn nicht hängen, was, Herr Fitzwilliam?»

«Nein, nein. Man wird ihn wahrscheinlich nach Broadmoor, der Anstalt für irrsinnige Verbrecher, schicken.»

Fräulein Waynflete seufzte und lehnte sich an. Erleichtert sagte sie: «Ich bin froh.»

Ihre Augen ruhten auf Bridget, die mit gerunzelter Stirn auf den Teppich starrte.

Luke erklärte:

«Aber bis dahin ist noch ein weiter Weg. Ich habe die Behörde verständigt und kann so viel sagen, daß sie bereit ist, die Sache ernst zu nehmen. Aber Sie müssen sich klarmachen, daß wir äußerst wenig Beweise haben, auf die wir uns stützen können.»

«Wir werden Beweise verschaffen,» sagte Bridget.

Fräulein Waynflete sah zu ihr auf. In ihrem Blick lag ein Ausdruck, der Luke an jemand oder etwas erinnerte, das er vor nicht langer Zeit gesehen hatte. Er versuchte, die flüchtige Erinnerung festzuhalten, doch gelang es ihm nicht.

Fräulein Waynflete sagte zweifelhaft:

«Sie sind zuversichtlich, meine Liebe. Nun, vielleicht haben Sie recht.»

Luke sagte:

«Ich fahre jetzt hinauf, Bridget, und hole deine Sachen vom Herrenhaus.»

Bridget sagte augenblicklich:

«Ich komme mit.»

«Ich möchte das lieber nicht haben.»

«Ja, aber ich möchte doch lieber mitkommen.»

Luke sagte gereizt:

«Spiele nicht Mutter und Kind mit mir, Bridget! Ich lasse mich nicht von dir beschützen.»

Fräulein Waynflete murmelte:

«Ich glaube wirklich, Bridget, es wird alles in Ordnung gehen — im Auto — und am hellichten Tag!»

Bridget lachte ein wenig verlegen.

«Ich bin ja vielleicht blöd, aber die Sache geht einem auf die Nerven.»

Luke sagte:

«Fräulein Waynflete beschützte mich neulich am Abend auf dem Heimweg; gestehen Sie es nur, Fräulein Waynflete! Nicht wahr, Sie taten das?»

Sie gab es lächelnd zu.

«Sehen Sie, Herr Fitzwilliam, Sie waren so gänzlich arglos! Und wenn Gordon Whitfield wirklich die Tatsache erfaßt hätte, daß Sie nur hergekommen sind, um diese Sache zu untersuchen, und aus keinem anderen Grund — nun, es war nicht ganz gefahrlos. Und das ist ein sehr einsamer Weg — alles hätte dort geschehen können!»

«Nun, jetzt bin ich ja gründlich vor der Gefahr gewarnt», sagte Luke grimmig. «Ich lasse mich nicht unversehens überfallen, das kann ich Ihnen versichern!»
Fräulein Waynflete mahnte besorgt:
«Bedenken Sie, er ist sehr schlau. Und viel klüger, als Sie sich vorstellen können; wirklich ein äußerst erfinderischer Geist!»
«Ich bin gewarnt!»
«Männer haben Mut — das weiß man ja», fuhr Fräulein Waynflete fort, «aber sie sind leichter zu täuschen als Frauen.»
«Das ist wahr», bestätigte Bridget.
Luke sagte:
«Im Ernst, Fräulein Waynflete, glauben Sie wirklich, daß ich in Gefahr bin? Daß Lord Whitfield, wie man im Film sagt, nach mir aus ist?»
Fräulein Waynflete zögerte.
«Ich denke», sagte sie, «daß die Hauptgefahr für Bridget besteht. Ihre Zurückweisung seiner Person ist die größte Beleidigung! Ich glaube, daß er erst, nachdem er mit Bridget fertig geworden ist, Ihnen seine Aufmerksamkeit zuwenden wird; zweifellos wird er zuerst gegen sie losgehen.»
Luke stöhnte.
«Ich wollte, du würdest gleich abreisen — ins Ausland jetzt — sofort, Bridget!»
Bridget preßte die Lippen fest aufeinander.
«Ich fahre nicht.»
Fräulein Waynflete seufzte.
«Sie sind ein tapferes Geschöpf, Bridget. Ich bewundere Sie.»
«Sie würden an meiner Stelle dasselbe tun.»
«Ja, vielleicht.»
Bridget sagte mit tiefer, voller Stimme:
«Luke und ich sind miteinander in der Sache.»
Sie ging zur Tür hinaus mit ihm. Luke sagte:
«Ich rufe dich, wenn ich aus der Löwenhöhle draußen bin, von der ‹Scheckigen Glocke› aus an.»
«Ja, bitte, tue das!»
«Mein Süßes, verlieren wir nicht alle miteinander den Kopf! Auch die fähigsten Mörder müssen ein wenig Zeit haben, um ihre Pläne zu schmieden! Ich möchte sagen, ein bis zwei Tage sind wir noch sicher. Oberkommissär Battle kommt heute von

London; von da an wird Whitfield unter Beobachtung stehen.»
«Also ist tatsächlich alles in Ordnung, und wir können das Melodrama ausschalten.»
Luke legte ihr die Hand auf die Schulter.
«Bridget, mein Süßes, bitte, bitte, tu nichts Unbesonnenes!»
«Dasselbe gilt dir, Luke, Liebster!»
Er drückte ihre Schulter fest, sprang in den Wagen und fuhr davon.
Bridget kehrte in das Wohnzimmer zurück. Fräulein Waynflete schusselte ein wenig in ihrer sanften, altjüngferlichen Art herum. «Meine Liebe, Ihr Zimmer ist noch nicht ganz fertig; Emily ist schon dabei. Wissen Sie, was ich jetzt tun werde? Ich werde Ihnen eine gute Tasse Tee machen! Nach all diesen Aufregungen wird Ihnen das guttun.»
«Es ist furchtbar lieb von Ihnen, Fräulein Waynflete, aber ich brauche wirklich keinen.»
Was Bridget gern gehabt hätte, war ein starker Cocktail, jedoch ahnte sie ganz richtig, daß diese Art Erfrischung hier nicht zu haben sein werde. Sie mochte Tee überhaupt gar nicht, sie fand, er störe ihre Verdauung. Fräulein Waynflete jedoch hatte entschieden, daß Tee das war, was ihr junger Gast brauchte. Sie eilte geschäftig aus dem Zimmer und erschien strahlend nach ungefähr fünf Minuten wieder, ein Teebrett in den Händen, auf dem zwei Meißner Tassen voll dampfenden Getränkes standen.
«Echter Laosang Souchong», sagte Fräulein Waynflete stolz.
Bridget, die chinesischen Tee noch weniger ausstehen konnte als indischen, lächelte schwach.
In dem Augenblick erschien Emily, ein kleines, plumpes Mädel, und sagte:
«Bitte, Fräulein, haben Sie die Kissenbezüge mit den Volants gemeint?»
Fräulein Waynflete verließ eilig das Zimmer, und Bridget nahm die Gelegenheit wahr, um ihren Tee aus dem Fenster zu schütten, wobei sie fast Wonky Pooh, der auf dem Blumenbeet darunter saß, verbrüht hätte.
Wonky Pooh nahm ihre Entschuldigung gnädig entgegen, sprang auf das Fensterbrett und von da auf Bridgets Schulter, wo er sich schmeichelnd und schnurrend an ihr rieb.

«Schönes!» sagte Bridget und strich ihm mit der Hand über den Rücken.
Wonky Pooh krümmte seinen Schweif und schnurrte immer lauter.
«Schönes Kätzchen», sagte Bridget und kraulte ihm die Ohren.
In dem Augenblick kehrte Fräulein Waynflete zurück.
«Ach nein», rief sie aus, «wie Wonky Pooh Ihnen zugeht! Sonst ist er so unzugänglich! Aber achten Sie auf sein Ohr, meine Liebe, es war kürzlich krank und ist noch sehr empfindlich.»
Die Mahnung kam zu spät, Bridgets Hand hatte ihm schon weh getan; er fauchte sie an und zog sich beleidigt zurück.
«O weh, hat er Sie gekratzt?» fragte Fräulein Waynflete.
«Nicht besonders», antwortete Bridget und sog an einem Kratzer, der quer über den Handrücken lief.
«Soll ich etwas Jod daraufgeben?»
«Ach nein, es ist schon gut. Machen wir doch keine Geschichten.»
Fräulein Waynflete schien ein wenig enttäuscht. Bridget fürchtete, unfreundlich gewesen zu sein, und sagte schnell:
«Wie lang wird Luke wohl brauchen?»
«Machen Sie sich keine Sorgen, meine Liebe. Ich bin sicher, Herr Fitzwilliam kann schon gut auf sich achtgeben.»
«Oh, ich habe Angst!»
In dem Augenblick läutete das Telefon; Bridget eilte hin. Lukes Stimme erklang.
«Hallo! Bist du's, Bridget? Ich bin in der ‹Scheckigen Glocke›. Kannst du auf deine Sachen bis nach dem Lunch warten? Denn Battle ist angekommen — du weißt, wen ich meine —.»
«Der Oberkommissär von Scotland Yard?»
«Ja. Und er will gleich mit mir reden.»
«Mir ist es recht. Bring mir meine Sachen nach dem Lunch und erzähle mir, was er zu allem sagt.»
«Schön. Auf Wiedersehen, mein Liebling.»
«Auf Wiedersehen.»
Bridget hing den Hörer auf und berichtete Fräulein Waynflete das Gespräch. Dann gähnte sie, ein Gefühl der Müdigkeit hatte ihre Erregung abgelöst.
Fräulein Waynflete bemerkte es.

«Sie sind müde, meine Liebe. Sie sollten sich ein wenig niederlegen — nein, das wäre vielleicht nicht gut gerade vor dem Essen. Ich wollte eben ein paar alte Kleidungsstücke einer Frau bringen, die nicht weit wohnt — ein hübscher Weg über die Felder. Vielleicht kommen Sie mit? Wir haben gerade Zeit vor dem Lunch.»
Bridget war gleich einverstanden.
Sie gingen bei der hinteren Türe hinaus. Fräulein Waynflete trug einen Strohhut und hatte, zu Bridgets Belustigung, Handschuhe angezogen.
«Als ob wir in die Bond Street gingen!» dachte sie.
Fräulein Waynflete plauderte während des Gehens über verschiedene kleine Dorfangelegenheiten. Sie durchschritten zwei Felder und schlugen dann einen Pfad ein, der durch ein etwas verwildertes Dickicht führte. Es war ein heißer Tag, und Bridget fand den Schatten der Bäume angenehm.
Fräulein Waynflete schlug vor, sich zu setzen und auszuruhen.
«Es ist heute wirklich drückend heiß, finden Sie nicht auch? Ich glaube, es liegt ein Gewitter in der Luft!»
Bridget stimmte etwas schläfrig zu. Sie lehnte sich mit halbgeschlossenen Augen an den Abhang, einige Verse gingen ihr durch den Kopf.
«Was gehst du in Handschuh'n durch Feld und Hag,
o fette Graue, die niemand mag?»
Aber das war nicht ganz richtig! Fräulein Waynflete war nicht fett. Sie änderte die Worte, bis sie stimmten.
«Was gehst du in Handschuh'n durch Feld und Hag,
o magre Graue, die niemand mag?»
«Sie sind sehr schläfrig, Liebe, nicht?»
Die Worte wurden in sanftem, alltäglichem Ton gesprochen, aber etwas in ihnen ließ Bridget plötzlich die Augen aufreißen. Fräulein Waynflete hatte sich zu ihr vorgebeugt, ihre Augen blickten begierig, ihre Zunge strich über ihre Lippen. Sie wiederholte ihre Frage:
«Sie sind sehr schläfrig, nicht?»
Dieses Mal war die klare Bedeutung ihres Tones nicht mißzuverstehen. Wie ein Blitz flammte es in Bridges Hirn auf — ein Blitz des Verstehens, gefolgt von Verachtung ihrer eigenen Begriffsstutzigkeit!

Sie hatte die Wahrheit geargwöhnt — aber es war nicht mehr als ein leiser Argwohn gewesen. Sie hatte sich, in stiller, verborgener Arbeit, vergewissern wollen; jedoch nicht einen Augenblick hatte sie gedacht, daß etwas gegen sie unternommen werden sollte. Auch meinte sie, ihren Verdacht vollkommen verborgen zu haben, und hätte sich nicht träumen lassen, daß etwas so bald in Aussicht genommen war. Törichte Närrin, die sie war, dreifache Närrin!

Und plötzlich dachte sie:

«Der Tee — es war etwas im Tee! Sie weiß nicht, daß ich ihn nicht getrunken habe. Das ist mein Glück! Ich muß Komödie spielen! Was mag es gewesen sein? Gift? Oder nur ein Schlafmittel? Offenbar erwartet sie, daß ich schläfrig werde — das ist klar.»

Sie ließ ihre Augenlider wieder niedersinken und sagte mit — sie hoffte mit natürlich schläfriger Stimme:

«Ja — schrecklich ... Komisch! So schläfrig war ich überhaupt noch nie.»

Fräulein Waynflete nickte leise.

Bridget beobachtete die Ältere genau durch die beinahe geschlossenen Augenlider.

Sie dachte: «Ich bin ihr jedenfalls gewachsen! Meine Muskeln sind ziemlich zäh — sie ist eine magere, schwache alte Katze. Aber ich muß sie zum Reden bringen — das ist es — reden muß sie!»

Fräulein Waynflete lächelte, es war kein gutes Lächeln; es war schlau und etwas unmenschlich.

Bridget dachte:

«Wie eine Ziege ist sie! Gott, wie sie einer Ziege gleicht! Eine Ziege war immer ein Symbol des Bösen! Jetzt sehe ich, warum! Ich hatte recht — hatte recht mit dieser phantastischen Idee! Die Höll' hat keine Furie wie ein verschmähtes Weib! ... Damit fing es an — darin liegt alles.»

Sie murmelte, und diesmal hatte ihre Stimme entschieden einen besorgten Klang.

«Ich weiß nicht, was ich habe ... Mir ist so merkwürdig — so ganz eigen!»

Fräulein Waynflete warf einen raschen Blick ringsum. Die Stelle lag ganz vereinsamt. Es war zu weit vom Dorf, als daß man einen Ruf hätte hören können; auf waren keine Häuser in der Nähe. Sie begann das Paket, das sie trug, aufzumachen — das Paket, in dem alte Kleider sein sollten. Dem schien auch so zu sein; als sie das Papier auseinanderbog, kam ein weiches, wollenes Kleidungsstück zum Vorschein. Doch noch immer kramten die behandschuhten Hände.

«Was gehst du in Handschuh'n durch Feld und Hag?»

Ja — warum? Warum Handschuhe?

Natürlich! Natürlich! Das Ganze war so wundervoll geplant!

Die Hülle fiel zur Seite. Sorgfältig zog Fräulein Waynflete das Messer hervor, achtete beim Halten sehr darauf, die Fingerspuren nicht zu verwischen, die schon darauf waren — wo die kurzen, dicken Finger von Lord Whitfield es früher am Tage im Wohnzimmer des Herrenhauses gehalten hatten.

Das maurische Messer mit der scharfen Klinge.

Bridget fühlte eine leichte Übelkeit. Sie mußte Zeit gewinnen — ja, und sie mußte die Frau zum Reden bringen — diese magere graue Frau, die niemand liebte. Es mußte eigentlich nicht schwer sein, denn sie mußte ja das Bedürfnis haben zu reden, so ein starkes Bedürfnis — und der einzige Mensch, mit dem sie reden konnte, war jemand wie Bridget — jemand, der dann für immer verstummen mußte.

Bridget sagte mit schwacher, verschlafener Stimme:

«Was — ist das — für ein Messer?»

Da lachte Fräulein Waynflete.

Es war ein entsetzliches Lachen und wohlklingend und damenhaft und ganz unmenschlich. Sie sagte:

«Es ist für Sie, Bridget, für Sie! Ich hasse Sie schon lange!»

Bridget sagte:

«Weil ich Gordon Whitfield heiraten sollte?»

Fräulein Waynflete nickte.

«Sie sind klug, Sie sind ganz klug! Dies, sehen Sie, wird der krönende Beweis gegen ihn sein. Sie werden hier mit durchschnittener Kehle gefunden werden — und sein Messer dabei und seine Fingerspuren auf dem Messer! Das war heute vormittag schlau von mir, daß ich verlangte, es zu sehen! Und dann, während Sie oben waren, schob ich es in ein Taschentuch gewickelt in meinen Beutel. So leicht war es! Aber die ganze Sache war leicht; ich hätte es kaum geglaubt.»

Bridget sagte, noch immer in der schweren, gedämpften Stimme eines Menschen, der halb betäubt wurde:
«Das ist — weil — Sie — so — teuflisch gescheit sind . . .»
Fräulein Waynflete lachte wieder melodisch und sagte mit einer entsetzlichen Art Stolz:
«Ja, ich hatte immer Verstand, auch als ganz junges Mädchen! Aber man ließ mich ja nichts machen . . . Ich mußte zu Hause bleiben — nichts tun. Und dann Gordon — nur eines gewöhnlichen Schusters Sohn, aber er hatte Ehrgeiz, das wußte ich, ich wußte, er würde seinen Aufstieg machen. Und er hat mich sitzenlassen — mich! Und alles wegen dieser dummen Geschichte mit dem Vogel!»
Ihre Hände machten eine seltsame Bewegung, als drehe sie etwas um.
Wieder kam eine Welle von Übelkeit über Bridget.
«Gordon Ragg wagte es, mich stehenzulassen — mich, die Tochter von Oberst Waynflete! Ich schwor, daß ich ihm das vergelten würde! Ich dachte Nacht für Nacht darüber nach . . . Und dann wurden wir immer ärmer und ärmer; das Haus mußte verkauft werden. Er kaufte es! Er kam als Gönner daher und bot mir eine Stellung in meinem eigenen früheren Heim! Wie ich ihn damals haßte! Jedoch nie zeigte ich meine Gefühle, das wurden wir schon als kleine Mädchen gelehrt — eine unschätzbare Gewöhnung. Da, finde ich immer, zeigt sich die gute Rasse.»
Sie schwieg eine Weile. Bridget beobachtete sie und wagte kaum zu atmen, um den Strom der Worte nicht zu hemmen.
Fräulein Waynflete fuhr leise fort:
«Und die ganze Zeit dachte ich und dachte . . . Zuerst dachte ich, ich würde ihn töten. Da begann ich über Kriminalität zu lesen — ganz für mich — in der Bibliothek. Diese Lektüre war mir später mehr als einmal sehr nützlich. Bei der Tür von Amys Zimmer zum Beispiel, den Schlüssel von außen mit einer Zange im Schloß umzudrehen, nachdem ich die Flaschen neben ihrem Bett vertauscht hatte. Wie sie schnarchte, das Mädel, ekelhaft war es!»
Sie machte eine Pause.
Die Gabe, die Bridget vervollkommnet und die Lord Whitfield bezaubert hatte, die Gabe des vollendeten Zuhörers, kam ihr

nun gut zustatten. Honoria Waynflete mochte eine irrsinnige Mörderin sein, aber sie war auch etwas viel Gewöhnlicheres, sie war ein menschliches Wesen, das von sich selbst reden wollte. Und für diese Klasse von menschlichen Wesen war Bridget wohlgerüstet.

Sie sagte, und ihre Stimme war gerade richtig einladend:

«Sie wollten ihn zuerst töten —.»

«Ja, aber das befriedigte mich nicht — viel zu gewöhnlich — es mußte etwas Besseres sein als einfach töten. Und dann kam ich auf diese Idee, sie ist mir einfach gekommen. Er sollte für eine Menge Verbrechen büßen, an denen er ganz unschuldig war, er sollte ein Mörder sein! Er sollte für meine Verbrechen hängen. Oder man würde ihn für wahnsinnig erklären und sein Leben lang einsperren ... Das wäre vielleicht noch besser.»

Jetzt kicherte sie. Ein entsetzliches Gekicher war es ... Ihre lichten Augen starrten mit seltsam veränderten Pupillen.

«Wie gesagt, ich hatte eine Menge Bücher über Verbrechen gelesen. Ich wählte meine Opfer sorgfältig — anfangs sollte nicht zuviel Verdacht geweckt werden. Wissen Sie», ihre Stimme vertiefte sich, «mir machte das Umbringen Freude ... Diese unangenehme Person, Lydia Horton — sie hatte mich begönnert — einmal sprach sie von mir als einer ‹alten Jungfer›. Ich freute mich, als Gordon mit ihr stritt. Zwei Fliegen mit einem Schlag, dachte ich! Es machte mir soviel Spaß, an ihrem Bett zu sitzen und das Arsenik in ihren Tee zu praktizieren, und dann hinauszugehen und der Pflegerin zu sagen, wie sehr Frau Horton sich über den bitteren Geschmack von Lord Whitfields Trauben beklagt hatte! Das dumme Frauenzimmer hat das nicht weitergesagt, was jammerschade war.

Und die anderen! Sobald ich hörte, daß Gordon einen Groll auf jemand hatte, war es so leicht, einen Unfall herbeizuführen! Und er war so ein Narr — so ein unglaublicher Narr! Ich machte ihn glauben, daß etwas Besonderes an ihm sei! Daß jeder, der sich gegen ihn stellte, dafür büßte. Er glaubte es ganz leicht. Armer Gordon, er würde alles glauben, so leichtgläubig!»

Bridget erinnerte sich, wie sie selbst zu Luke gesagt hatte:

«Gordon! Der würde alles glauben!»

Leicht! Wie leicht! Armer, hochtrabender, leichtgläubiger kleiner Gordon.

Aber sie mußte noch mehr erfahren! Leicht? Das war ebenfalls leicht! Als Sekretärin hatte sie es jahrelang getan, hatte ihre Dienstherren unmerklich ermuntert, von sich zu sprechen. Und diese Frau hier wünschte so sehr zu reden, mit ihrer Klugheit zu prahlen.

Bridget murmelte:

«Aber wie haben Sie es alles gemacht? Ich kann mir nicht vorstellen, wie Sie das konnten.»

«Oh, es war ganz leicht! Es bedurfte nur eines Planes! Als Amy vom Herrenhaus entlassen wurde, nahm ich sie sofort in meinen Dienst. Ich denke, die Idee mit der Hutfarbe war wirklich gescheit — und da die Tür von innen versperrt war, war ich ganz sicher. Aber ich war ja immer sicher, weil ich nie einen Beweggrund hatte, und man kann niemand des Mordes verdächtigen, wenn es keinen Grund gibt. Carter war auch ganz leicht — er schwankte im Nebel herum, und ich kam ihm auf dem Steg nach und gab ihm einen raschen Stoß. Ich bin überhaupt sehr stark, wissen Sie.»

Sie hielt inne, und das leise, entsetzliche Kichern kam wieder.

«Das Ganze war so ein Spaß! Nie werde ich Tommys Gesicht vergessen, als ich ihn an jenem Tag vom Fensterbrett herabstieß. Er hatte nicht die leiseste Ahnung gehabt . . .»

Sie beugte sich vertraulich zu Bridget.

«Die Leute sind wirklich sehr dumm, wissen Sie, das hatte ich früher nie so erfaßt.»

Bridget sagte sehr leise:

«Aber Sie sind — so außergewöhnlich gescheit.»

«Ja — ja — vielleicht haben Sie recht.»

Bridget sagte:

«Dr. Humbleby — das muß schwieriger gewesen sein?»

«Ja, es war wirklich verblüffend, wie das gelang. Es hätte natürlich auch mißlingen können. Jedoch Gordon hatte zu jedermann von seinem Besuch im Wellerman-Kreitz-Institut gesprochen, und ich dachte, wenn ich es nur so machen könnte, daß die Leute sich an den Besuch erinnern und ihn damit in Verbindung bringen könnten. Und Wonky Poohs Ohr war wirklich sehr garstig mit viel Eiterung. Ich brachte es zuwege, die Spitze meiner Schere dem Doktor in die Hand zu rennen, und dann war ich so desperat und bestand darauf, ihm einen Verband zu machen. Er wußte nicht, daß der Verband mit Eiter von Wonky Poohs Ohr infiziert wurde. Natürlich hätte es sich ja auch nicht auswirken können – es war eben ein kühner Versuch, der gelang – besonders da Wonky Pooh Lavinias Kater gewesen war.»

Ihr Gesicht verfinsterte sich.

«Lavinia Pinkerton! Sie erriet ... Es war sie, die Tommy an jenem Tag gefunden hatte. Und als Gordon und der alte Dr. Humbleby den Streit hatten, sah sie, wie ich Humbleby anschaute; ich war nicht auf meiner Hut, ich dachte eben darüber nach, wie ich es tun würde ... Und sie wußte! Ich wandte mich um und sah, daß sie mich beobachtete, und – ich verriet mich. Ich sah, daß sie wußte. Sie konnte natürlich nichts beweisen, das wußte ich. Aber ich fürchtete trotzdem, daß ihr jemand glauben könnte, daß ihr jemand von Scotland Yard glauben könnte. Ich war sicher, daß sie an jenem Tag dorthin wollte. Ich fuhr mit demselben Zug und folgte ihr.

Das Ganze war so leicht. Sie war auf einer Kreuzungsinsel in Whitehall, ich knapp hinter ihr, doch sah sie mich nicht. Ein großes Auto kam daher, und ich stieß mit aller Kraft zu. Ich bin sehr stark! Sie fiel gerade vor das Auto hin. Ich sagte einer Frau neben mir, daß ich die Nummer des Wagens gesehen hatte, und gab ihr die Nummer von Gordons Rolls. Ich hoffte, sie würde sie der Polizei sagen.

Es war ein Glück, daß das Auto nicht stehenblieb. Es war wohl ein Chauffeur, der ohne Wissen seines Herrn eine Vergnügungsfahrt unternahm. Ja, da, da hatte ich Glück. Ich habe immer Glück. Die Szene neulich mit Rivers, von der Luke Fitzwilliam Zeuge war! Es machte mir solchen Spaß, ihn auf die Spur zu führen! Merkwürdig, wie schwer es war, seinen Verdacht auf Gordon zu lenken. Erst nach dem Tod von Rivers würde er sicher daraufkommen; er mußte doch!

Und nun – das hier wird jetzt das Ganze schön abschließen.»

Sie stand auf und ging auf Bridget zu. Sie sagte leise:

«Gordon hat mich sitzenlassen! Er wollte Sie heiraten. Mein Leben lang bin ich enttäuscht worden. Ich habe nichts gehabt – gar nichts ...»

«O magre Graue, die niemand mag ...»

Sie beugte sich über Bridget, lächelnd, mit wahnsinnig leuchtenden Augen ... Das Messer funkelte.

Mit all ihrer jugendlichen Kraft sprang Bridget auf und warf sich wie eine Tigerkatze mit voller Gewalt auf die andere, stieß sie zurück und packte sie am rechten Handgelenk.

Von dem Überfall überrascht, wich Honoria Waynflete zurück. Doch nur einen Augenblick blieb sie untätig, dann begann sie zu kämpfen. Bezüglich der Kraft waren sie nicht zu vergleichen. Bridget war jung und gesund und hatte vom Sport gestählte Muskeln. Honoria Waynflete war ein schlankgebautes, schwaches Geschöpf.

Aber mit einem Faktor hatte Bridget nicht gerechnet: Honoria Waynflete war wahnsinnig. Ihre Kraft war die Kraft einer Wahnsinnigen. Sie kämpfte wie ein Teufel, und ihre irrsinnige Kraft war größer als die gesunde Muskelkraft von Bridget. Sie wankten hin und her, und immer mühte sich Bridget, ihr das Messer zu entreißen, und immer noch umklammerte es Honoria Waynflete.

Und dann gewann nach und nach die Kraft der Irrsinnigen die Oberhand. Nun schrie Bridget:

«Luke . . . Hilfe . . . Hilfe . . .»

Aber sie hatte keine Hoffnung, daß Hilfe kommen würde. Sie und Honoria Waynflete waren allein, allein in einer toten Welt. Mit höchster Anstrengung riß sie das Handgelenk der anderen zurück und endlich hörte sie das Messer niederfallen.

Im nächsten Augenblick hatten sie Honoria Waynfletes Hände mit wahnsinnigem Zupacken um ihren Hals geklammert und preßten ihr das Leben heraus. Sie stieß einen letzten halberstickten Schrei aus . . .

Frau Humbleby spricht

Luke hatte einen günstigen Eindruck von der Erscheinung des Oberkommissärs Battle. Er war ein starker, behaglich aussehender Mann mit breitem, rotem Gesicht und einem großen, schönen Schnurrbart. Beim ersten Blick blitzte einem nicht gerade ein glänzender Geist entgegen, jedoch bei näherem Betrachten entdeckte man, daß das Auge des Oberkommissärs außergewöhnlich klug war.

Luke beging nicht den Fehler, ihn zu unterschätzen. Er hatte Männer dieses Typus schon öfter getroffen und wußte, daß man ihnen vertrauen konnte und daß sie immer Erfolge hatten. Er hätte sich keinen besseren Mann für diesen Fall wünschen können.

Als sie allein waren, sagte Luke:

«Es ist aber ein großer Herr, den man für diese Sache hergeschickt hat in Ihrer Person?»

Oberkommissär Battle lächelte.

«Es kann sich ja auch um eine sehr ernste Sache handeln, Herr Fitzwilliam. Wo ein Mann wie Lord Whitfield in Frage kommt, dürfen wir keine Fehler begehen.»

«Das verstehe ich. Sind Sie allein?»

«O nein. Ich habe einen Detektiv-Sergeanten mit. Er ist im anderen Wirtshaus, und seine Aufgabe ist, ein Auge auf Seine Lordschaft zu haben.»

«Ich verstehe.»

Battle fragte:

«Ihrer Meinung nach, Herr Fitzwilliam, gibt es keinen Zweifel? Sie sind Ihres Mannes sicher?»

«Nach den Tatsachen sehe ich keine Möglichkeit einer anderen Annahme. Soll ich Ihnen die Tatsachen mitteilen?»

«Danke, ich habe sie schon durch Sir William erfahren.»

«Nun, und was denken Sie? Ich vermute, daß es Ihnen ganz unwahrscheinlich scheint, daß ein Mann in Lord Whitfields Stellung ein mörderischer Verbrecher sein soll?»

«Sehr wenige Dinge scheinen mir unwahrscheinlich», sagte Oberkommissär Battle. «Was Verbrechen betrifft, ist nichts unmöglich; das habe ich immer gesagt. Wenn Sie mir sagen würden, daß eine liebe alte, unverheiratete Dame oder ein Erzbischof oder ein Schulmädel ein gefährlicher Verbrecher ist, würde ich nicht nein sagen, sondern den Fall untersuchen.»

«Wenn Sie die Haupttatsachen durch Sir William gehört haben, will ich Ihnen nur erzählen, was sich heute früh ereignet hat», sagte Luke.

Er umriß in kurzen Strichen die Szene mit Lord Whitfield. Oberkommissär Battle hörte mit viel Interesse zu.

Er sagte: «Sie sagen, er betastete ein Messer. Legte er besonderes Gewicht auf Messer? Drohte er damit?»

«Nicht offen. Er probierte die Schneide in etwas unangenehmer Weise – mit einer Art von ästhetischem Vergnügen, das mir nicht gefiel. Fräulein Waynflete hatte dieselbe Empfindung, glaube ich.»

«Das ist die Dame, von der Sie sprachen – die Lord Whitfield ihr Leben lang kannte und einmal mit ihm verlobt war?»

«Ganz richtig.»

Oberkommissär Battle sagte:

«Ich glaube, Sie können bezüglich der jungen Dame ganz beruhigt sein, Herr Fitzwilliam. Ich werde jemand beauftragen, scharf über sie zu wachen. Das und Jackson muß jede Gefahr, daß etwas passiert, hintanhalten.»

«Sie nehmen mir eine große Last vom Herzen», sagte Luke.

Der Oberkommissär nickte verständnisvoll.

«Es ist eine unangenehme Lage für Sie, Herr Fitzwilliam. Die Sorge um Fräulein Conway. Und wissen Sie, ich erwarte nicht, daß dies ein leichter Fall sein wird. Lord Whitfield muß ein sehr kluger Mann sein. Er wird sich jetzt wahrscheinlich lange Zeit nicht rühren. Das heißt, außer er ist im letzten Stadium.»

«Was nennen Sie das letzte Stadium?»

«Eine Art von geschwollenem Egoismus, wo der Verbrecher glaubt, er könne nicht entdeckt werden! Er ist zu gescheit, und alle anderen sind zu dumm! Dann natürlich kriegen wir ihn!»

Luke nickte. Er erhob sich.

«Nun, ich wünsche Ihnen alles Glück», sagte er. «Lassen Sie mich Ihnen, so gut ich kann, helfen.»

«Gewiß.»

«Augenblicklich kann ich nichts tun?»

Battle überlegte.

«Ich glaube nicht; ich möchte mich erst ein wenig im Ort orientieren. Vielleicht könnte ich am Abend wieder mit Ihnen sprechen?»

«Natürlich.»

«Da werde ich besser wissen, wie wir stehen.»

Luke fühlte sich etwas getröstet und beruhigt. Viele Leute hatten nach einer Besprechung mit dem Oberkommissär dieses Gefühl gehabt.

Er sah auf die Uhr. Sollte er noch vor dem Lunch Bridget besuchen?

Lieber nicht, dachte er. Fräulein Waynflete würde glauben, sie müsse ihn zur Mahlzeit auffordern, und das könnte ihren Haushalt in Verlegenheit bringen. Ältliche Damen, wußte Luke aus seiner Erfahrung mit Tanten, kamen über wirtschaftlichen Problemen leicht aus dem Gleichgewicht. Obwohl Fräulein Waynflete auch eine Tante war? Wahrscheinlich.

Er war vor die Tür des Gasthauses getreten. Eine schwarzgekleidete Gestalt, die die Straße heruntereilte, blieb plötzlich stehen, als sie ihn erblickte.

«Herr Fitzwilliam.»

«Frau Humbleby.»

Er trat zu ihr und schüttelte ihr die Hand.

Sie sagte:

«Ich dachte, Sie seien abgereist?»

«Nein — ich habe nur die Wohnung gewechselt. Ich wohne jetzt hier.»

«Und Bridget? Ich höre, sie ist vom Herrenhaus fort?»

«Jawohl, das ist sie.»

Frau Humbleby seufzte.

«Ich bin so froh, sehr froh, daß sie von Wychwood fort ist.»

«Oh, sie ist noch hier; sie wohnt bei Fräulein Waynflete.»

Frau Humbleby trat einen Schritt zurück; Luke sah mit Staunen, daß sie außerordentlich bekümmert aussah.

«Bei Honoria Waynflete wohnt sie? Ja, warum denn?»

«Fräulein Waynflete hat sie liebenswürdigerweise eingeladen, auf ein paar Tage zu ihr zu kommen.»

Frau Humbleby schauerte ein wenig zusammen. Sie trat nahe an Luke heran und legte ihre Hand auf seinen Arm.

«Herr Fitzwilliam, ich weiß, ich habe kein Recht, etwas zu sagen — irgend etwas zu sagen. Ich habe in letzter Zeit sehr viel Kummer und Leid mitgemacht — vielleicht macht mich das etwas wunderlich! Meine Gefühle sind vielleicht nur krankhafte Einbildungen.»

Luke sagte sanft:

«Welche Gefühle?»

«Diese Überzeugung, die ich habe — von — von etwas Bösem!»

Sie schaute Luke schüchtern an. Da sie sah, daß er bloß ernst den Kopf neigte und keinen Zweifel an ihrer Behauptung zu hegen schien, fuhr sie fort:

«Soviel Schlechtigkeit – das ist der Gedanke, der mich nie verläßt – soviel Schlechtigkeit ist hier in Wychwood! Und diese Frau steckt hinter allem, dessen bin ich sicher!»
Luke verstand nicht.
«Welche Frau?»
Frau Humbleby sagte:
«Honoria Waynflete ist bestimmt eine sehr schlechte Person! Ah, ich sehe, Sie glauben mir nicht! Auch Lavinia Pinkerton glaubte niemand. Aber wir fühlten es beide. Sie, glaube ich, wußte mehr als ich... Bedenken Sie, Herr Fitzwilliam, daß eine Frau, wenn sie nicht glücklich ist, schrecklicher Dinge fähig ist.»
Luke sagte sanft:
«Ja – das mag sein.»
Frau Humbleby sagte rasch:
«Sie glauben mir nicht? Nun, warum sollten Sie auch? Aber ich kann den Tag nicht vergessen, an dem John mit verbundener Hand von ihr nach Hause kam, obwohl er sich nichts daraus machte und sagte, es sei nur ein Kratzer.»
Sie wandte sich zum Gehen.
»Adieu. Bitte, vergessen Sie, was ich soeben sagte. Ich – ich bin nicht ganz beisammen in den letzten Tagen.»
Luke sah ihr nach. Er zerbrach sich den Kopf, warum Frau Humbleby Honoria Waynflete eine schlechte Person genannt hatte. War. Dr. Humbleby mit Honoria Waynflete befreundet gewesen und seine Frau eifersüchtig?
Was hatte sie gesagt? »Auch Lavinia Pinkerton glaubte niemand.» Dann mußte Lavinia Pinkerton etwas von ihrem Verdacht Frau Humbleby anvertraut haben.
Im Nu kehrte die Erinnerung an die Bahnfahrt wieder und an das bekümmerte Gesicht einer netten alten Dame. Er hörte eine ernste Stimme wieder sagen: «Der Ausdruck auf dem Gesicht eines Menschen». Und die Art, wie ihr eigenes Gesicht sich verwandelt hatte, als sähe sie im Geiste etwas sehr klar. Einen Augenblick lang, dachte er, war ihr Gesicht ganz anders gewesen, die Lippen über die Zähne hinaufgezogen und ein seltsamer, fast stierer Ausdruck in ihren Augen.
Er dachte plötzlich: Aber ich habe jemanden gerade so dreinschauen gesehen – mit demselben Ausdruck... Ganz kürzlich

– wann? Heute vormittag! Natürlich! Fräulein Waynflete, als sie im Wohnzimmer des Herrenhauses Bridget ansah.
Und plötzlich kam ihm eine andere Erinnerung, die viele Jahre zurücklag. Tante Mildred, die sagte: «Weißt du, mein Lieber, sie hat ganz blöd ausgeschaut«, wobei ihr eigenes, vernünftiges, gemütliches Gesicht einen Augenblick lang einen blödsinnigen, hirnlosen Ausdruck angenommen hatte.
Lavinia Pinkerton hatte von dem Ausdruck gesprochen, den sie auf dem Gesicht eines Mannes – nein, eines Menschen gesehen hatte. War es möglich, daß, während einer Sekunde, ihre lebhafte Einbildungskraft den Ausdruck, den sie gesehen hatte, reproduzierte – den Ausdruck eines Mörders, der sein nächstes Opfer betrachtete ...
Seines Tuns halb unbewußt, beschleunigte Luke seine Schritte auf Fräulein Waynfletes Haus zu.
Eine Stimme in seinem Hirn wiederholte immer wieder:
«Nicht einen Mann – sie erwähnte nie einen Mann – du nahmst an, es sei ein Mann, weil du an einen Mann dachtest – aber sie hat es nie gesagt ... O Gott, bin ich ganz verrückt? Was ich denke, ist nicht möglich ... sicher ist es nicht möglich – es liegt kein Sinn darin ... Aber ich muß zu Bridget, ich muß wissen, daß alles mit ihr richtig ist ... Diese Augen – diese seltsamen lichtgelben Augen! Oh, ich bin verrückt! Ich muß verrückt sein! Whitfield ist der Verbrecher! Er muß es sein – er hat es ja so gut wie gesagt!»
Und noch immer sah er, wie in einem Alptraum, Fräulein Pinkertons Gesicht mit seiner augenblicklichen Widerspiegelung von etwas Entsetzlichem und fast Irrem.
Das kleine Dienstmädchen öffnete ihm die Tür; ein wenig erschrocken über seine Heftigkeit sagte sie:
«Die Dame ist ausgegangen, Fräulein Waynflete hat es mir gesagt. Ich werde schauen, ob Fräulein Waynflete zu Hause ist.»
Er drängte sich an ihr vorüber in das Wohnzimmer. Emily lief in das obere Stockwerk und kam atemlos zurück.
«Die Gnädige ist auch ausgegangen.»
Luke nahm sie bei der Schulter.
«Wohin? Welche Richtung haben sie eingeschlagen?»
Sie gaffte ihn an.

«Sie müssen bei der Hintertür hinausgegangen sein. Wenn sie von vorn hinausgegangen wäre, hätte ich sie gesehen, weil die Küche dort hinausgeht.»
Sie folgte ihm, als er hinaus in den winzigen Garten und weiter lief. Dort stand ein Mann, der eine Hecke stutzte. Luke ging auf ihn zu und stellte eine Frage an ihn, wobei er sich bemühte, seine Stimme zu beherrschen.
«Zwei Damen? Ja. Vor einer Weile; ich aß gerade mein Mittagessen unter der Hecke; sie werden mich wohl kaum bemerkt haben.»
«Welchen Weg sind sie gegangen?»
Er bemühte sich verzweifelt, seiner Stimme einen normalen Ton zu geben, jedoch weiteten sich die Augen des andern, während er langsam erwiderte:
«Über die Felder ... Dort hinüber, weiter weiß ich nicht.»
Luke dankte ihm und begann zu laufen. Sein Gefühl der Dringlichkeit hatte sich verstärkt. Er mußte sie erreichen – er mußte! Vielleicht war er total verrückt. Aller Wahrscheinlichkeit nach machten sie nur eben einen freundschaftlichen Spaziergang, jedoch etwas in ihm schrie nach Eile. Mehr Eile!
Er überschritt die zwei Felder und blieb zögernd auf einem Landweg stehen. Wie nun weiter?
Und dann hörte er den Ruf – schwach, weit entfernt, aber nicht zu verkennen ...
«Luke, Hilfe!» und wieder: «Luke ...»
Unbeirrbar stürzte er sich in das Gehölz und rannte in die Richtung, von der der Ruf gekommen war. Jetzt war noch anderes zu hören – ein Ringen – ein Keuchen – ein halberstickter Schrei ...
Er kam gerade rechtzeitig durch die Bäume, um die Hände einer Irrsinnigen von dem Hals ihres Opfers zu reißen, die sich heftig Sträubende und mit Schaum am Munde Fluchende festzuhalten, bis sie endlich mit einem krampfhaften Erschaudern in seinem Griff erstarrte.

«Aber ich verstehe nicht», sagte Lord Whitfield, «ich verstehe nicht.»
Er bemühte sich, seine Würde aufrechtzuerhalten. Aber unter den hochtrabenden Äußerungen war eine recht klägliche Verwirrung bemerkbar. Er konnte die außerordentlichen Dinge, die ihm erzählt wurden, kaum glauben.
«Die Sache ist so, Lord Whitfield», sagte Battle geduldig. «Also erstens ist Wahnsinn in der Familie, das haben wir jetzt entdeckt; kommt bei diesen alten Familien öfter vor. Ich möchte sagen, sie hatte die Anlage dazu. Dann war sie eine ehrgeizige Person — und alles ging ihr schief, erst ihre Laufbahn und dann ihre Liebesgeschichte.» Er hustete. «Ich höre, Sie waren es, der sie sitzenließ?»
Lord Whitfield sagte steif:
«Der Ausdruck ‹sitzenließ› gefällt mir nicht.»
Oberkommissär Battle verbesserte sich.
«Sie waren es, der die Verlobung auflöste?»
«Nun — ja.»
«Sag uns, warum, Gordon», sagte Bridget.
Lord Whitfield wurde etwas rot. Er sagte:
«Na, schön, wenn ich muß. Honoria hatte einen Kanarienvogel, den sie sehr liebte. Er pflegte Zucker von ihren Lippen zu nehmen; eines Tages aber hackte er sie statt dessen heftig mit dem Schnabel. Sie wurde zornig, nahm ihn auf — und — drehte ihm den Hals um! Seitdem konnte ich nicht mehr dasselbe Gefühl für sie aufbringen. Ich sagte ihr, ich glaubte, wir hätten uns beide geirrt.»
Battle nickte. Er sagte:
«Das war der Anfang! Wie sie Fräulein Conway sagte, wandte sie nun alle ihre Gedanken und ihre unzweifelhaften geistigen Fähigkeiten einem Ziel und Zweck zu.»
Lord Whitfield sagte ungläubig:
«Mich als Mörder verurteilt zu sehen? Ich kann es nicht glauben.»
Bridget sagte: «Es ist wahr, Gordon. Du weißt, du warst selbst überrascht, wie jeder, der dich erzürnt hatte, sofort vernichtet wurde.»

«Das hatte seinen Grund.»
«Honoria Waynflete war der Grund», sagte Bridget. «Begreife doch endlich, Gordon, daß es nicht die Vorsehung war, die Tommy Pierce aus dem Fenster stieß und alle übrigen umbrachte. Es war Honoria.»
Lord Whitfield schüttelte den Kopf.
«Es scheint mir alles ganz unglaublich», sagte er.
Battle fragte:
«Sie sagten, Sie erhielten heute vormittag eine telefonische Botschaft?»
«Ja — ungefähr um zwölf Uhr. Ich wurde ersucht, sofort in das Shaw-Gehölz zu kommen, da du, Bridget, mir etwas zu sagen habest. Ich sollte nicht mit dem Auto kommen, sondern zu Fuß.»
Battle nickte.
«Richtig. Das wäre das Ende gewesen. Fräulein Conway wäre mit durchschnittenem Hals gefunden worden, und neben ihr Ihr Messer mit Ihren Fingerabdrücken! Und Sie selbst wären zu der Zeit in der Nähe gesehen worden! Sie hätten nicht das geringste ausrichten können. Jede Jury der Welt hätte Sie verurteilt.»
«Mich?» sagte Lord Whitfield, erschrocken und entsetzt. «Jemand hätte so etwas von mir glauben können?»
Bridget sagte sanft:
«Ich nicht, Gordon. Ich glaubte das Ganze nie.»
Lord Whitfield sah sie kalt an, dann sagte er steif:
«In Anbetracht meines Charakters und meiner Stellung in der Grafschaft glaube ich nicht, daß irgend jemand auch nur einen Augenblick so eine ungeheuerliche Beschuldigung hätte glauben können!»
Er ging würdevoll hinaus und schloß die Tür hinter sich.
Luke sagte:
«Er wird nie begreifen, daß er wirklich in Gefahr war!»
Dann sagte er:
«Also nun, Bridget, erzähle, wie du dazu kamst, auf die Waynflete Verdacht zu haben.»
Bridget erklärte:
«Damals, als du mir sagtest, daß Gordon der Mörder sei; das konnte ich nicht glauben. Weißt du, ich kannte ihn so gut. Ich

war zwei Jahre seine Sekretärin gewesen! Ich kannte ihn in- und auswendig! Ich wußte, daß er hochtrabend und kleinlich und ganz von sich eingenommen war, doch ich wußte auch, daß er ein gütiger Mensch und fast lächerlich weichherzig ist. Es tat ihm leid, auch nur eine Wespe zu töten. Jene Geschichte, daß er Fräulein Waynfletes Kanarienvogel getötet habe – die war ganz falsch. Das konnte er einfach nicht getan haben. Er hatte mir einmal erzählt, daß er sie stehengelassen habe. Und du behauptest jetzt, daß es umgekehrt war. Nun, das konnte noch sein; sein Stolz mochte ihm nicht erlaubt haben, zuzugeben, daß sie ihm den Abschied gegeben habe. Aber die Vogelgeschichte nicht! So war Gordon einfach nicht! Er ging nicht einmal auf die Jagd, weil er nicht vertragen konnte, zu sehen, wie man Tiere tötete.

Also wußte ich bestimmt, daß jener Teil der Geschichte nicht wahr sei. Wenn dem aber so war, so mußte Fräulein Waynflete gelogen haben. Und es war wirklich, wenn man darüber nachdachte, eine außergewöhnliche Lüge! Und plötzlich fragte ich mich, ob sie vielleicht noch mehrere Lügen erzählt habe. Sie war eine sehr stolze Frau – das konnte man sehen. Stehengelassen zu werden, mußte ihren Stolz fürchterlich verletzt haben; es würde sie wahrscheinlich sehr zornig und rachsüchtig gegenüber Lord Whitfield machen – besonders, fühlte ich, wenn er später reich und angesehen und erfolgreich wieder auftauchte. Ich dachte: ‹Ja, es würde ihr wohl Genuß bereiten, ihm ein Verbrechen zuzuschieben.› Und dann drehte sich mir plötzlich alles im Gehirn, und ich dachte – wie, wenn alles, was sie sagt, eine Lüge ist – und ich sah auf einmal, wie leicht so eine Frau einen Mann zum besten haben könnte! Und ich dachte: ‹Es ist phantastisch, aber wie, wenn sie es war, die alle diese Leute umgebracht und Gordon die Idee eingeflößt hat, daß es eine Art göttlicher Vergeltung war!› Es würde ihr ganz leichtfallen, ihn das glauben zu machen; wie ich dir schon einmal sagte, Gordon würde alles glauben! Und ich dachte: ‹Könnte sie alle diese Morde begangen haben?› Und ich sah, daß es möglich war! Sie konnte einem Betrunkenen einen Stoß geben – und einen Jungen aus dem Fenster stoßen, und Amy Gibbs war in ihrem Haus gestorben. Frau Horton ebenfalls – Honoria Waynflete pflegte ihr Gesellschaft zu leisten, als sie krank war. Dr. Humbleby war schwieriger. Ich wußte damals nicht, daß Wonky Pooh ein wehes, eitriges Ohr hatte, mit dem sie den Verband infizierte, den sie dem Doktor anlegte. Fräulein Pinkertons Tod schien erst noch schwieriger, denn ich konnte mir Fräulein Waynflete nicht als Chauffeur verkleidet und einen Rolls fahrend vorstellen.

Und dann sah ich plötzlich, daß das das Leichteste von allen war! Es war der alte Stoß von hinten – in einer Menschenmenge leicht ausgeführt. Das Auto blieb nicht stehen, da ersah sie die günstige Gelegenheit und sagte einer Frau dort, sie habe die Nummer des Wagens gesehen und nannte die Nummer von Lord Whitfields Rolls.

Natürlich schoß mir das alles nur ganz verworren durch den Kopf. Aber wenn Gordon wirklich die Morde nicht begangen hatte – und ich wußte – ja, wußte, daß er es nicht war – nun, wer war es dann? Und die Antwort war ganz klar: ‹Jemand, der Gordon haßt!› Wer haßt Gordon? Honoria Waynflete natürlich.

Und dann glaubte ich mich zu erinnern, daß Fräulein Pinkerton bestimmt von einem Mann als dem Mörder gesprochen hatte. Das stieß meine schöne Theorie um, denn wenn Fräulein Pinkerton nicht recht gehabt hätte, wäre sie nicht getötet worden ... Also veranlaßte ich dich, Fräulein Pinkertons Worte genau zu wiederholen, und da entdeckte ich bald, daß sie tatsächlich nicht einmal ‹Mann› gesagt hatte. Da fühlte ich, daß ich entschieden auf der richtigen Spur war! Ich beschloß, Fräulein Waynfletes Einladung, bei ihr zu wohnen, anzunehmen, und nahm mir vor, die Wahrheit herauszukriegen.»

«Ohne mir ein Wort davon zu sagen?» sagte Luke erzürnt.

«Aber, mein Lieber, du warst doch so sicher – und ich war gar nicht sicher! Es war alles unklar und zweifelhaft. Aber ich ließ mir nicht träumen, daß ich in Gefahr sei. Ich dachte, ich würde reichlich Zeit haben ...»

Sie erschauerte.

«Oh, Luke, es war entsetzlich ... Ihre Augen ... Und dieses fürchterliche, höfliche, unmenschliche Lachen ...»

Luke sagte mit einem leichten Schauer: «Ich werde nie vergessen, wie knapp ich zurecht kam.»

Er wandte sich an Battle. «Wie ist sie jetzt?»

«Ganz übergeschnappt», antwortete Battle. «Das kommt vor bei solchen Menschen, wissen Sie. Sie können den Schlag nicht ertragen, daß sie nicht so schlau waren, wie sie zu sein glaubten.»

Luke sagte kläglich:

«Nun, als Polizeimann bin ich nicht viel wert! Ich hatte nicht ein einziges Mal Verdacht auf Honoria Waynflete. Sie hätten es besser gemacht, Battle.»

«Vielleicht, Sir, vielleicht auch nicht. Sie erinnern sich wohl, daß ich sagte, beim Verbrechen ist nichts unmöglich. Ich glaube eine unverheiratete Dame erwähnt zu haben.»

«Sie erwähnten auch einen Erzbischof und ein Schulmädel! Ist das so zu verstehen, daß Sie alle diese Leute als mögliche Verbrecher betrachten?»

Battles Lächeln wurde zu einem Grinsen.

«Jeder kann ein Verbrecher sein, so meinte ich es, Sir.»

«Außer Gordon», sagte Bridget. «Komm, Luke, wir wollen ihn aufsuchen.»

Sie trafen Lord Whitfield in seinem Arbeitszimmer eifrig dabei, sich Notizen zu machen.

«Gordon», sagte Bridget mit schwacher, sanfter Stimme. «Bitte, jetzt, wo du alles weißt, willst du uns verzeihen?»

Lord Whitfield sah sie gnädig an.

«Gewiß, meine Liebe, gewiß. Ich bin mir über die Wahrheit klar. Ich war ein vielbeschäftigter Mann. Ich habe dich vernachlässigt. Die Wahrheit ist, wie Kipling so weise sagt: ‹Der reist am schnellsten, der allein reist.› Mein Weg im Leben ist einsam.» Er richtete sich auf. «Ich trage eine große Verantwortung. Ich muß sie allein tragen. Für mich kann es keine Erleichterung der Last geben – ich muß allein durchs Leben gehen – bis ich am Wegesrand niedersinke.»

Bridget sagte: «Lieber Gordon! Du bist wirklich lieb!»

Lord Whitfield runzelte die Stirn.

«Es handelt sich nicht um Liebsein. Vergessen wir all diesen Unsinn! Ich bin ein vielbeschäftigter Mann.»

«Ich weiß es.»

«Ich bereite eine Serie von Artikeln vor, die gleich beginnen sollen. ‹Verbrechen, im Lauf der Zeiten von Frauen begangen.›»

Bridget blickte ihn voll Bewunderung an.
«Gordon, das ist eine wunderbare Idee.»
Lord Whitfield blies seinen Brustkasten auf.
«Also, bitte, verlaßt mich jetzt. Ich darf nicht gestört werden. Ich habe eine Menge Arbeit zu erledigen.»
Luke und Bridget verließen das Zimmer auf den Zehenspitzen.
«Aber er ist wirklich lieb!» sagte Bridget.
«Bridget, ich glaube, du hast den Mann wirklich gern gehabt!»
«Weißt du, Luke, ich glaube es auch.»
Luke sah aus dem Fenster.
«Ich werde froh sein, von Wychwood wegzukommen. Ich mag den Ort nicht. Es ist sehr viel Schlechtigkeit hier, wie Frau Humbleby sagen würde. Es gefällt mir nicht, wie der Asheberg über dem Dorf brütet.»
«Apropos Asheberg – was ist's mit Ellsworthy?»
Luke lachte ein wenig verlegen.
«Jenes Blut auf seinen Händen?»
«Ja.»
«Sie hatten einen weißen Hahn geopfert!»
«Wie ekelhaft!»
«Ich glaube, unserm Herrn Ellsworthy wird etwas Unangenehmes passieren; Battle plant eine kleine Überraschung.»
Bridget sagte:
«Und der arme Major Horton hat nie versucht, seine Frau umzubringen. Und Herr Abbot hatte vermutlich nur einen kompromittierenden Brief von einer Dame erhalten, und Dr. Thomas ist einfach nur ein netter, bescheidener junger Arzt.»
«Er ist ein überlegener Esel!»
«Das sagst du, weil du neidisch bist, daß er Rose Humbleby heiratet.»
«Sie ist viel zu gut für ihn.»
«Ich habe immer das Gefühl gehabt, daß dir das Mädel lieber ist als ich!»
«Liebling, ist das nicht absurd?»
«Nein, eigentlich nicht.»
Sie schwieg einen Augenblick, dann sagte sie: «Luke, hast du mich jetzt gern?»
Er machte eine Bewegung auf sie zu, jedoch sie wehrte ab.
«Ich sagte ‹gern›, Luke, nicht ‹lieb›.»

«Ah, ich verstehe ... Ja, ich hab' dich gern, Bridget, ebenso wie ich dich liebe ...»

Bridget sagte: «Ich hab' dich auch gern, Luke.»

Sie lächelten einander zu – ein wenig schüchtern – wie Kinder, die sich bei einer Kindergesellschaft angefreundet haben.

Bridget sagte:

«Gernhaben ist wichtiger als lieben. Es dauert an. Ich möchte, daß das Gefühl zwischen uns andauert, Luke. Ich möchte nicht, daß wir uns nur einfach lieben und heiraten, und dann einander müde werden und jemand andern heiraten wollen.»

«Oh, meine Liebste, ich weiß. Du willst etwas Wirkliches; ich auch. Was zwischen uns ist, wird ewig dauern, da es auf Wirklichkeit gegründet ist.»

«Ist das wahr, Luke?»

«Es ist wahr, mein Liebes. Ich glaube, daß ich deshalb fürchtete, dich zu lieben.»

«Auch ich fürchtete mich, dich zu lieben.»

«Fürchtest du dich jetzt?»

«Nein.»

Er sagte:

«Wir waren lange Zeit dem Tode nahe. Jetzt ist das vorbei! Jetzt – werden wir zu leben beginnen ...»